二重生活

小池真理子

角川文庫
19456

目次

二重生活

序章

ジャン・ボードリヤールは、ある書物の中で、次のように書いている。

『他者の後をつけること、自分を他者と置き換えること、互いの人生、情熱、意志を交換すること、他者の場所と立場に身を置くこと、それは人間が人間にとってついに一個の目的となりうる、おそらく唯一の道ではないか』

都内にある大学院に籍を置く、白石珠《しらいしたま》は二十五歳。三年ほど前、大学の仏文科に通っていた時、日本語に訳されたこの文章に、ピンク色の蛍光ペンを使って太いアンダーラインを引いた。他の部分は難解なのに、その一文はすんなりと胸に落ち、その通りだ、と心底、思うことができたからだった。

今も探せば、その本は住んでいるマンションの部屋のどこかにあるはずだった。また読み直してみたい、と思ったことも何度かある。

だが、狭い部屋の片隅の、好きな本だけを並べてある書棚に、その本は見あたらなかった。もしかすると、今の部屋に引っ越して来た際、クローゼットの奥深く押し込んだまま、その後、一度も開けていない段ボール箱の中で、着なくなった流行遅れの衣類などと共に眠っているのかもしれなかった。

改めて探すのも、何か面倒な気がした。ネットや大学の図書館など、調べれば手に入れることはできただろうが、何が何でも必要な本ではなかったため、結局、そのままになった。

だが、その本を読んだ時に感じた、ひりひりと興奮させられるような感覚は、今も珠の中に鮮やかに甦《よみがえ》ってくる。思い出すたびに、心に静かな漣《さざなみ》がたち始め、いてもたってもいられなくなる。

本の内容のせいだけではないような気もした。その本をテキストにして講義を行ってくれたのは、当時、珠が受講していた仏文学ゼミの教授だったが、その教授に向けた淡い想いが、珠の中に今も残されているせいなのかもしれなかった。

「他者の後《あと》をつけ」て「自分を他者と置き換え」ながら、或《あ》る特定の人物の行動を記録してみる、ということの文学的・哲学的意味を説いてくれたのは、その教授だった。

美男というわけではないが、気品ある雰囲気を湛《たた》えている五十近い男だった。長身で、均整のとれた身体つきをし、ノーネクタイに白いシャツ、シンプルな黒いジャケットというスタイルが板についている教授が、うっすらと横じわが刻まれている額に、はらりと一房の髪の毛を垂らし、ややうつむき加減で、ボードリヤールの文章を朗々と読み上げた時のことを珠は今もよく覚えている。

仏文と訳文、両方を読み上げてから、教授は珠たち、ゼミ生に向かって、不思議な目つきをしながら、ふっ、と小さく吐息をついた。それは、内に漲《みなぎ》る興奮を抑えようとして、冷静さを装おうとする時の人間が見せる目つきに似ていた。

「尾行」と教授は澄んだ低い声で言った。よく晴れた冬の日の午後で、ゼミ室には眠くなるような淡い光が満ちていた。

教授は続けた。「或る人物の後をつける、ということは、その人物の人生を疑似体験する、ということと同じ意味をもちます。そのため、尾行者がそれまで抱えていた人生の重荷は、尾行を続けている間、一瞬であれ、解き放たれる。他者の人生が自分のものになるわけですからね。そうこうするうちに、尾行する側、される側、それぞれが混ざり合って、存在の主体がどちらなのか、わからなくなっていく。このテキストの中には、簡単に言うと、そういったことが書かれているわけです。とはいえ、これは断じて、通俗的なストーカー行為と同一視されるべきではない。いいですか。考えてもみてください。ストーカーの、対象者を尾行するという行為の中には、いつだって厳然たる目的がある。目的なく、ふつう人は人を尾行などしないものです。その人物がどこに行くのか、何をするのか、誰と会うのか、知りたいと思う気持ちの裏には、その人物に向けた歪《ゆが》んだ愛や執着心が、ないまぜになっている場合がほとんどです。興信所の人間や警察による尾行が、目的あって行われることは言うまでもありません。しかし、たとえば、街でたまたま見かけた或る人物を、何の目的も持たずに、尾行する人間がいたとしたらどうか。そんなことはあり得ない？　そうですか？　僕はそう思わない。そういう人間の行為には、文学的意義、ないしは哲学的に考察されるべき意義が潜んでいる。そのように考えます。何故、そこに文学的・哲学的意義が潜んでいるのかというと、尾行される側の人生が、それを疑似体験する尾行者によって、密《ひそ》かに記録し続けられていくことになるからです。記録といっても、別に紙に書かれなくてもいいし、パソコンなどに入力されなくてもかまわない。どこにも具体的に書き留められることなく、尾行者の記憶の中に刻まれるだけでもいいのです。どんな形であるにせよ、それらはすべて尾行対象者の人生のひとこまの記録です。同時に、尾行する側の記録でもあります。つまり、こういうことも言えるかもしれません。いいですか。僕はあえて言います。文学的・哲学的尾行とは、『或る人物の実存を記録する行為に他ならない』と」

果たしてあれは、「講義」だったのだろうか。それとも、「唆《そその》し」に近いものだったのだろうか。「唆し」だと感じたのは、珠だけであり、他の学生たちは何も感じなかったのだろうか。

珠はその時、教授の言ったことに深く感動し、或る意味で、性的とも言えるほど強い興奮を覚えたのだった。

1

十一月に入って間もない土曜日。よく晴れた秋の日の、遅い午後である。田園都市《でんえんとし》線P駅の周辺は、最近になって完成した話題の大型ショッピングモールにやってきた主婦や家族連れ、若い女のグループで賑《にぎ》わっている。駅前広場には次から次へと、客を乗せたタクシーや乗用車が乗り入れて来る。

広場に隣接しているのは、市営バスのターミナルである。十五分に一度ほどの割合で到着するバスは空《す》いていて、その都度、ぽつぽつと乗客が降りて来ては、駅前広場の人の波に加わっていく。

珠もその中の一人だった。

グレーのジャージー素材のミニワンピースに、黒のレギンス。足元は黒いトレッキングシューズに、グレーニットのレッグウォーマー。淡いパープルの薄手のダウンジャケットを合わせている。

髪の毛は少しウェーブのかかった細い猫っ毛で、胸に届くほど長い。真ん中で分けておろし、少し毛羽立った白いニットキャップを目深にかぶっている。化粧は総じて薄く、睫毛《まつげ》に少しマスカラをつけ、くちびるに淡く光るリップクリームを塗っているのがわかる程度である。

日が落ちるまでは、まだ充分、暖かい季節である。安物だが気に入っている、買ったばかりのダウンジャケットが暑苦しく感じられた。珠はそれを脱ぎ、大きなショルダーバッグの中に無造作に押し込んで歩き出した。

珠が住んでいるマンションから駅までは、徒歩で二十分ほど。決して歩けない距離ではなかった。ウォーキングと思えば、いい運動になる。そうわかってはいたが、たいてい珠は歩くのが面倒になって、駅に出るのにバスを利用してしまう。

バスに乗れば、駅まではわずか七、八分である。地元の一戸建てに住んでいる人々は、たいてい車を持っている。バスを利用するのは、珠のような車も金もない学生か、車を持たない高齢者だけである。

駅前には、広場に向かってフラワーショップやコーヒーショップ、洋菓子店などが並んでいる。それらの洒落《しゃれ》た設《しつら》えの店に出入りしているのは、大半が女たちである。若い女もいれば、中年の主婦もいる。高齢であるのがひと目でわかる、和服姿の女もいる。数人のグループ、二人連れ、親子連れ、車椅子に乗った老婆とその介護者……行き交っている人々は様々である。

珠もそんな人々に交ざって歩きながら、洋菓子店の中に入った。

同棲《どうせい》中の卓也《たくや》と、数週間前、一緒に食べて、そのおいしさに感動したラスクのことをふと思い出したからである。卓也が二子玉川《ふたこたまがわ》にある、同じ系列の洋菓子店で買い求めて来たラスクだった。

P駅にある店でも、同じラスクが売られているかもしれない、もし売っていたら、一袋、買って帰ろう、と珠は思った。

卓也は甘いものが大好きで、アルコールはあまり飲まない。珠は甘いものもアルコールも、両方好む。バニラ味のシュガーでコーティングされたそのラスクは、固すぎず、柔らかすぎず、甘すぎず、歯触りがよくて、油断すると一袋、食べきってしまいそうになるほど美味だった。

店内を一通り、見渡してみたのだが、くだんのラスクは見つからなかった。二子玉川にある店でしか売られていないものだったのか。それとも品切れになっている、ということなのか。

店員の誰かをつかまえて訊《き》いてみようと思った。だが、ケーキのショーケースの奥に立っている店員は二人しかおらず、共に客の応対に追われていて、珠が「すみません」と声をかけても、「少々お待ちください」と言うばかりだった。

ショーケースの隣に、小さいが明るい喫茶コーナーが併設されていて、コーヒーや紅茶を飲みながら、ケーキを食べられるようになっている。満席状態で、女たちの甲高い笑い声や話し声が響きわたり、騒々しいほどだった。

それぞれが、それなりに洒落た装いをしている。とりたてて金はかけてはいないものの、老いも若きも、女性誌でよく見かけるような流行のファッションを身につけている。ヘアスタイルにも足元にも、アクセサリー、バッグなどにも、充分なセンスが活《い》かされており、おしなべて暮らしにそこそこの余裕があることを窺《うかが》わせる。

P駅界隈《かいわい》は、典型的な新興住宅地でありながら、駅から少し離れると、半世紀近く前に分譲された土地が多く残されている。住人たちは世代交代を繰り返し、現在、三世代目が住んでいる、という家も稀《まれ》ではない。

一九八〇年代初頭、ひたすら恋愛だけを描いたテレビドラマの舞台に使われてから、一挙にその名を広めた街である。東京近郊で好感度の高い住宅地と言えば、真っ先にその名が挙げられることでも有名である。

だが、時を経て子供たちが成長し、結婚して他の土地に移り住むなどして、今は高齢者だけの世帯が増加の一途をたどっている。老いた両親が他界し、後を引き継いで住む子供たちもいないまま、無人と化した家が並んでいるところも少なくない。

珠が現在住んでいる古いマンションも、そうした一角に建っている。築四十年ほど。エレベーターのついていない五階建ての五階。北向きの2DKである。

エレベーターのない北向きの部屋、ということで、家賃は相場よりかなり安い。しかも、卓也と折半しているから、東京の真ん中で、狭苦しいワンルームマンションに高い賃料を払い続けるよりも、遥《はる》かに経済的である。

現在、マンションは全室、子持ちの若夫婦や一人暮らしの勤め人などで埋まっていて、古い建物のわりには賑やかだが、近所には無人になったまま放置されている家が、何軒かある。

そのうち一軒は最近になって取り壊され、更地になった。しかし、新しい家が建てられる様子はない。

無人の家の、シャッターが降ろされたままのガレージから、突然、大量の水が噴き出してきて近所中が大騒ぎになったこともある。ガレージの下を通る老朽化した水道管が、何かのきっかけで破裂したものらしい。その後、家の持ち主と思われる中年の夫婦がやって来て、業者に水道管を直させるなどしていたが、それきりになった。

無人の家は放火魔に目をつけられやすい、だの、夜になっても明かりが灯《とも》らないので物騒だ、などと言われ、主婦たちの間で怖がられたり、町内会で問題視されたりする。

だが、無人と化した家は物騒だから、という、ただそれだけの理由で、家の持ち主に解体や建て直し、果ては居住を求めるようなまねはできなかった。人それぞれ、幾多の事情を抱えているのは火を見るよりも明らかで、そうした個人的なことには誰も介入できない。そのため、結局、無人の家はそのまま放置され、雨風に晒《さら》されて、いつしか忘れ去られていくのだった。

珠の住む部屋の、北向きの窓辺に立つと、通りを隔てて向かい側に立ち並ぶ、住宅の数々がよく見渡せる。

そのうち、もっともよく見える家は四軒。右端が、ガレージから水が噴き出し、その後も放置されたままになっている空き家。残りの三軒は、三軒とも似たような造りをした、ありふれた二階建て、庭付きの、小ぶりの建て売り住宅である。

空き家のすぐ左隣に住んでいる家族は、大手企業に勤める夫とその妻、中学生と高校生の娘二人の四人。娘二人はピアノを習っていて、朝晩かまわず練習するものだから、一時、近隣から苦情が出たことがある。

その隣の家は、老夫婦と、その娘夫婦の四人家族。娘夫婦には子供が二人いたが、すでに独立して別の土地に住んでいる。老いた父親はほぼ寝たきり状態で、母親も足が不自由。介護は娘が一手に引き受けており、その疲れが出たのか、三か月ほど前、急に倒れて救急車で搬送された。その後、寝たきり状態の父親は施設に入れたとかで、娘と杖《つえ》をついた母親が、元気そうにしゃべりながら、ベランダに洗濯物を干している姿をよく見かける。

そしてさらにその隣、一番左側の角地の、日当たりのいい家に住んでいるのは、出版社勤務の夫とその妻、小学生の娘が一人、という家族である。三軒、どの家のカーポートにも車が停められているが、その左側の家のカーポートにある車だけが、高級外車である。表札に「石坂史郎・美保子・美奈」と、家族全員の名が刻まれているのも、その家だけである。

珠の住むマンションの大家は、春日治江《かすがはるえ》、という名で、古くからこの土地に住んでいる。十年ほど前に夫を亡くした元気のいい未亡人で、彼女が町内会の会長を務めてから長い。

その春日治江が珠に、町内会の名簿を配りに来た時のこと。治江のおしゃべりが止まらなくなり、部屋に上がりこんで、珠が出してやったコーヒーをおいしいおいしい、と言って二杯お替わりしながら、一連の近所の情報を珠に教えたのだった。

治江の話によると、石坂史郎《いしざかしろう》の勤務する出版社は、業界でもトップクラスの大手であり、彼は児童書籍編集部の部長職についているということだった。妻の父親は北陸の素封家。今年、小学三年生になった娘は、車で十五分ほどのところにある、私立大学付属小学校に通っている。

何故、その日、珠が、石坂家に関する話を多く聞かされたかというと、大家の治江がどういうわけか、石坂の妻をいたく気に入っていて、あんなによくできた奥さんは見たことがない、と繰り返したからだった。

このあたりでは一番きれいな人で、上品で優しくて感じがよくて、いまどき珍しいくらいに、家のことをきちんとやっていて、町内のゴミ当番でも道路の枯れ葉掃除でもなんでも、いやな顔ひとつしないで、積極的にやってくれる、と治江は言った。ご主人もそれはそれは愛想がよくていい人だし、家族三人、羨《うらや》ましいくらい仲がよくて、それも奥さんができた人だからだとあたしは思うのよ、ほんとにああいう女の人が一人でも増えてくれれば、いやな事件はなくなると思うんだけどねえ、と。

なるほど、大家の言う通り、庭の手入れのよさは、その界隈では石坂の家が群を抜いていた。玄関前のアプローチや二階ベランダには、季節の花の寄せ植えが絶やされることはなかったし、通りに面したフェンスにも蔓薔薇《つるばら》やてっせんなど、蔓性の植物が年間を通して色とりどりに花をつけている。

珠の部屋のベランダから見下ろす石坂家の窓という窓には、趣味のいいカーテンやシェードがかけられており、夜になると、部屋という部屋に温かな明かりが灯される。日曜の午後など、父親と娘が白い犬を散歩させている姿を見かけることもよくあった。

その日、珠が外出しようとマンションのエントランスを出た時のこと。まさに、その石坂夫妻がそろって庭先に佇《たたず》んでいるのが目に入った。

夫妻は何やら仲睦《むつ》まじそうに寄り添い、庭に植えられた背の低いもみじの木を指さしながら、笑顔で会話していた。珠が、携帯を忘れたのではないか、と思い、道路でいったん、立ち止まり、肩にかけた大型バッグの中をまさぐっていると、女の子が玄関から足音高く走り出て来て、父親の身体にまとわりつくのが見えた。

父親は笑い声をあげ、娘の手を握って、ダンスをするかのようにぐるぐるまわした。親子の背後の、リビングルームの窓ガラスの向こうで、白い犬がしきりと尾を振りながら、吠《ほ》え続けている姿も目に入った。

何故、今になって、珠が唐突にそんな光景を思い出したかというと、ラスクを諦《あきら》めて洋菓子店を出た直後、広場の車寄せに、濃紺の小型ベンツが音もなく停まって、助手席側のドアが力強く開かれ、石坂史郎が颯爽《さっそう》と降りて来たのを目にしたからである。

運転席にいてハンドルを握っているのは石坂の妻、後部座席にいるのは、さっき父親とふざけていた娘だった。娘の隣では、白い毛むくじゃらの犬が飛びはねていた。

妻は、明るいラベンダー色のシャツを着て、軽くウェーブのかかった肩までの髪の毛に、焦げ茶色の太めのカチューシャをつけている。娘は長く伸ばした髪の毛の両サイドをそれぞれ、細い朱色のクリップで留めている。

車の外に立つ石坂史郎は、少しの間、前傾姿勢になりながら、車中の妻や娘と何か話していたが、やがて背を伸ばすと、軽く片手をあげた。妻はにっこり微笑み、窓を閉めてから手を振り返した。

ベンツが走り去って行くのを石坂史郎は見送っている。広場を出たところの信号が赤に変わった。ベンツが一時停止した。

後部座席の娘が、リアウィンドウ越しに、しきりと手を振っているのが見える。石坂史郎もまた、笑顔のまま、大きく手を振り返している。白い犬が娘の頰をぺろぺろと舐《な》め始める。娘は頭をのけぞらせながら、笑っている。

石坂史郎は紺色のジャケットスーツに、水色のシャツを合わせ、片手に黒い鞄《かばん》を持ち、オリーブ色の薄手のコートをかけている。

どちらかというと角張った顔をしているが、顔は小さい。メタルフレームの眼鏡をかけ、短めにカットされた髪の毛は黒く、ふさふさしている。大家の春日治江から、四十五歳と聞いていたことを珠は思い出した。全体的にこざっぱりとした中年のサラリーマン、という印象である。

珠と石坂との距離は、三メートルほど。立ち止まっている珠と彼の間をひっきりなしに、人が行き交っている。

信号が青に変わった。ベンツはゆっくりと走り出した。左のウィンカーを点滅させると、車はビルの向こうに隠れ、たちまち見えなくなった。

その直後だった。石坂史郎はくるりと踵《きびす》を返した。

左手を伸ばし、ジャケットの袖口《そでぐち》から腕時計を覗《のぞ》いた。どことなく、せわしなげな仕草だった。さっきまで妻や娘に見せていた穏やかな表情は消え、彼はどこか、近寄りがたい、気難しそうな雰囲気を漂わせながら、駅の改札口に向かって、早足で歩き始めた。

珠はその背を素早く目で追った。追いながら、同時にバッグに入れたままにしてあった腕時計を取り出し、急いで腕にはめつつ時刻を確認した。四時五分過ぎだった。

その日、珠に、しなければならないことは何もなかった。誰かとの約束もなかった。土曜日でもあり、卓也に仕事がなければ、久しぶりに二人で渋谷《しぶや》に出て、映画でも観よう、と言い合っていたのだが、昼近くになって、予定が変わった。例によって突然、桃子《ももこ》から呼び出しがかかり、卓也は急遽《きゅうきょ》、仕事に出なければならなくなったのである。

卓也は今、三ツ木《みつぎ》桃子という、あまりぱっとしない女優の運転手及び雑用係の仕事をしている。卓也は二十七歳。桃子は五十三歳。仕事とはいえ、アルバイトに過ぎず、専属ではなかったが、桃子の家もP駅の近くにあるため、仕事を頼まれると断りきれない。

断りきれなくなるのがわかっているのに、どうしてわざわざ、桃子の近くに引っ越して来たのか、と珠は時々、むしょうに腹が立つ。安く借りられるマンションを見つけたから、と卓也に言われ、ついその気になったのだが、それも桃子が紹介してくれた部屋だったと後になって知り、ちょっとした喧嘩《けんか》になったこともある。

桃子から携帯に電話が入ると、卓也はよほどのことがない限り、「いいっすよ」と言い、簡単な支度をして急いで出かけて行く。桃子の家まで自分のバイクで行き、桃子所有の車を運転して、桃子の指定する場所まで行くのである。

そして仕事がすむと、桃子を自宅に送り届け、またバイクに乗り換えてマンションに帰って来る。たまにはマネージャーらと共に桃子と食事をしたり、飲みに行ったりもする。そんな時は、深夜過ぎてからの帰宅になる。桃子に撮影の仕事が入った時は、朝になることとさえある。

桃子は年齢不詳のところがある。若く見えるというよりも、どこか日本人離れしていて、フランス映画などに出てくれば似合いそうな大人の女、という雰囲気を漂わせる。離婚した舞台芸術家の夫との間にできた、二十三になる息子と同居しているが、現在は独身である。

「桃子さんのこと、どう思ってる？」と珠は一度、卓也に訊《き》いたことがある。

「どう、ってどういう意味？」と卓也は訊き返した。

「つまり、女性として好きなのかな、って」

「馬鹿」と卓也は笑った。

「それって、やきもち？」

「かもしれない」

「ったくもう、呆《あき》れるね」と卓也は言い、苦笑いをかみしめた。「このバイト、なくしたらどれだけ大変か、わかってんの？　珠はすねかじりだからいいけど、僕、大変なんだよ。クビになったら、部屋代だって払えなくなる」

「わかってるよ、それくらい。でも、それ、さっきの質問の答えになってないね」

「女性として好きか、ってことを知りたいの？」

「うん」

「……好きだよ」

「あ、そう。わかった」

「こんなことで嘘つく必要もないじゃん。桃子さんのことは嫌いじゃないよ。いい人だし、美人だし。よくしてくれるしさ。でも、言っとくけど、珠」と卓也は微笑を浮かべながらも、いくらか面倒くさそうに言った。「僕が珠を大切に思う気持ちとそれとは、全然、別次元だよ。当たり前だけど、桃子さんと僕とは雇用関係でしかないんだから。だいたい、女性としてどうか、なんていう質問をすること自体が、おかしいよ。頼むから、そういう見方をするの、やめてくれる？」

うん、わかった、ごめん、と珠は素直に謝る。

面白くない、と思うことは多々あった。だがそれは、いくら仕事とはいえ、卓也が自分との時間ではなく、桃子との時間を優先することが気に入らないだけで、本気でやきもちを妬《や》いているわけではない。

いくらなんでも、卓也が自分と別れて、五十三歳の、一応美人だが、彼とさほど年齢の変わらない息子をもつ女優に走るとは思えない、と珠は考えている。考えているだけではなく、はっきり確信してもいる。

理由は簡単だった。卓也が単純に、面倒ごとが大嫌いな男だからだ。

面倒なことが起こる、とわかった瞬間、彼は亀のように甲羅の中に首を引っ込めたまま、動かなくなる。じっと嵐が過ぎるのを待つ態勢に入る。

仮にどれほど欲望にかられることがあったとしても、それが面倒を引き起こす可能性があるとわかれば、彼は決して行動に移そうとはしないのだ。たとえ、珠以外の女を好きになって、その女がほしくなっても、それが面倒ごとにつながるとわかれば、当然のごとく、おとなしく引き下がる。卓也は徹底して、そういう男なのだと珠は信じている。

珠は卓也と三年前に知り合った。どこが、というわけではないが、なんとなくウマが合い、すぐに親しくなった。

卓也が珠と、短期間で同棲《どうせい》するにまで至ったのは、珠との関係が、さしあたって自分の人生に面倒ごとを引き起こさない、ということをはっきり認識できたからだろう、と珠は分析している。

出会った時、珠はもちろん今と同じく独身で、結婚歴離婚歴もなく、子供を産んだこともなく、留年はしたものの無事に大学を卒業し、大学院に進んだばかりだった。恋人もセックスフレンドも、しょっちゅう会っているボーイフレンドもいなくて、親は外国に住んでいて、金持ちとは言わないが、親からの仕送りで充分、生活が成り立ち、友達はほとんどいないに等しいが、借金も怪しげな人間たちとのつきあいもなく、珠はとりあえず心身ともに健康で、たまに少々、風変わりな言動をとることはあるかもしれないが、総合評価すればごく真っ当な女だった。

異性と波風の立たない暮らしを続けていくためには、相手が感情の起伏を表に出さない、あるいは、感情の起伏をもたない、低体温の人間であることが必須《ひっす》条件である、と珠は考えている。その意味で言えば、珠は卓也の理想の同棲相手だったのである。

そんなことを考えたり、思い出したりしながら、バッグの内ポケットに手を入れた時だった。自宅にICカード定期券を忘れてきたことに気づいた。軽く舌打ちしながら、珠は渋谷経由表参道《おもてさんどう》までの切符を買って改札口を通り、ホームに向かう駅の階段を急ぎ足で降り始めた。

切符を買う際、改札を通った石坂が、上りホームに向かって行ったことはしっかり確かめておいた。下りではなく、上り。東京方面。もし、石坂が表参道の先まで行くようだったら、降りた駅で料金を精算すればよかった。

渋谷方面行きの、上りホームに着いた。すぐに構内アナウンスが始まり、まもなく半《はん》蔵門《ぞうもん》線乗り入れ田園都市線が入線してきた。ホームには、乗客の数が多く、一瞬、珠は石坂史郎を見失ったのではないかと思って、慌ててあたりを見回した。人の波でわからなかっただけで、彼は珠のすぐ目の前に立っていた。ほっとして、少し離れて背後についた。

改めて見ると肩幅が広い。胸板も厚そうだ。がっしりとした体格。身長はおそらく百七十七、八センチ。卓也と同じくらいだろう、と珠は思った。彼の後ろ頭の髪の毛の中に、まばらに散らばる白髪が見えた。

傾き始めた夕方の光の中、入ってきた電車が静かに停まり、ドアが開いた。降りて来る客のために道を空け、やがて石坂が乗車して行った。珠も少し遅れて後に続いた。時計を見ると、四時九分だった。

車内に空席は少なかったが、彼は空いていたシートを見つけ、腰をおろした。同じ車両の、少し離れたドアのあたりに立ち、珠は外の風景を眺めるふりをしながら、ちらちらと石坂の様子を窺《うかが》った。

石坂は席に着くとすぐに、ジャケットの内ポケットから紺色の携帯電話を取り出した。メールか電話の不在着信をチェックするためだろう、携帯を開いたが、何も入っていなかったとみえる。彼はそれを再びポケットに戻した。

膝《ひざ》にコートと鞄《かばん》を載せ、彼はまっすぐ前を向いたまま、目を閉じた。眠っているわけではなさそうで、時々、落ちつかなげに目を開けては、車内の中吊《なかづ》り広告を眺め始める。また目を閉じる。また目を開ける。その繰り返しだった。珠とは目は合わなかった。

土曜日の、しかも、この時間、これから仕事なのだろうか、と珠は思った。出版社勤務なら、そういうこともあり得るのかもしれない。

大家の春日治江から聞いていた彼の勤め先に行くには、ふつう、渋谷でＪＲに乗り換えるか、あるいは表参道まで行って、地下鉄を乗り換えるか、どちらかだった。だから珠も表参道までの切符を買っておいたのだが、仕事だからといって、彼が会社に行くとは限らない。誰かとどこかで待ち合わせをしている、とも考えられた。

児童書籍の編集の仕事というのが、どういうことをするものなのか、珠にはよくわからない。そもそも編集者という仕事の内容が漠然としすぎていて、具体的には想像できない。

とはいえ、作家とのやりとり、ということなら、いくつか思い浮かぶ光景があった。一般の小説と同様、児童書の場合も、児童書を書く作家や学者、その周辺に位置する人々がいるはずで、彼はこれから、その種の人間と会って打ち合わせをしたり、食事に行ったり、パーティーに出たりする約束をしているのかもしれなかった。

電車の窓の外を流れる街並みは、日暮れが間近なせいか、少しずつ色彩を失っていくように見える。車内の乗客たちは一様に物静かで、他愛ない会話に笑いさざめいているのは、若い女の三人グループと、溝《みぞ》の口《くち》駅から乗車してきた学生とおぼしきカップルだけである。居眠りをしていない乗客の大半は、携帯を覗《のぞ》いたり、メールを打ったりしている。

石坂史郎は、ほとんどあたりを見渡すこともなく、何かじっと、物思いに耽《ふけ》っている様子である。伏し目がちの目が、時折、瞬《まばた》きを繰り返す。

電車が二子玉川の駅を過ぎ、地下に潜った。車内は夜のそれのようになった。

桜新町《さくらしんまち》の駅から乗車して来た、杖《つえ》をついた痩《や》せた老人が、石坂の近くまでよたよたと歩いて行った。石坂はすぐに気づき、席を譲ろうとして腰を浮かしかけたが、それより先に、彼の隣に座っていた若い男が無言のまま、席を立った。老人は口の中でもごもごと礼を言い、石坂の隣に座ろうとした。

電車が少し揺れ、老人の足元がおぼつかなくなった。上半身が傾きかけた。咄嗟《とっさ》に手を伸ばして、老人の腕を支えてやったのは石坂だった。

老人が照れ笑いを浮かべながら、また、もごもごと礼を言った。石坂は微笑を浮かべて大きくうなずき、老人が無事にシートに座るのを見届けてから、また前を向いた。

電車が三軒茶屋《さんげんぢゃや》を過ぎたあたりで、石坂は鞄のファスナーを開け、中から黒い革表紙の薄手の手帳を取り出した。おもむろにそれを開き、丹念に見つめた。彼は目を開けたまま、瞑想《めいそう》に耽っているような顔つきをし、手帳に目を落としたまま、じっと動かなくなった。

やがて、車内アナウンスが渋谷到着を告げると、石坂はそそくさと手帳を鞄に戻し、腕時計を覗いた。背筋を伸ばした。落ちつかない素振りだった。

渋谷で降りるのだろうか、と珠は思った。渋谷駅は混雑するから、気をつけていないと、ふとした瞬間に、見失ってしまうかもしれない。注意が必要だった。

ふだんはものぐさで、歩けるところにもバスを使ってしまうようなところがあったが、珠は自分の足の速さには自信があった。瞬時にして、方向を見分けたり、何が起こったか、目で見るよりも先に気づくことのできる本能にも長《た》けている、と思っていた。

大丈夫、と珠は自分に向かって言った。尾行者としての腕前についてなど、これまで考えたこともないが、自分には案外、その素質があるのではないか。実は、こういうことにこそ向いていたのではないのか。そう考えると、我知らず楽しくなった。

何故、こんな馬鹿げたことをしているのか、とは思わなかった。疑問も苦笑も自己嫌悪も何もなかった。むしろ珠は活《い》き活《い》きとしていた。

早くも、珠の尾行相手は珠の人生に、それまで考えられなかった種類の彩りを添えてくれていた。自分の住まいのすぐ近所に暮らす、この、どこにでもいそうな中年男が、これからどこに行くのか、何をするのか、知りたいと強く願う自分に、不自然さは覚えなかった。よく知らない人物を尾行する、という行為そのものに、珠は酔っていた。

あの中年男は、これから仕事に行くのか。どこに行って、どんな種類の仕事をして、何時までかかって、何時に、あの、いかにも育ちのよさそうな妻と愛らしい娘のいる家に戻るのか。

それとも、誰かと待ち合わせをしているのか。それなら、待ち合わせている相手がどんな人物で、その人物と共にこれから何をしようとしているのか。

もし、誰とも待ち合わせておらず、仕事でもないのなら、彼はこれからどこに行き、何をするのか。映画を観に行くのか。だとしたら、その映画は何なのか。映画にも行かず、一人でぶらぶら街を歩くだけなのか。妻に頼まれた買い物でもするのか。娘の誕生日のプレゼントを買いに行くのか。その後、どこかのバーに立ち寄るのか。その時、彼は何を飲むのか。どんな表情を見せてくれるのか。

　……それらのことを少しでも多く知りたかった。珠は胸がどきどきしてくるのを覚えた。それまで冷たく滞っていた全身の血液が、温かく漲《みなぎ》ってくるような感覚があった。ついぞない幸福感が珠を包んだ。

　文学的・哲学的尾行……。

　かつて、大学時代のゼミの教授が、そういう言い方をしていたことを思い出した。篠原弘《しのはらひろし》、という名の教授だった。取り上げるテキストが毎年、難解で抽象的なものばかりで、しかも試験にも厳しい、というので、ゼミとしての人気はあまり高くなかった。篠原のことを変わり者と呼んで憚《はばか》らない学生もいた。

　頭のてっぺんから足の爪先《つまさき》まで、全身、知の匂いに包まれているような男だった。隙がなさすぎて、とらえどころがない。にもかかわらず、正体がよくわからない面を誰かに指摘されると、怯《ひる》まずに知的に切り返してきて、相手を煙《けむ》に巻いた。

　専門はフランス現代文学だが、絵画や音楽、写真や演劇などにも詳しく、シュールレアリスムと呼ばれる種類のサブカルチャー全般にわたって、独自の見解を示すことを好んだ。

ゼミの時は、篠原が一人、小さな教室の壇上で淀《よど》みなく話し続けているだけのことが多かったが、たまにはゼミ生に抽象的な設問を投げ、学生同士が議論するのを面白そうに眺めていることもあった。学生からの質問には、時間を惜しまずに丁寧に答えた。

一方で、堅物という印象は意外なほどうすく、学生が飲み会を開いて誘えば、面倒がらずに参加して、夜遅くまで安酒を飲むのにつきあった。通俗的な話題には興味がないのか、学生らが交わす邪気のない話を聞くともなく聞いて、にこにこしているだけだったが、たまには会話の中に入って来て、あまり面白くない冗談を言ったりすることもあった。そのたびに、学生たちは儀礼的な笑い声をあげた。

篠原の、どこが魅力的だと思ったのか、珠には今もはっきりしない。

父親ほど年齢が離れているのに、その年代にありがちな贅肉《ぜいにく》がついておらず、バランスのとれている体形がよかったのか。憂いを秘めたような表情で、うつむき加減に本に目を落としている、その横顔が性的に映ったのか。澄んだ低い声に惹《ひ》かれたのか。ゆっくりと落ちついて話す、その、知的で優雅な話し方がよかったのか。

そのどれもが正しいようでいて、どれもが違うような気もする。

ある年の夏、ゼミ合宿で西伊豆《にしいず》に行った時、最終日の宴会の途中で、珠は宿の外をそぞろ歩いている篠原を見かけた。しこたま飲んだ日本酒やワインが、珠を大胆にしていた。

珠は宿の下駄《げた》をつっかけながら、篠原に近づいて行き、「お散歩ですか」と訊《き》いた。篠原は少し驚いたようだったが、黙ってうなずき、「月がきれいですから」と言って、細く形のいい指で空を指さした。

珠は「わぁ、ほんとに」と言った。篠原は珠を見下ろして、微笑んだ。子供を見るような目つきだった。

海辺の宿で、あたりには潮の香りが満ちていた。背後の建物の二階では、なお飲み続けて騒いでいる学生らの声が響きわたっていた。

篠原が歩き始めたので、珠もまた、歩調を合わせた。篠原は黙っていた。沈黙は長く続きそうだった。珠は大急ぎで彼が喜びそうな話題を探した。

当時、彼がゼミのテキストとして使っていたのは、フランスの女性アーティスト、ソフィ・カルが書いた作品だった。ジャン・ボードリヤールが、巻末に少々難解な解説を載せている。

珠はソフィ・カルが「尾行」について描き出した、写真入りのエッセイとも散文ともつかない、『ヴェネツィア組曲』という作品を話題に出し、「実は私も一度、そういうことをやってみたいんです」と言った。

「誰かを尾行したい、というわけですか」

「はい。そういうことに、すごくそそられますから」

「そそられる?」

「先生のゼミが面白いのは、そういうことについて、先生がいろいろ語ってくださるからです。どんなに難しいことでも、先生を通してお話を伺うと、なんて言うのか、つまり、そそられるんですよね。ソフィ・カルの作品だってそうです。あんなに読みやすくて、フランス語もそんなに難しくないのに、あれはふつうには、内容がシュール過ぎて、すごくわかりにくいですよね。先生のゼミを受講してる学生の何割が、ほんとに理解してるか、疑問ですもの。でも、先生が先生の言葉に置き換えて説き明かしてくださると、私にはすべてが腑《ふ》に落ちる、っていうのか、よく理解できる、っていうのか……要するに、そそられちゃうんです」

べらべらしゃべり過ぎている、と思ったが、止まらなくなった。

「あの本の中で」と珠は言った。ほとんど唾《つば》を飛ばさんばかりの勢いになっていた。「ソフィ・カルは、別に自分とは何の関係もない男の人の後をつけて、なんと、パリからヴェネツィアまで行っちゃって、確か、ええと、十三日間でしたっけ、ずっとその人の尾行を続けたんですよね。最初に読んだ時は、もう、ほんと、わけがわかんなかったんです。だって、何の目的もなく、知らない人を尾行するだけでも変なのに、結局、最後まで何も起こらなかったじゃないですか。この話はいったい何なんだろう、作者は何を言いたかったんだろう、どんな意味が隠されてるんだろう、って、全然、理解できなくて。でも、ゼミの授業の時、篠原先生が、文学的・哲学的尾行……っていう解釈をしてくださって。ああ、そうか、そうなんだ、って、ものすごく納得できちゃって。目からウロコ、って感じで、先生のあの解釈には、ほんと、私、感動しまくりでした」

ははは、と篠原は乾いた、しかし、気品のある笑い声を発したが、それはごくわずかの間に過ぎなかった。彼はすぐに居住まいを正すがごとく、すっくと背筋を伸ばし、厳かな口調で珠に訊《たず》ねた。「あの本の中に収録されているもので、文字通り『尾行』というタイトルの作品もありましたね。覚えていますか」

「あ、はい。覚えてます」

「同じ尾行でも、ソフィが誰かを尾行するのではなく、彼女が探偵を雇って、自分自身を尾行させた時のことを綴《つづ》ったものでしたけど、白石さんはあの作品については、どう思いました？」

「もう、ほんと、最高でした！　夢中で読んじゃいました。原文であれだけ夢中になれたのは、生まれて初めてだったんじゃないかと思います」

篠原はゆったりと微笑しながら珠を見た。「面白かったでしょう」

「はい、とっても」

「彼女は作家というよりも、マルチアーティストと呼ぶほうがふさわしい人ですからね。自分自身の肉体を使って、ものを表現しようとする。大まかに分ければ、徹底して経験主義に則したクリエーターと呼べるのかもしれませんが、そんな理屈すら通らない。彼女の場合、自分イコール作品なんです。世間にどう思われようが、おかまいなしだから、なんだってしてみせる。何と言っても、あの『尾行』の中で一番傑作だったのは、ソフィが実際にとった行動を、探偵が記録報告書の中に記載していなかった、ということでしたね。違う報告になっていた」

「そうそう、そうです、そうです」と珠は興奮して言った。「ずっと事実通りのことが報告書に書かれてあるのに、最後のところだけ、全然違っちゃってて。あれ、すっごく笑えました。本当は、ソフィは朝まで、へべれけになるまで男友達なんかと飲んで、酔っぱらって帰ったのに、探偵の報告書では……」

「二十時、対象者は自宅に帰宅。調査終了……でしたね、確か」

珠は何度もうなずいて、笑い声をあげた。篠原も静かな低い声で笑った。

珠はしばらくの間、くすくす笑い続けていたが、篠原が沈黙し始めたため、笑うのをやめた。くちびるを舐《な》め、深呼吸をし、髪の毛を後ろに払い、小さく咳払《せきばら》いをしてから、珠は言った。

「でも、あんなことを考えつくだけでもすごいです。信じられません。自分で自分を探偵に尾行させて、報告書を書かせるなんて、絶対に誰も考えつかないですよ。ほんと、最高。なんて言うのか、ソフィ・カルっていう人は感性が凝り固まってないんですよね。何物にも縛られていなくて、自由で、めちゃくちゃにぶっ飛んでて……」

「めちゃくちゃに、ぶっ飛んでる？」

笑いをかみ殺したような声で訊き返してきた篠原に、珠は慌てて「あ、すみません」と謝った。「語彙《ごい》力、表現力、ゼロですね」

篠原はゆっくり進めていた足を止め、子供を見るような、慈愛をこめた目で珠を見下ろすと、軽く微笑みかけた。「実際、ソフィ・カルという人は、まさにその表現でしか言いようがない人間かもしれませんよ。わかりやすくていい。そう。めちゃくちゃにぶっ飛んでいる、んですね、彼女は」

うすく微笑を浮かべている彼の額に、一束、はらりと前髪が落ちるのが見えた。潮騒《しおさい》の音が遠くに聞こえた。

何か気のきいた冗談を言おうと思ったのだが、思いつかなかった。珠はぎこちなく微笑み返しながら、小声で「はい」とだけ言った。

篠原はうなずき、また前を向いて歩き出した。宿に戻るつもりのようで、彼の足は宿の玄関口に向かい始めた。

珠は彼と少し距離をとりながら、黙って後に続いた。はいている下駄が、地面の小石を踏みつけるたびに、じりっ、という音をたてた。

この、父親ほど年の離れた男に抱いている感情は何なのだろう、と珠は思った。

恋？　尊敬？　憧《あこが》れ？

そのすべてをひっくるめたもののようでいて、それでもなお、違うような気がした。何がどのように違うのか。そして本当のところはどうなのか。

篠原は、宿の玄関口のガラスのついた引き戸を開けて中に入り、靴を脱いで上がり框《がまち》に上がった。煌々《こうこう》と明かりが灯《とも》されていたが、深夜になっていたせいか、玄関付近に宿の人間の姿はなかった。

彼はその必要もないと思われるのに、腰を屈《かが》め、ズボンの裾《すそ》を片手で軽くはらった。そして再び身体を起こし、ゆるりと振り返って珠を見るともなく見た。「まだみんな、飲んでいるようですね」

「もう、とっくに沈没しちゃった人もいると思いますけど」

「白石さんは酒が強そうだから、そう簡単には沈没しないでしょう。今からまた、みんなと合流して、楽しんできたらいいんじゃないですか。僕はそろそろ、部屋に引き取らせてもらうことにします。いや、今夜はちょっと飲みすぎました」

「え？　そんなにお飲みになりましたか」

「飲みましたよ。あなたがたと一緒にいるとね、いつも適量以上、飲まされてしまう」

そう言って目を細めた彼は、「では、ここで」と言った。「おやすみ」

「はい」と珠は応《こた》えた。間が抜けた言い方だと思った。何か言わねばならないと思った。だが、「おやすみなさい」としか言えなかった。

仄暗《ほのぐら》い廊下の向こうに、篠原の白いワイシャツ姿が消えていった。二階の奥の部屋から、篠原ゼミの学生たちの笑い声が響いてきた。

珠は下駄を脱いだ。脱いだ下駄が片方、横を向いてしまったため、中腰になりながらそれを元通りにした。開け放された宿の入り口の引き戸の向こうでは、ひっきりなしに虫が啼《な》いていた。

珠の母親は、珠が十六の時に病死した。その後もその前も、自分が父親と縁うすく育ってきたことを珠はよく承知していた。兄が一人いるが、めったに会わない。そもそも、家庭運そのものが希薄な人間として、生まれついたのかもしれなかった。

父を憎んだことはないし、嫌悪したこともない。父はこれ以上ないほど、まともな人物だったし、父からは世間並みに愛されてきたとも思っている。

だが、父はいつも遠いところにいた。物理的にも精神的にも。今はドイツのドレスデンに住んでいる。珠のよく知らない日本人の女と一緒に。

初めから珠にとっての父親は、空気の異なる世界に生きる、別の人間、別の生き物だった。嫌いでも好きでもない、いつもどこか遠慮し、作り笑いを浮かべてしか関わることのできない、遠い他人……。

「初めから失われていて、生涯、決して手に入れることのできない父性」……。珠が篠原教授に淡く求め、密《ひそ》かに感じていたものをそんなふうに自分の中で的確に表現できるようになったのは、少し後のことになる。

2

電車が渋谷駅の地下ホームに到着した。

いつでも降りられる態勢を整えながら、珠は石坂史郎から目を離さずにいた。車両の乗客の半分が、どやどやと開いた乗降口から降りて行ったが、石坂はそのまま車内に残った。

車内には一瞬、空席が目立ったが、渋谷駅から乗って来た人々が、すぐに席を埋めていった。

石坂は物思いに耽《ふけ》っていて、渋谷に着いたことにも気づかなかった様子だった。電車が発車すると、彼はふと我に返ったかのように首を回し、あたりを見回した。

少し深く息を吸い、着ていたジャケットの袖口《そでぐち》を少しめくって腕時計を覗《のぞ》いた。膝《ひざ》に載せた黒い鞄《かばん》とオリーブ色のコートを、どこか落ちつきなく抱え直した。車内アナウンスが次の停車駅が表参道であることを告げた。

桜新町の駅から乗ってきた老人の手にしていた杖《つえ》が、何かの拍子にバランスを失った。老人の手から離れた杖は、石坂の足元に倒れ落ちた。

石坂は鞄とコートを抱いたままの姿勢で身を屈め、急いで杖を拾い上げ、老人に手渡した。老人は恐縮しきった顔をして、ぺこぺこと頭を下げ、礼を言った。

石坂が老人に何か話しかけた。老人がそれに応えた。石坂はにっこりと微笑んでうなずいた。妻や娘に向かって見せていた、見覚えのある笑顔がそこにあった。

電車が表参道の駅のホームに近づくと、石坂はおもむろに席から立った。杖を持った老人が石坂に向かって、軽く会釈をした。石坂もまた、会釈を返した。

彼がドアの前に立った。珠はそっと彼の背後に移動した。数人の乗客が席を立ち、ドアのほうに近づいて来た。

ドアガラスに、自分と石坂の顔が映し出されるのが見えた。石坂はガラスに映った珠を見てはいなかったが、珠は思わず目を伏せた。

腕時計を見た。四時四十五分になろうとしているところだった。

表参道駅には、半蔵門線、千代田《ちよだ》線、銀座《ぎんざ》線……の三本の地下鉄が乗り入れている。構内は地下三階まであって、中央改札口のある地下二階を中心に、いわゆる駅ナカ施設と呼ばれるショップが立ち並んでいる。そのため、週末や休日は乗降客のみならず、駅は買い物客でごった返す。

珠が乗ってきた渋谷経由の半蔵門線は、地下一階のホームにすべりこんだ。同じホームから銀座線にも乗り継げるとあって、あたりは混雑している。

石坂が銀座線に乗ろうとする様子はなかった。彼は改札に出るためのエスカレーター方面に向かった。珠は石坂を見失わないよう注意しながら、人の波をかきわけて後に続いた。

どうやら、会社に行くわけではなさそうだった。表参道の付近で、何か用があるのか。それともここからタクシーを拾うのか。

いずれにしても、表参道で降りてくれてよかった、と珠は思った。この先の駅で降りられたら、料金を精算しなくてはならなくなり、まごまごしているうちに、見失ってしまう確率が高くなる。

エスカレーターでは、石坂と珠との間に、幼い男の子と手をつないだ母親らしき若い女が立つ形になった。女が小柄でほっそりしていたため、女の向こう側に見える石坂の後ろ姿は、苦もなくあらかた眺めることができた。

石坂の背中は、ぴんと張っていた。きれいな立ち姿で、姿勢はいいが、右肩に比べ、やや左肩が上がっている。若いころ、何かのスポーツをやっていたのかもしれない、と珠は想像した。

土曜日の夕方とあってか、改札口付近には待ち合わせふうの若い女たちが集まっていた。約束の相手を見つけたらしく、大きく手を振って笑顔を見せている。澄んだ笑い声が弾《はじ》ける。

どれも、珠と似たような年代の女たちである。全員、流行の装いに身を包み、若く、都会的で洗練されて見える。ショートパンツの下の、網目模様の黒タイツに包まれた細く長い足が、美しく性的である。

石坂が彼女たちにどのような反応を見せるか、珠は少し興味をもった。だが、彼女たちばかりか、何ひとつ周囲に目をくれようともせず、急がず、かといってだらだらしているわけでもなく、彼はあくまでも規則正しい足どりで改札口から出て行った。珠もそれに続いた。

人の流れに沿って短いエスカレーターを上ると、色とりどりのバッグや小物を売っている店が並ぶホールに出る。石坂は迷う様子もなく、ホール左手にある「マルシェ・ドゥ・メトロ」に入って行った。

珠も何度か入ったことのある一角である。中にはカフェ、ベーカリー、パスタ店、ビストロ、ベトナム料理店、サラダ専門店などが軒を連ねており、オープンスペースではそれらの店で買い求めたものを自由に飲食できるようになっている。

石坂はその中のカフェ「カフェ・ドゥ・メトロ」の入り口カウンター前に立ち、ズボンのポケットをまさぐって小銭を出すと、応対した若い男に何か言った。

ここでコーヒーか何かを飲むつもりなのだ、とわかった珠は、石坂に続いてすぐにカウンターに行き、カフェオレを注文した。

ほどなく石坂が注文したコーヒーが出てきた。何かぼんやりとした表情をしながら、それを待っていた彼は、コーヒーをトレイに載せ、歩き出した。

「すみません、カフェオレ、後で取りに来ます。すぐに戻りますから」

珠はカウンターの向こうの若い男に早口で告げ、ショルダーバッグを肩にかけ直すと、石坂の後を追った。

パリの敷石道を模して造られた床、パリの風景では欠かせない街灯など、ありとあらゆるものがパリを意識して設《しつら》えられている。カフェのカウンターもテーブルも椅子も、パリのそれと酷似している。

四方から漂ってくる各国の料理の香りも、ざわざわと騒がしいのに、どこか落ちついていて、居心地がよさそうに感じられるところも、まさしくパリである。似すぎていて滑稽《こっけい》なほどなのに、不思議なほど嫌味はない。

石坂はトレイを手に、空席を探している。カフェの席は八割がた埋まっている。奥のテーブル席にならず、オープンスペースになっている一角の席は人気のようで、ほぼ満席だった。奥のテーブル席になら、二つ三つ、空きがあるのが見える。石坂は奥の右手にある、端から二番目のテーブルに向かって歩いて行った。

背が壁になっていて、背もたれ部分が黒いレザーで造られている席である。テーブルは横一列に十ほど並び、それぞれテーブルをはさんで対面するような形で木製の椅子が置かれている。テーブルとテーブルの間隔は狭い。

石坂が端から二番目のテーブル席の、レザーの背もたれ側に腰をおろした直後、運良くその隣の、右端の席に座っていたカップルが帰り支度を始めた。

珠は迷わず、急ぎ足でカップルの近くまで行き、彼らが立ち去るや否や、ショルダーバッグからハンカチを取り出して、レザーシートの上に拡げた。黒地に、赤いハート模様がちりばめられているタオルハンカチだった。

その足で、再び入り口カウンターまで行き、すでに出来上がっていたカフェオレを受け取ってトレイに載せた。新しく入って来た若い女の二人連れが、レザーシートの上に拡げられている珠のハンカチを見て、諦《あきら》めて立ち去って行くのが遠目に見えた。珠は急いでテーブル席まで戻り、腰をおろした。

隣にいる石坂との距離は、わずか五十センチにも満たない。石坂はテーブルに両肘《りょうひじ》をつき、携帯を開けて覗きこんでいる。彼がこれまで手にしていた黒い鞄とオリーブ色のコートは、珠の右脇に置かれてある。

誰かと待ち合わせをしているのか。それとも、ここで時間つぶしをしようとしているだけなのか。

これまで自宅近くで見かけたことが何度かあったのだから、彼のほうも珠を目にしたことがあるのは間違いなかった。だが、記憶にとどまっていないのか。珠のことなど、何も見ていなかったのか。同じ電車の同じ車両に乗って、同じ表参道の駅で降りた近所の娘が、今、手を伸ばせば届きそうなほど近くの席でカフェオレを飲んでいることに、彼が気づいている様子はまったくなかった。

何もしないでいるのも、変だと思われるかもしれなかった。珠はバッグの中から携帯とiPodを取り出した。

電源を入れない状態のまま、iPodのイヤホンを耳にした。そうやっていれば、不自然さはなく、隣の様子を窺《うかが》っているようには見えないはずだった。

カフェオレをひと口飲んでから、珠は携帯を開けた。メールが一通、届いていた。卓也からだった。

『今日は遅くなるかも。桃っち、ドラマの出番待ちで長引きそう。また連絡するね』

最後に「!」がついていた。卓也は決して絵文字を使わない。せいぜい「!」を使い分ける程度である。それが主義だそうで、まだ若いのに、そんなつまらないことにこだわらなくても、と珠は思うが、黙っている。

三ツ木桃子のことを卓也はメールの中では、必ず「桃っち」と書いてくる。二人で話している時は、きちんと「桃子さん」と言うのに、どうしてメール上では「桃っち」になるのか、珠にはわからない。

照れなのかもしれないと思う。だが、照れがあるならあったで、卓也は三ツ木桃子という年上の女優に、何か仄《ほの》かな想いを抱いていることにもなるのではないか。たとえそれが、憧《あこが》れからくるものに過ぎないにしても、珠にとっては決して愉快な話ではない。

あまり深く考えると苛々《いらいら》するし、ろくでもないことを想像しそうになるので、珠はあえて気にしないことにしている。メールの時だけ、桃子さんのこと、なんで「桃っち」って書いてくるの？　何か意味があるの？……などという質問を発したりもしない。

だから珠は卓也あてのメールで、三ツ木桃子のことを書く時は、必ず、「桃子さん」にした。決して「桃っち」などとは書かない。時には「三ツ木さん」とも書く。それがささやかな自分からの意思表示だということに、卓也が気づいてくれればいい、と願っているのだが、卓也がそれについて何か言ってきたことは、かつて一度もない。

隣の石坂はコーヒーをすすり、熱心に携帯をいじりながら、落ちつかなげに時折、足を組み換えたりしている。メールを打っている様子はなく、何かを検索しているようでもない。ただ携帯を手に、画面を凝視しているだけ、というようにも見える。

カフェはますます混み合ってきた。次々、新しい客が入ってくるが、どこにも空席がないとわかって、すごすごと引き返して行く。

珠は卓也のメールに返信した。

『ＯＫ。大変そうだね。私は今……』

今、表参道でお茶してるとこ、と書きかけて、珠はその文章を削除した。せっかくの神聖なる哲学的・文学的尾行のさなか、たとえ卓也であろうと、安易に他人にそのことを教えるべきではない。おそらく、こういうことはすべて、秘密裡《ひみつり》に行わねばならないのだ。

「私は今」の代わりに、珠は「がんばってね」とだけ書いて、送信ボタンを押した。いつものことながら、わざと最後に派手な絵文字をつけるのも忘れなかった。

携帯を閉じ、テーブルの上に置いた時だった。珠の視界の中に、こちらに向かって急ぎ足で歩いて来る一人の女が飛びこんできた。

つや消しの黒のテーラードジャケットに、黒いスリムパンツ、焦げ茶色のロングブーツをはいている。ジャケットの中は、やはり黒のＵネックの薄手セーター。ウェストにはゴールドのバックルのついたベルトをしめ、大きめのシルバーのショルダーバッグを肩に、女は息を弾ませながら、まっすぐ石坂に向かって来た。

長く伸ばした髪の毛を無造作に横分けにしている。毛先にだけ軽くパーマをあてているのか、くせ毛なのか、胸のあたりまである髪の毛は、やわらかく揺れている。

中肉中背。年齢はわからない。二十代には見えないが、四十代五十代でもなさそうだ。

ふつうに考えれば三十代だろう、と珠は思った。

女は石坂の正面の席に腰をおろし、肩にかけていたバッグを膝《ひざ》に載せながら、「早かったのね」と言った。満面、笑みを浮かべている。

「うん」と石坂が答えた。珠の側から、その表情は見えないが、とっておきの笑顔を作っているのが、見なくともわかる。「バッグ、こっちに置こうか?」

「うん。ありがと」

女がテーブル越しに手渡すバッグを石坂が受け取り、自分の鞄《かばん》の脇に置いて、さらに、何かとてつもなく大切なものを隠すかのように、オリーブ色のコートでそれを被《おお》った。

その作業をしている間、珠の座っているほうに石坂が身体を向けてきたので、珠は慌てて携帯を手にし、夢中になって中を覗《のぞ》きこんでいるふりをした。

「あれ、飲み物は? 買ってこなかったの?」

「史郎さんがいるのが見えたから……。注文なんか、後回し」

「そんなに俺に会いたかった?」

女はくすりと笑い、「会いたかった」と言った。わずかだが、沈黙が始まった。

手を握り合ってでもいるのか、と思った珠は、携帯を手にしたまま、目だけそっと動かして隣を盗み見た。二人は、他が目に入らない、といった様子で見つめ合っているだけだった。

「混んでるなあ。座れたのが奇跡だったんだよ。飲み物、俺が買って来てあげるよ」と石坂。声が浮ついている。好きな女を前にした男の声である。「何にする？」

「じゃあ、コーヒーをお願い。ホットで」

「わかった。こっちに座れば？　その椅子、硬いだろう」

「ううん、大丈夫。人が大勢いるところでは、後ろ、向いていたいの」

「誰か知ってる人に見られるかも、って？」

「そうね。それもある」

「俺は全然平気だよ」

「そう？」

「二人でいるところ、いつも、見せびらかしたいって思ってるから」

「嘘ばっかり」

「嘘じゃないよ。ほんとだよ」と石坂は言い、「あのさ」とテーブル越しに上半身を傾け、女に向かって顔を近づけた。「コーヒーじゃなくて、白ワインにしないか。せっかく会えたんだ。俺たちがこんなふうに向き合って、コーヒー飲んでるだけなんて、無粋だよ」

「私はもちろんそうしたいけど、あなたはこれから仕事じゃない」

「グラス一杯だけなら平気だよ」

「これから作家さんと会うのに？　だめだめ。やめたほうがいいよ、今日は」

「ああ」と石坂が深いため息をついた。「行きたくないな。しのぶの顔を見ちゃうと、もうだめだ。私だって、社会生活ができなくなる」

「うん。私だって」

「しのぶ。ちょっと、手、出して」

しのぶ、という名の女のようだった。女は言われるまま、石坂に向かって右手を差し出した。石坂はその手を両手でくるみ、匂いを嗅《か》ぎ、鼻を押しつけ、そこにくちびるをあてた。

女は羞《は》じらい、人目を気にしてか、髪の毛で顔を隠しながら、あたりをそっと見回す仕草をした。ほんの一瞬だが、珠と女の目が合った。

珠は慌てて視線を外し、iPodを手に、曲を探しているふりをした。できるだけ無関心な顔つきを心がけて。

「だめだね、こんなことしてると」と石坂は低い声で言った。「かえって離れがたくなる」

「今、来たばっかりよ。もう離れるつもり?」

「まさか」と石坂は言い、女の手を名残惜《なごり》しげに離すと、席から立ち上がった。「コーヒー、買ってくる。待ってて」

女はうなずいた。石坂が珠とは反対側の、レザーの席の右側を回って、入り口カウンターのほうに立ち去って行った。

珠はiPodを手にしたまま、ちょうど珠の斜向《はすむ》かいに座った形になっている女に、全神経を集中させた。女はしばしの間、何か放心したような表情でテーブルの上を見つめていたが、やがて両手で髪の毛を後ろに撫《な》でつけ、ぶるっ、と猫のように頭を揺すったと思うと、ジャケットのポケットから何かを取り出した。琥珀《こはく》色をした大きなバレッタだった。

女は、長い髪の毛の一部を後ろでまとめ、バレッタで留め始めた。顔がやや左側……珠のほうとは逆のほうに向いていたため、珠は女をじっくり観察することができた。

卵形の顔。化粧は手ぬかりなくしているようだが、濃くはない。美人と呼べる顔立ちではないが、垢抜《あかぬ》けている。どちらかというとファニーフェイス、と珠は頭の中で「記録」する。細すぎず、太すぎず、身体つきは均整が取れている。

決して顔が大きいわけではないのに、あまり小さく見えないのは、顎《あご》がほんの少し、長いせいかもしれなかった。体質なのか、あるいは疲れがたまっているのか、両目の下にうっすら隈《くま》が浮いている。無表情になると、口角が少し下がり、わずかだが、口がへの字を描いて、険しいような、神経質そうな印象を残す。

バレッタで髪の毛を留め終えると、女は後ろを振り返った。石坂がトレイを手に戻って来るのが見えた。

混み合う店内は、ざわざわとした話し声や笑い声であふれていたが、石坂と女だけが、別の空間を作っているようにも見受けられる。石坂は女に向かってにこにこしている。石坂の目は女しか見ていない。

テーブルまでやって来ると、彼はコーヒーの載ったトレイを女の前に恭しく置いた。

「はい、お嬢さま。コーヒーをお持ちしました。砂糖は不要。ミルクのみ少々。拙者、お嬢さまのお好みは知り尽くしておりますゆえ」

女は笑い、「ありがとう」と嬉《うれ》しそうに言った。「ねえ、それって、時代劇のつもり？」

「そうなんだけど、なんか違うね」

石坂は席に腰をおろし、二人はくすくす笑い合った。

「そうやって髪の毛、後ろで留めると、しのぶの部屋にいるみたいだな。リラックスしちゃうね」

「うちにいる時は、後ろで結わえちゃってるじゃない」

「うん。でもたまに、そんなふうに前髪だけ後ろで留めてる時もあるよ」

「ああ、そうかも」

「全部結わえちゃうのは、いつも、俺たちが愛し合った後だけだよ」

「しーっ」と女はくちびるに人さし指をあてがった。「史郎さんたら。人に聞かれるって」

珠はiPodを聴いているふりをしながら、慌てて目を閉じた。そのため、石坂が何かひそひそと小声で言い、それに対して女がどんな表情を作ったのか、確認することはできなかった。

しのぶ、という女はコーヒーにミルクを注ぎ、スプーンでかきまわし、ゆっくりとそれを飲んだ。

「忘れないうちに」と女はカップをテーブルに戻してから言った。「史郎さん、その私のバッグ、とってくれる？」

石坂が珠のほうに向き、コートの下にある彼女のバッグを手に取った。少し重たげなバッグだった。

女は手渡されたバッグのファスナーを開け、中から一冊のノートを取り出した。焦げ茶のビニールカバーがついた、大学ノートほどの大きさで、厚さは一センチほどだった。

「はい、忘れ物。大事なノート」

「ああ、ありがとう」と言い、石坂はそれを受け取った。「しかし、俺がゆうべ、これをしのぶの部屋に忘れなかったら、今日は会えなかったんだと思うと不思議だね。忘れたおかげ、ってやつだよ」

「会おう、って言われたら、会ったよ、私」

「でも、きっと今日は、二人とも我慢したと思うよ」

「どうして？」

「だって、会ってもゆっくりできないから」

「……土曜日だから？」

ほんのわずかではあるが、沈黙が流れた。ふっ、と先に笑ったのは女のほうだった。

のよ」

「ごめん。こういうこと、言っちゃいけないよね。でも、そういうつもりじゃなかった
「いや、全然いいんだよ」と石坂は言い、気分を変えるようにして、ノートをぱらぱらとめくった。「ともかく、これを忘れたおかげで、今日もこうやってしのぶに会えたんだからさ。忘れ物をするのも悪くない、ってことだな」

「ねえ」と女はテーブルの上に身を乗り出した。「そのノートの中身、見ちゃった、って言ったら、史郎さん、怒る？」

「なんで怒るの。これは、会社の会議とかで、いろんなことメモったり、なんか思いついたことを走り書きするためだけに使ってるノートだし、見られても全然、平気だよ」

「正直言うとね、ちょっと興味あったから、ぱらっ、と覗《のぞ》いちゃった。でも、あくまでも、ぱらっ、とよ。しげしげ見たわけじゃなくて」

「正直だなあ」石坂が楽しそうに笑う。「で、なんか発見、あった？」

「あった」

「何？　教えて」

「誰かさんにあてて書いたラブレターがあった」

「嘘だろ」

「嘘」と言って、女は甲高い声で笑った。「そんなんじゃなくて、そのノートのね、最初のページにカレンダーが印刷されてるでしょ？　今年と来年の。でね、今年の十二月

二十二日のところに、小さく○がついてた。よく見ないとわかんないくらい小さいけど、わかる人にはわかる、ちっちゃーな赤い○印」

「ちっちゃーな」と言う時、女の声は少女のそれのようになって裏返った。

「十二月二十二日？」と訊《き》き返し、すぐさま石坂は「よく気づいたね」と言った。「しのぶはなんでも発見できるんだな」

「だって、私たちのプレ・クリスマスイブの日じゃない。そこには、なんか印がついてるはず、って思って見たの」と女は言ってから、少し身を乗り出した。「ねえ、それでね、ちょっと提案があるんだけど」

「うん？　何？」

「思いきって、ホテルの部屋、スイートにしちゃわない？」

「おおっ」と石坂が声をあげた。「いいこと言うね。いいよ、そうしようか。そろそろ予約しなきゃいけない、って思ってたとこなんだ」

「半分、私が出すから」

「何言ってんだよ。いいよ、そんなこと心配しなくたって」

「でも高いよね。値段はよく知らないけど、あのへんのスイートだと、最低でも七万くらいするんじゃないかな」

「俺たちのクリスマスイブなんだからさ」と石坂は言った。「俺、無理するよ。しのぶのために」

「でも、食事代入れたら大変よ。お願い、部屋代の半分は私に出させて。史郎さんにばっかりお金使わせて、すごく申し訳ないから」

「まあ、そんなことは今、決めなくたって。とにかく、金なんか、いいんだよ。なんでもなる。それより、ホテルはやっぱり、恵比寿《えびす》のWホテルでいいよね」

「もちろん」

「わかった。すぐ予約しとく。いい部屋をね」

女はテーブル越しに手を伸ばした。石坂はその手を両手で握った。

「ほんとに大丈夫？」と女が訊《たず》ねた。

「大丈夫、って何が」

「奥さんとお嬢さん。翌日は祝日でしょ？　直前になって、何か予定を作ってきたりするんじゃないか、って心配」

「万一、そうなっても、二十二日は初めっから、出張、ってことにするからまったく問題ないよ」

「そっか」と女は言った。

束の間、沈黙が流れた。石坂は女の手を離した。二人はそれぞれ、コーヒーを飲み、見つめ合った。

女が先に口を開いた。「その夜は、ずっと部屋にいてもいいな。どこかで食事しても、すぐ部屋に戻ろうね」

「でも、その前に、ホテルのバーで一杯だけ飲もうよ。あそこのバーで、しのぶと飲みたいんだ」

「なんで？」

「二日早いけど、俺たちのクリスマスイブなんだよ。どこかオープンスペースになってるところで、二人でいたい感じ、するじゃないか。しのぶといるところを見せびらかしたいだけなのかもしれないけど」

女はくすくす笑った。「誰に？」

「世界のみんなに」

石坂は両手で女の手を包み、そこにまた、くちびるを寄せた。珠はまたしても、iPodを手に、目を閉じていなければならなかった。

「人が見てるってば」と女が囁《ささや》いた。

「誰も見てないよ。しかしさあ、こういう場所でしのぶに会うのは、すごく新鮮だし、これはこれで、なんか、いい感じだなあ。まわりはうるさくてガサガサしてるんだけど、二人っきりになれる感じもするし」

「ああ、わかるわかる。私も、こういうの、嫌いじゃない」

「ますます、このまま仕事に行くのがいやになっちゃったよ。うんざりだなあ」言いながら、石坂はそっと女の手を離し、背もたれに背を押しつけた。「これから二人で食事に行ければいいんだけどね」

「今夜は遅くなるの？」

「終電に間に合うように帰るつもりだけど、どうなるかな」

「飲みすぎないように」

「しのぶ以外の人と一緒にいる時は、あんまり飲まないって。で、しのぶは？　これからどうする？」

「うちに帰る。やり残してる仕事がいっぱいあるのよ」

「ゆうべ言ってた仕事だけじゃないんだろう？」

「うん、そう」

女は珠の知らない会社の名や、人物の名をいくつか口にし、年末までに仕上げなければいけない仕事の数々を石坂に説明し始めた。出版関係の仕事をしているようだった。雑誌の記者か何かだろうか、と珠は推測した。

「年末にかけて大変だな」と石坂が言った。「身体こわさないようにね。すごく心配だよ」

「私、馬みたいに丈夫だ、って知らないの？」

「だとしたら、セクシーすぎる馬だね。俺なんか、乗ったとたん、遠くまで連れてかれて、そのままご昇天だ」

「やあだ。そういう話、してるわけじゃないのに」女は媚《こ》びたように笑い、ふと我に返ったように腕時計を覗いた。「ね、史郎さん、時間、大丈夫？」

石坂は「うん」と言った。「そろそろ行かなくちゃな」

「そのほうがいいね」

「仕方ない。じゃ、行くか」

「タクシーで行くんでしょ？」

「うん。でも、その前にしのぶを送るよ」

「いいわよ、まだ早い時間だから一人でも平気よ。遅れちゃうじゃない。私が史郎さんを見送るから」

「だめ。マンションまで送る時間はないけど、少しだけでいいから送らせろよ。そうしないと、俺、気がすまない」

ふうっ、と女は幸福そうなため息をつき、「わかった」と言った。「じゃ、地上に出るまでね」

二人はそれぞれの荷物を手にし、席を立った。珠はひと呼吸置いてから、iＰｏｄのイヤホンを外し、携帯と一緒にバッグの中に押し込むと、ただちに二人の後を追った。

だが、焦る必要はなかった。二人は、いかにも名残惜しげに、肩を並べてゆっくり歩き、「マルシェ・ドゥ・メトロ」の外に出た。そして、表参道の交差点に一番近い、賑《にぎ》やかな出口を避けるかのように、明治安田生命、青山ダイヤモンドホール方面の出口に向かった。

その方角に向かう通路には、通行人の数は少なかった。表参道の駅を利用する大半の人間は、交差点出口を使って地上に出る。

通行人が少なくなった分だけ、気づかれる可能性も高くなった。珠は慎重に、距離を置きながら尾行を続けた。

石坂と女は、いつのまにか、手をつなぎ始めた。まわりに人がいなくなったので、安心したのかもしれない。

並んで歩く二人の後ろ姿を遠くに眺めながら、珠は、彼らがなかなか似合いのカップルだ、と感心した。

背丈の違いもちょうどいい。全体が醸しだす雰囲気も、うまく釣り合いがとれている。性の相性が抜群なのか。それとも、単に深い関係になったばかりで、二人とも高揚しているだけ、ということなのか。

しのぶという女は石坂と手をつなぎながら、一瞬でも離れまいとするかのように、彼の肩に頭を乗せたり、つないだ手を外して、彼の腕に腕をからませたりし、石坂は石坂で時折、彼女の腰に手をまわしたり、彼女の頭を胸のあたりに抱き寄せたりしていた。

人けのないエレベーターを上がると、白い大理石でできた巨大なホールに出た。吹き抜けになった天井は高く、通常の建物の三階分はありそうだ。

ホールに面して、二、三の小さな店舗があったが、それらはすべてシャッターがおろされている。天井に小さなダウンライトがいくつか灯《とも》されているだけで、あたりは仄暗《ほのぐら》い。

珠の少し先を歩く二人の靴音だけが、静まり返った壁に反響している。ホール奥の太い柱の向こう側は、表参道と並行して延びている裏通りである。まだ六時前だというのに、外はもう、とっぷりと暮れている。裏通りに人影は見あたらない。

ふいに、目の前を行く二人が歩調を落とした。次の瞬間、その姿はホール内にある、神殿のそれのごとき太い円柱の蔭《かげ》に吸い込まれ、見えなくなった。

珠はできるだけ、その柱から離れたコースをとりながら、同じ速度で歩き続けた。はいてきたのがトレッキングシューズだったのが幸いした。足音はほとんどしなかった。

一秒の何分の一かの短い時間、珠は目の端で二人の姿をとらえた。振り返らぬよう注意しながら、わずかの隙に、珠は二人のしていることを視界に焼きつけた。

彼らは柱の蔭で抱き合い、くちづけを交わしていた。それは、覗《のぞ》き見ているこちらを気恥ずかしくさせるほどの、貪《むさぼ》り合うようなくちづけだった。

二人が珠に気づいた様子はなかったが、足を止めるわけにはいかなかった。そのまま素知らぬふりをして静かに歩き続け、珠はホールの外に出た。知らず、胸がどきどきしていた。

ビルを取り囲むようにして、石畳の遊歩道とグリーン地帯が左右に延びている。珠は右に折れて遊歩道を歩き、ビルの角まで行ってから、外の通りに出た。振り返ると、グリーン地帯に植え込まれている木々の向こうに、ホールを出て来たばかりの石坂としのぶの姿が見えた。

しのぶが手を振ろうとすると、石坂はその手を握って、再び自分のほうに引き寄せた。あたり憚《はばか》らぬ、といった具合に、二人は遊歩道の上で抱擁し合っている。

だが、後方から人がやって来たらしい。二人は慌てたように身体を離した。いたずらを見咎《みとが》められた子供のような、かすかな笑い声が風に乗って珠の耳に届いた。

しのぶがいかにも無邪気そうに、大きく手を振った。石坂も手を振り返した。

後ろ向きに歩きながら、手を振り続けているしのぶの横を、紫色のベレー帽をかぶったショートカットの女が、長いトレンチコートの裾《すそ》を翻し、足早に通り過ぎた。女はしのぶのほうは見ておらず、携帯を耳に、眉《まゆ》を寄せながら低い声で話し続けている。何か深刻な話をしているらしい。女のはいている、ヒールの高いブーツの靴音があたりに響きわたった。女はまもなく通りに出て、表参道のほうに去って行った。

しのぶが次第にこちらに近づいて来た。通りの角に立っていた珠は、急いでバッグから携帯を取り出し、耳にあてがった。

しのぶに聞こえるよう、わざと大きな声で「もしもし」と言った。誰かと話しているふりをし続けた。

しのぶの耳に、その声が届いているかどうかは、わからなかった。珠は携帯を手にしたまま、長い髪の毛で顔の半分を隠すようにしながら、しのぶのほうを窺《うかが》ってみた。

いつ外したのか、しのぶの髪の毛に、さっきまで留められていた琥珀《こはく》色のバレッタはなかった。横分けにした長い髪を胸のあたりで躍らせながら、しのぶはまっすぐ前を向いて歩いて来て、つと、後ろを振り向いた。

ふわりと身体が回転した。ダンスでもしているかのように、優雅な動きだった。

石坂はいつまでも手を振っている。しのぶも手を振り返す。満面に笑みが浮かんでいる。

それ以上、じっと見ていると気づかれる恐れがあった。珠は、表参道方面に歩き出そうとする素振りをしつつ、横目でしのぶの歩いて行こうとする方向を確かめた。

遊歩道から通りに出てきたしのぶは、もう一度、後ろを振り返った。石坂はまだ、同じ場所に立ち、しのぶに手を振り続けている。

きりがない、と思ったらしい。やがて、二人はどちらからともなく、手を振り合うのをやめた。しのぶが前を向いて歩き出した。表参道とは逆方向に向かおうとしている。

店で交わされていた会話通り、しのぶが徒歩で帰宅しようとしているのは明らかだった。珠はそっと、石坂のほうを窺ってみた。

恋しい女と離れがたく思うあまり、ずいぶん余計な時間を使ってしまったようだった。仕事の約束の時間に遅れそうになっているに違いない。さすがに彼の姿は見えなくなっていた。

珠は迷わず、しのぶの後を追うことにした。今、この瞬間から、石坂を追いかけて行っても、すでにどこに行ったのか、わからなくなっているのは間違いなかった。

だがその石坂の、隠れてつきあっている恋人なら、珠のすぐ目の前にいる。尾行対象者が途中から変わることになったわけだが、そのことについて問題は何もないはずだった。

あの、いささか品のないほど烈しいくちづけを交わし合う二人の姿を見る限り、どちらを尾行しても、同じことのように思えた。

Aを尾行すれば、おのずとBが明らかになり、また、Bを尾行すれば、同様にAを知ることになる。この場合、AもBも、一対の合わせ鏡の中に映し出された像だと考えればいい。

珠はもはや、自分がしていることに興奮するのみならず、深い満足感を覚えていた。すべてが愉快でならなかった。

目的を何ももたない尾行だったにもかかわらず、尾行を開始してわずか数時間後、早くも手にあまるほどの情報を得ることができた。珠は、ここ最近、これほど痛快な気分になったことはなかったような気がした。

人はこんなにもたやすく、見ず知らずの他者の秘密を知ることができる。しかもそれは、知りたいと強く願っていた秘密ではない。その秘密を知ったからといって、何かの役に立ったり、自分の得になったりするわけでもない。あくまでも、自分には何の関係もない秘密に過ぎない。しかし、だからこそ、それは尾行者を酔わせてくれるのだった。

世間で理想とされているような、平凡で穏やかで、裏切りも隠し事も嘘もない、ひたすら公平な愛だけで充《み》たされている人生など、どこにもない。尾行者は尾行対象者を通して、そのことをはっきりと再認識する。

……珠は、ふと思いついたそれらの考えを頭の中で反芻《はんすう》してみた。我ながら哲学的な思考回路が出来上がったものだ、と思い、俄然《がぜん》、誇らしくなった。篠原に教えて聞かせたら、ほめてもらえるのではないだろうか。

少し先を行くしのぶは、一定の歩調を崩さずに、大型ショルダーバッグを肩にして、弾むような足どりで歩き続けている。時折、髪の毛をかき上げる仕草をする。背筋を伸ばした歩き方が美しいのは、いつものことなのか。それとも、石坂と交わした抱擁とくちづけが、彼女を女優のような気分にさせているのだろうか。

人通りは少ない。すぐ近くに表参道や原宿の繁華街があるとは思えないほど、静かで落ちついた住宅街が続いている。

少し行くと、暗がりの中、前方に金色に輝く尖塔《せんとう》が見えてきた。そんなものがこのあたりにあったとは、珠はまったく知らなかった。

ヨーロッパの街角などでよく見かける、古い教会の大聖堂を思わせる。なのに、どこかが不自然にきらびやかで大げさで、人工的だ。

こもったような黄色い明かりが洩《も》れている入り口ゲート付近に、着飾った若い男女が佇《たたず》んでいる。女たちは全員、示し合わせたように、色とりどりのドレスにハイヒールをはき、思い思いの素材のショールを肩に巻いている。

男たちは黒のディナースーツ姿。それぞれ、引き出物が入っているらしき紙袋を手に提げている。大聖堂を模したその建物は、ウェディングパーティーなどに使われているイベント会館であるらしい。今日も、今しがたまで、結婚披露宴が行われていたようである。

しのぶはその建物の横を通り過ぎた。路上で談笑している、めかしこんだ人々の間をすり抜け、もくもくと歩き続けている。大聖堂の尖塔から放たれる金色の光が、闇の中に浮き上がり、あたりを不思議な異国の街角のように見せている。

大聖堂の少し先に行くと、洒落《しゃれ》たブティックや雑貨店が並ぶ一角が現れた。どの店も開いており、煌々《こうこう》と明るい店内に、数人の客がいて買い物を楽しんでいる様子が見える。店の明るさに比べ、外は小暗い。店内の照明が、影にのまれたようになっている通りに飴《あめ》色の光を投げている。

その通りを歩調を崩さずに素通りしたしのぶは、右に折れた。低層マンションが立ち並んでいる通りが現れた。

住宅地とも商業地区ともつかない、どこか中途半端な印象をもたらす通りである。スタイリッシュなわけでもなく、かといって、生活臭にあふれているわけでもない。

何かのオフィスに使われているに違いないビルがあるかと思えば、ごくありふれた木造の小住宅があり、美容院や輸入雑貨店、花屋、経営しているのかいないのか、シャッターをおろしたままの店舗があり、といった具合である。ここから少し先に、華やいだ青山通りや表参道、骨董《こっとう》通りがあることが信じられなくなるような、静かでのどかな一角で、そのあたりだけ、時間の流れが止まっているかのようでもある。

そんな中を変わらずにリズミカルな足どりで歩いて行くしのぶは、通りの中程にある、一軒のマンションの前で、歩調をゆるめた。少し首を傾けて、ショルダーバッグに片手を突っ込もうとしている。

マンションに向かって左側の、庇《ひさし》のついた壁に、外づけにされたメイルボックスが並んでいた。メイルボックスの手前まで行ったしのぶは、探しているものが見つからなかったのか、ショルダーバッグを肩からおろし、膝《ひざ》で支え、本格的に両手で中を探り始めた。

やがて、小さな赤いものが取り出された。キイホルダーのようだった。

白い外壁が、スパニッシュふうにコテ塗りにされた六階建てのマンションである。壁は何度か塗り替えられた形跡があるが、どう見ても築三十年以上経過している。

一階正面から出入りするようになっていて、そのエントランスポーチのあたりが、四台の車を駐車できるスペースになっている。だが、その時間、車は一台も停められていない。

入り口の両開きのガラス扉の向こう正面に、エレベーターが見える。エレベーターホールは小さい。管理人室はないようである。

通りをはさんで反対側に、生活雑貨を売る店があった。珠はその店先に立ち、小さなショーウィンドウにディスプレイされている、巨大なアロマキャンドルに見入っているふりをしながら、そっと背後のしのぶを窺った。

おそらくは戸数の分だけ、整然と並んだステンレスのメイルボックスのそれぞれには、頑丈そうな真鍮《しんちゅう》の鍵《かぎ》が取り付けられている。

しのぶは右端の列の、下から数えて三つ目のメイルボックスの鍵を外した。扉を開き、中から何通かの、大小の封書のようなものを取り出した。

その場に立ち止まったまま、それらをざっと眺め、扉を閉じ、鍵をかけ直し、しのぶはそれが癖なのか、髪の毛をぶるんと揺すって、マンションのエントランスに向かって行った。

ガラス扉の向こうに、エレベーターが降りて来るのを待ちながら、郵便物を確認しているしのぶの姿が見えた。やがてエレベーターの扉が開いた。手に新聞紙でくるんだ小菊の花束を抱えた和服姿の中年の女が一人、降りて来た。しのぶとは顔見知りのようだった。

しのぶは女とにこやかに短い挨拶《あいさつ》を交わし、花束を指さしながら、少し立ち話をした。エレベーターの扉が閉まりかけたので、しのぶは慌てたように、中に乗った。

しのぶは女に向かって微笑み、会釈をした。和服姿の女は、笑みを浮かべた顔のまま、いそいそとマンションから出て来て、裾《すそ》さばきも鮮やかに、すぐに表参道方面に向かって歩き去って行った。

珠は急いで通りを渡った。マンションのエントランスに近づいて、エレベーターが止まったフロアを確認した。三階だった。

庇の下のメイルボックスの前まで行った。珠のすぐ近くを、背広姿の男の三人連れが、声高に何かしゃべりながら通り過ぎて行った。三人のうち一人は、メタルフレームの眼鏡をかけた白人だった。

車道を乗用車が行き交った。珠の背後でバイクが停まる気配があった。振り返ると、派手な赤と白のストライプ模様に塗られた、ピザの宅配用バイクだった。

エンジンをとめて、バイクから降りて来た若い男が、ピザの入った箱を手に、エントランスドアを開け、中に入って行くのが見えた。男はひどく急いでおり、一度も珠のほうを見なかった。

右端の列の下から三番目……間違えることのないよう、何度か確認した。

珠は、ネームプレートに刻まれた名を頭にたたきこんだ。

それは305号室だった。

象牙《ぞうげ》色の小さな洒落たネームプレートには、「澤村《さわむら》デザイン事務所・澤村しのぶ」とあった。

3

卓也と一緒に暮らし始めた時、珠が二人の部屋に運びこんだノート型パソコンは自分専用のものだった。卓也は卓也で、同様に自分のパソコンを持っていた。機種は違うが、共に小型のもので、バッグの中にも入れることができた。だが、卓也も珠も、パソコンを外に持ち出すことはめったになかった。

退屈すると、ネットサーフィンを始め、それが長時間に及んでしまうこともないではなかった。ネットショッピングにのめりこむこともたまにあった。

だが、珠はブログもやらず、ツイッターもやらなかった。卓也も同様だった。二人とも、ネットを効率よく利用し、使いこなす生活をしてはいても、依存することは決してなかった。その点において、珠と卓也は似通った性格である、と言えた。

また、卓也も珠も、それぞれのパソコンにはパスワードを必要とするような設定はしていなかった。同棲《どうせい》を始める前までは、二人とも一人暮らしをしていたので、第三者に中を見られないようにするパスワードは必要なかったのだ。

共に暮らし始めた時も、そのままでいようと互いに決めた。見られて困るようなメールはやりとりしない、知られて恥ずかしくなるようなサイトを覗《のぞ》いたりはしない、という暗黙の約束を二人で交わし合った。

だが、それは同時に、間違ってもこそこそと相手のパソコンを覗くべからず、という、二人の間の厳しい戒律にもなった。

珠の留守中、卓也が珠のパソコンを黙って開き、メールを盗み読んだような気配を感じたことは一度もない。もちろん、珠もそんなことはしたことがなかった。

仮に秘密の相手とメール交換をしようとするのなら、パソコンではなく、携帯でやりとりし、直後に消去してしまえばいいのだった。わざわざパソコンを使う必要もないわけで、そう考えると、不信感を抱いた時には、パソコンよりも携帯をチェックすべきだ、ということになるが、珠は卓也の携帯をチェックしたこともなかった。

まわりの女友達が、ほぼ全員、恋人の携帯の着発信履歴やメールを盗み見たことがある、と言っているのを耳にするたびに、珠はどうしてそんなことをするのだろう、と不思議に思う。

万一、自分が覗き見た卓也の携帯メールに、「桃っち」から来たハートマーク満載のメール、卓也が「桃っち」に送ったキスマーク満載のメールを見つけでもしたら、あるいは、珠のまったく知らない女とやりとりする、性的な内容のメールを見つけでもしたら、真偽を確かめる以前に、間違いなく自分の中で、それまであった一つの世界が崩壊する。珠はそう思っている。

珠にとって、見なかったことは、なかったことと同じだった。むきだしの真実だけを追い求めるあまり、みすみす、大切な関係を壊すのは馬鹿げている、というのが珠の考えだった。

といって、卓也も同じ考えであるとは限らなかった。珠が携帯を持って出るのを忘れて外出したり、入浴したりしている間に、彼が珠の携帯を密《ひそ》かにチェックするのが習慣だったとして、特に不思議ではなかった。

目の前に、恋人や妻の携帯が無防備に放り出されていたら、つい、中を覗いてみたくなるのが人情かもしれなかった。

タブーを犯そうとする時の人間心理ほど、単純なものはない。見てはいけない、とされているものは見たくなり、してはならない、と言われれば言われるほど、つい、やってみたくなる。

卓也が軽い気持ちで、自分の携帯を覗き見たことは一度ならず、あったのかもしれない、と思うが、もしそうだったとしても、珠は、別段、腹は立たなかった。見られて困るようなメールは誰ともやりとりしていなかったし、知られて恥ずかしい情報も詰まっていない。

何よりも、覗き見をしてみたくなる人間の気持ちは理解できた。そういうことをしたからといって、人間性の低俗さを指摘して罵《のの》ったり、軽蔑《けいべつ》したりする気にはならなかった。

誰だって、人の秘密には興味がある。まして恋人が、自分と過ごしていない時間に誰と会い、何を話し、何をしたのか、ということについて、一つも猜疑《さいぎ》心を抱かずにいられる人間は少ないだろう。

だが、たとえ猜疑心が働いても、実際に恋人の携帯やパソコンを覗き見るかどうかは別の話だった。そういうことはやらない、やりたくない、というのが珠であった。

それは言い方を替えれば、自分の知らない人間と自分の知らない関係を結んでいる恋人に直面することから、永遠に逃れていたい、と望むからかもしれなかった。自分の、自己防衛本能の強烈さを珠はよく知っていた。

そんな珠だったから、「文学的・哲学的尾行」の「報告書」をどこに記録すればいいか、初めから答えは決まっていた。

自宅のノート型パソコンに打ち込むのが一番手っとり早く、保存も確実だったが、それだけは避けたかった。卓也にいつ見られるかわからない。かといって、パスワードを使わなければ開かないよう、今になってパソコン設定をし直したら、何かのきっかけでそれを知った卓也に怪しまれ、かえって興味をもたれてしまう。

「報告書」はノートに手書きで記入しよう、と珠は決めた。このような場合、古式ゆかしい方法をとるのが、案外、一番安全なのだった。

だが、大判のノートだと持ち歩きに困る。派手な模様のついたノートや、いかにも高価そうなノートも避けたほうが無難だった。

珠は北青山のマンションに「澤村しのぶ」が入って行くのを確認した後、表参道を原宿方面まで歩き、途中で見つけたファンシーショップで、文庫本ほどの大きさの小さなノートを買い求めた。

淡い臙脂《えんじ》色で、少し厚みはあるが、端のほうに細いボールペンもさしこんでおけるようになっている。子供っぽいデザインだったが、そのサイズであれば、バッグの中の、ファスナー付きポケットの中か、もしくはコスメポーチの中にしまっておける。卓也は、女のバッグやコスメポーチの中まで漁《あさ》るような男ではなかった。

望み通りのノートを買って満足した珠は、急に空腹を覚えた。何を食べようか、と考えながら、たまたま通りかかったハンバーガーショップにふらりと立ち寄った。

窓辺の席が一つ、空いていた。珠はその席に座り、ガラスの向こうに夜の表参道を眺めつつ、チーズバーガーとフライドポテトを食べ、抹茶ラテを飲んだ。

携帯のネットを使って、「澤村しのぶ」を調べてみよう、と思い立った。だが、折悪しく、携帯の電池は切れかかっていた。

それなら、せっかくここまで出てきたのだから、表参道ヒルズでも覗いて行こうか、とも思ったが、今さらウィンドウショッピングをする気分にもなれなかった。一刻も早く家に戻り、「澤村しのぶ」について調べたかった。ハンバーガーショップを出た珠は、迷わず来た道を戻った。

夜の表参道は、道路に面して並ぶ店の明かりやネオンで華やいでいた。空気は冷たかった。行き交う人々のうち、半分がカップル、三分の二が若い女で、残りは年齢も職業も、国籍すら不詳の男女だった。

地下鉄の表参道駅まで行った珠は、階段を使って地下まで降りた。改札を抜け、半蔵門線のホームに行った。電車を待つ間、もう一度、携帯を覗いてみた。

電池が切れかかり、充電ランプも真っ赤になっていたが、かろうじてつながっているようだった。卓也から、メールも電話も入っていなかった。三ツ木桃子の、撮影の出番待ちにつきあっているのなら、卓也は今夜、かなり遅くなるのかもしれない、と珠は思った。

まったく淋《さび》しくないわけではなかったが、それならそれで、ゆっくり報告書を書くことができる、と考え直した。

渋谷経由で珠がP駅に到着したのは、八時過ぎ。ショッピングモールがまだ開いていた。翌日起きてから食べるパンがなかったことを思い出した珠は、ショッピングモール内にある、人気のベーカリーまで行った。

「ブルーベリーのベーグルを二つとマフィンを二つ買い、「以上でよろしいでしょうか」と店員に訊《き》かれたので、なるべく食べないよう我慢してきたあんドーナッツを一つ、追加してもらった。カロリーが高いとわかっていたが、砂糖がたくさんかかった、しっとりしたあんドーナッツは珠の大好物だった。

駅前広場の隣のバス停車場から、市営バスに乗り、四つ目で降りた。住宅街の夜道には、干した草のような秋の香りが満ちていた。

マンションまで歩き、中に入ろうとして、ふと思い出し、珠は、通りをはさんだ反対側の石坂の家を振り返った。

石坂の家の門にも、玄関にも、明かりが灯《とも》されていた。庭に面した二階の窓にはシェードがおろされ、一階の、リビングとおぼしき部屋からは、カーテン越しに黄色い、温かみのある光がもれていた。カーポートには、夕方、駅前広場で珠が見たベンツが、いつものように停められていた。

家の中では、夕食を終えた石坂の妻が、娘と並んでソファーに腰をおろし、テレビでも観ているのだろうか。珠は想像をめぐらせた。石坂が、柱の蔭《かげ》でしのぶと交わしていた、恥ずかしくなるようなキスのことも思い出した。

現実というものは残酷だ、と珠はしみじみ思った。

マンションにはエレベーターがついていない。珠は階段を昇った。どの階で息が切れだすか、によって、その日の体調がわかる。生理の直前や生理中などは、三階を過ぎると、早くも息があがり、足が痛くなってしまうこともある。

だが、その日、珠は快調に五階まで上がることができた。途中で誰にも会わなかった。煮魚の香りが漂い、遠くで犬が吠《ほ》え、外の通りを走り去る車の気配がした。

卓也と暮らしている部屋は、五階の右端。玄関を開けるとすぐにダイニングキッチンがあり、その向こうに六畳ほどの洋間が二つ並んでいる。二人は、右側の洋間をリビングルーム、左側の洋間を寝室として使っていた。

珠は買ってきたパンをキッチンの流しの脇に載せ、ダウンジャケットを脱ぎ、バスルームに行って手を洗い、トイレを使った。そして右側の洋間に入り、明かりをつけ、自分専用のパソコンを出して来て、テーブルの上に載せた。

パソコンを立ち上げている間、完全に電池切れになってしまった携帯の充電を始めた。再びキッチンに行って、冷蔵庫を開け、カロリーゼロのサイダーとグラスを手に、部屋に戻った。

床に座り、サイダーをグラスに注ぎ、ひと口飲み、インターネットで「澤村しのぶ」を検索してみた。三十数件のヒットがあった。

同姓同名の人物が何人かいた。珠が知りたい「澤村しのぶ」は、その中に見つけることができた。

石坂史郎と秘密の関係を結んでいる「澤村しのぶ」その人の、人物データはすぐに見つかった。珠はいっそう深い満足感に浸った。


【報告書】

２０１０年11月6日　土曜日
十六時。田園都市線、P駅前ロータリーにて、対象者A、妻が運転する乗用車（ベンツ）から降りて来る。紺色のジャケット、紺色のズボン、ブルーのシャツ姿。黒い鞄《かばん》を手にし、薄手のコートを携えている。車内後部座席には、小学三年生の娘が一人、飼い犬（白い長毛種の小型犬）が一匹。対象者Aは、妻が運転する車を見送る。

十六時五分。対象者A、P駅構内に入る。その後、十六時九分発の各停、渋谷経由押《おし》上《あげ》行きの半蔵門線に乗車。

十六時四十五分。表参道駅で電車を降りる。改札口を出て、地下一階にある「マルシェ・ドゥ・メトロ」に入る。入り口カウンターにて、コーヒーを注文し、受け取る。トレイに載せ、「カフェ・ドゥ・メトロ」へ。奥のテーブル席の、右から二番目に着席。

十七時二分。女性（対象者B）が現れる。三十代後半くらい。長い髪の毛。身長百六十二、三センチ。黒色のジャケット、黒の薄いセーター姿。黒の細身のパンツ、焦げ茶色のロングブーツ。ベルトのバックルはゴールド。ショルダーバッグはシルバー。顎《あご》が少し長く見える顔立ち。体質と思われるが、両目の下にわずかの隈《くま》。

対象者Aは、対象者Bのためにコーヒーをもって来てやろうと、席を外す。対象者Bは、その間、琥《こ》珀《はく》色のバレッタで髪の毛の一部を後ろのほうで留める。

コーヒーをトレイに載せて戻って来た対象者Aは、Bとしばし会話。前の晩、Bの部屋に忘れてきたというノートを手渡される。

十二月二十二日に、都内のホテルのスイートをとり、二日早いクリスマスイブを過ごす件に関する話などが交わされる。

十七時五十三分。両対象者、席を立ち、店を出る。手をつなぎ、互いの身体に触れ合いながら、B5番出口より、外へ。

途中、柱の蔭で抱擁。キス。約三分間。

十八時五分。対象者Bのみ、北青山方面に向かって歩き始める。対象者A、それを見送る。両名、手を何度も振り合って別れる。この時点で、調査対象を対象者AからBに変更する。

十八時十二分。対象者B、自宅兼オフィスとおぼしき、北青山のマンション前で、305号室のメイルボックスから郵便物を取り出す。その後、マンションのエレベーターに搭乗しようとして、たまたま降りて来た和服の女性（推定五十代）と短い挨拶《あいさつ》。会話。和服の女性と別れ、対象者B、エレベーターに搭乗。三階で降りる。

対象者Aの名は「石坂史郎」。年齢四十五歳。出版社児童書籍編集部部長。対象者Bの名は「澤村しのぶ」。年齢三十八歳。職業は画家、装幀《そうてい》家。結婚歴不明。

以上。

4

それからしばらく、これといった新しい動きはなかった。何事もなく時が流れた。その間、家の近所はもちろんのこと、P駅周辺や駅構内で、珠が石坂の姿を見かけることはなかった。

珠が住んでいるマンションの北向きの窓からは、石坂の家が見渡せる。注意して一日中、窓辺で石坂家を観察し続けていれば、石坂の出勤時や帰宅時の様子がつぶさにわかるはずだった。その際の機転の利かせ方次第では、再び石坂を尾行することも充分、可能だった。

朝から晩まで石坂家を覗《のぞ》き続け、石坂本人のみならず、石坂の妻や娘の動き、何時何分にどの窓に明かりが灯ったか、どの窓のカーテンが閉められたか、門灯が何時に灯され、何時に消えたか、石坂家の飼い犬が何時に吠《ほ》えたか……に至るまで、克明に記録してみたらどんなに面白いだろう、愉快だろう。想像しただけで、珠はぞくぞくした。

だが、珠はその欲望を抑え込んだ。卓也と暮らしている以上、それはできない相談だった。石坂が家から出て来たのを見て、珠が慌てて外に飛び出して行ったりすれば、理由を問いただされるに決まっていた。

どれほどうまい作り話をしたとしても、信じてもらえるはずもなかった。悪くすれば、話が妙な方向にねじ曲がり、口喧嘩《くちげんか》に発展するかもしれなかった。かといって、観念して正直なところを打ち明けたら、卓也から異常だと思われるのがオチだった。

卓也は今でこそ、三ツ木桃子の付き人のようなアルバイトをしているが、かつてはデザイン事務所を転々としながら、イラストを描く仕事をしていた。都内にある美大を卒業していたので、画家を夢見ていた時期もある。そのため彼は、美術一般に関する知識や感性は豊かだったが、文学にはあまり関心を示さなかった。

小説は流行《はや》りの推理小説をたまに読むくらいだった。哲学ともなると、彼はまったくお手上げで、珠が今、夢中になっている「文学的・哲学的尾行」の意味するものを理解してくれるとは思えなかった。

もしも卓也がソフィ・カルを読んだとしたら、どんな感想を口にしていただろう。珠は時折、想像してみる。

たぶん、「ふうん」と言うだけだろう。そして、珠に向かって小首を傾げてみせながら、小さな奥まった、形のいい目をゆったりと瞬《まばた》かせ、訊《き》いてくるのが関の山だろう。

「で、結局、これって何？」と。

しかし、珠が石坂の尾行を一時中断せざるを得なくなった理由は、それだけではなかった。まがりなりにも、珠は現役の大学院生だった。石坂を見張り、尾行したい、という強い想いにかられ、いてもたってもいられなくなったとしても、そんなことを理由に、長期にわたって学業を休むわけにはいかなかった。

珠は大学の仏文科に在籍中、二度、続けて留年している。気が狂いそうになるほど愛していた男を失ったのが、その原因だった。

大学に行くどころか、生きているのか死んでいるのか、わからないような日々が続いた。その深い喪失感が、珠から生きる意欲と、社会生活に向けた健康的な野心を奪い取った。大学を卒業しても、一切、就職する気になれなくなったのはそのためだった。

そんな中、かろうじて珠が好奇心を失わずにいられたのは、フランス文学だけだった。フランス語が特別に堪能《たんのう》だったわけではないが、時間をかけながら辞書を引き、原書を読破するだけの力はあった。フランス文化の研究にも興味があった。

永遠のモラトリアムなど、珠自身も信じていない。それは、未熟な人間の思い描くユートピアに過ぎなかった。

だが、そのモラトリアムの時間を少しでも長く引き延ばすことができるのだとしたら……と珠は考えた。永遠でなくてもよかった。ほんの少しでいい、少しだけ長く味わえるのであれば、それはそれで僥倖《ぎようこう》だと考えるべきなのではないか。社会のどこにも所属しないまま、働かずに生きられる時間が手に入れられるのだとしたら、初めからそれを放棄してしまうのは愚かと言うべきではないのか。

そんなことは、ただの甘ったれた屁理屈《へりくつ》だとわかっていながら、珠は早速、父親に電話をかけ、大学院に進学したいんだけど、と申し出た。外資系の自動車会社に勤務していた父は、すでにそのころ日本を離れ、ドイツのドレスデンで暮らしていた。

珠の通っていた大学に併設されている大学院には、パリのソルボンヌ大学と交わしている交換留学生制度があった。その制度を利用し、ソルボンヌ大学に留学する努力を惜しまないのなら、大学院進学を許可し、そのためにかかる費用は全額負担してやる、と父は言った。

珠がパリの大学に留学し、パリに暮らすようになれば、ドレスデンにいる父親とも頻繁に会えるようになる。大学の休暇中は、親子は共に暮らすことさえできる。おそらくは、父が望んでいたのはそれだけのことに過ぎない。娘がソルボンヌに留学しようがしまいが、そんな問題は二の次だったのだ。

ドレスデン郊外の、小さな湖畔に建つ美しい家で、五つ年下の、今年五十になる、お世辞にも美人とは言えない日本人女性と暮らしている父の魂胆など、珠ははなからお見通しだった。これを機に、その、「どう見ても美人ではない」が「熟しきった性的な肉体」をもつ女性と父と三人で暮らす「家族ごっこ」の愉《たの》しみを珠に教え、ドイツとフランスを自由に行き来しながらの人生を楽しむのが父親のたっての願いであることくらい、珠はよく見抜いていた。

父はいつだって、信じがたいほど自己中心的だった。他者に向けた愛ですら、自分の好みの形にこだわり続けた。そして、その形を維持できないことがわかると、いかにも無念そうな表情を作りながら、冷たく背を向けた。おそらくは実の娘にすら、父は平然と同じことをするだろう、と珠は思っていた。

だが、珠は快く父の条件を受け入れたふりをした。大学院進学のための費用、および、在学中の生活費を出してもらえるのなら、その種のふりをし続けることくらい、たやすいことだった。

交換留学生制度におけるソルボンヌ大学への留学は、成績優秀な学生に限られる。毎年平均、一、二名しか採用されなかったし、採用者ゼロの年すらあった。

その狭き門を突破できる可能性は、珠の実力ではゼロに近かった。努力でどうにかできる種類の問題ではないことは、珠自身が、よく承知していた。

そもそも、わき目もふらずに勉強し、研究にいそしみ、学問の道をきわめる、という姿勢を珠はかけらも持ち合わせていなかった。人生で、自分が何をきわめたいと思っているのかも、よくわからない。ものごとを専門的に研究し、思考していく作業は確かに面白かったが、だからといって、それをきわめてみたいとは思わなかった。

珠は昔から、世間並みの喜怒哀楽や欲望の数々には、たいして興味をもてなかった。珠の世界は自分の内側にしかなく、それはいつも、とりとめがなかった。変幻自在な水のようでもあった。

その中にたゆたっていると、海の底で耳にするような水音だけが聞こえてくる。気持ちが安らぎ、心臓の鼓動が静まっていくのがわかる。

珠は水の中で一人、戯れる。行き着く先のわからない流れに身を委《ゆだ》ねる。そして、死ぬまでそうやって生きていくことができるのなら、他には何もいらない、とすら思うのだった。

珠は父に、「ソルボンヌに留学するために、努力してみせる」と固く約束した。嘘でもそう言い続けていれば、充分とは言えないまでも、父からの送金が途絶えることがないのは、珠が一番よく知っていた。

父は、ひとたび誰かから頼られると、たとえ理屈に合わないことでも、とことん助け船を出そうとするところがあった。お人好《ひとよ》しで情にもろいからではない。人に恩を着せ、いい恰好《かっこう》をするのが好きなだけなのだ、というのが珠の分析だった。

しかし、そんなふうに全面的に父からの援助を受けておきながら、珠は卓也に「珠はいいご身分だからな」と苦笑まじりに言われることを恐れていた。実際、言われるたびに、内心、深く傷ついた。

もちろん、卓也は皮肉を言うような男ではない。軽いからかいの表現に過ぎず、深い意味など何もないことはわかっていたが、珠は彼からそう言われると気持ちが沈みこむのを覚えた。

「いいご身分」というのは皮肉や嫌味を超えて、珠には侮蔑《ぶべつ》の言葉に聞こえた。いつまでたっても父親依存から逃れることのできない、いい年をして甘ったれた珠を称して、卓也は「いいご身分」と言っているのだった。

それが正しい指摘であると自覚すればするほど、珠は自らを恥じた。同時に、持っていきどころのない焦燥感と不安を覚えた。

しかし、だからといって、珠には何もできなかった。する気もなかった。今さら、実入りのいい家庭教師や塾講師のアルバイトをしたとしても、薄暗い倉庫の片隅で荷物の仕分けのアルバイトをしたとしても、はたまた、スパンコールの光るミニドレスを身につけて、父親ほど年の離れた男たち相手に酒をふるまう仕事についたのだとしても、稼いだ金が自分自身を豊かにしてくれるとは珠には思えなかった。

珠が求めている豊かさはもっと別のところにあった。しかもそれは、決して手に入らないということがわかっている豊かさだった。

簡単に成就してしまう愛が苦手なのも、そのせいかもしれなかった。求めても決して得られない愛にしか、珠は結局のところ、安心して身を委ねることができない。それは、珠の人生の究極の皮肉であると言えた。

愛のために男とサシで渡り合い、傷つけ合うのもいやだった。傷つけ合って受けた傷は、簡単に治ったかに見えて、実は何年にもわたって、じゅくじゅくと膿《う》み続けるものかもしれなかった。その傷を治すための特効薬など、どこにもないのだ。

そんなことをして、とどまることのない膿《うみ》の悪臭に顔をしかめて生きるくらいなら、決して愛してくれないとわかっている男を自分だけの秘密の世界に置き、誰にも知られぬよう、こっそり愛《め》でで、想像の中でのみ、恋をし続けていたほうが、よっぽどましだった。

一方、現実の生活においては、ちゃっかりと、すました顔をして、男とうまくかかわっていきたかった。愛だの恋だの、ではない。なんとなく気の合う男、ウマの合う男と寄り添い、手をつなぎ、ままごとのようにつましく、穏やかな暮らしを分かち合うのだ。誰も傷つかない。誰をも傷つけない。嫉妬《しっと》も欲望も苛立《いらだ》ちも悲しみも、最小限に抑えることができる。心の中が粟立《あわだ》つことはめったにない。

そしてまさしく、現在の珠は、そのようにして生きているのだった。

5

十一月も終わりに近づいた、冷たい雨の降る日のことだった。午後三時過ぎ。大学院の院生研究室の隣に建つ、院生専用の図書館で調べ物をしようと、珠が研究室のある建物を出た時だった。

そこから五十メートルほど先にある図書館の、ガラス張りになった入り口脇のロビーに、篠原教授がうつむき加減に立っているのが目に入った。ロビーに据えられているコーヒーの自動販売機で、紙コップ入りのコーヒーを買おうとしている様子だった。珠の心臓が静かに高鳴った。

まっすぐ図書館まで歩き、さしていた花柄プリントの傘を閉じ、珠は篠原に気づかないふりをしながら、傘についた雨滴をはらった。

持ち主を失って、埃《ほこり》だらけになった傘がそのままになっている傘立てに傘をさしこみ、鍵をかけた。はずみで飛び出してきた小さな鍵を、はいていたボーイフレンドデニムの後ろポケットに押し込んだ。緊張している時、いつも無意識にそうするように、勢いよく髪の毛をかき上げた。

小さなロビーは閑散としていた。見たところ、篠原教授以外、人影はなかった。

ロビーに入った珠は、初めて篠原に気づいた、といった表情を作り、「あ」と目を丸くしてみせた。「こんにちは、先生。お久しぶりです」

「やあ」と篠原は珠を見て微笑んだ。「本当に久しぶりですね。お元気でしたか」

「はい。おかげさまで元気です」

「そうですか。それはよかった」

言いながら、篠原はコーヒーの自動販売機のボタンを繰り返し、押し続けた。「これ、おかしいんですよ。さっきからボタン押してるのに、カップは出てきても、コーヒーが出てこなくてね」

「あらあ、また故障しちゃったのかしら」

「また、って、前にもこうなったことがあるんですか」

「そうなんです。直ってないみたいですね。ちょっと見てみます」

珠は篠原の隣に行き、販売機をつぶさに調べてみた。販売機自体に異常は見られなかった。

「私も二、三度、この販売機でコーヒーを買おうとして、どのボタン押しても、全然、出てこなくなっちゃったこと、あったんです」と珠は言った。「何かの接触が悪いだけみたいなんですけどね。大学の総務に行って、直してほしい、って頼んだんですけど、忘れられてるみたいで。こないだも誰かが、この販売機、故障してる、って言ってました」

言いながら、珠は販売機をこぶしで強く叩《たた》いてみた。二度三度と叩くと、機械の奥でモーターが作動する音がし、いきなりカップの中に湯気のたつコーヒーが滴り落ちてきた。

「あ、出た！」と篠原は篠原らしからぬ、無邪気な声を張り上げた。「出てきましたよ。すごい！」

「よかった！」

「白石さんは正しいことをしましたねえ。昔っから、調子の悪くなった機械は、叩けば正常に戻る、と言われてきましたからね」

「原始的なことが、一番だったりするんですよね」

「本当にその通りです。いやいや、どうもありがとう」

「いいえ、どういたしまして。私、故障したかな、って思うと、いつも叩く癖があって。叩きすぎて壊しちゃったこともあるんですよ」

「ちなみに、その時、壊したものは何だったんですか」

「パソコンです」と珠は言い、笑ってみせた。「ずっと調子が悪くて、あげく、ついにフリーズしちゃって、何をやっても作動しなくなっちゃったんです。頭にきて、キイボードのところをがんがんこぶしで叩いたら、壊れちゃって……」

篠原は笑った。「そりゃあ、壊れますね。いささか乱暴すぎましたね」

珠も笑った。笑いながらバッグの中をかきまわし、財布を取り出した。「私もコーヒー、買ってみますね。これでまた出てこなかったら、今度こそ総務に文句言ってやります」

篠原の視線を強く意識しながら、珠は財布のファスナーを開き、販売機に小銭を入れ、ブラックコーヒーのボタンを押した。機械音がし、紙コップがなめらかにすべり落ちてきた。その直後、紙コップは湯気のたつコーヒーで充《み》たされた。

「直ったみたいですね」と篠原がにこやかに言った。

「叩きすぎて壊さずにすみました」と珠は言った。

篠原はコーヒーをすすりながら、そばにあった革張りの大きな丸い椅子に腰をおろした。珠もそれにならって、篠原の隣に座った。そうするのが自然であるような気がした。

天井まであるガラスの向こうに、雨に打ち震えるニセアカシアの並木が続いている。数人の学生が、傘をさしながら行き交っている。外に拡がる世界は、雨の中に煙って見えた。

「先生は今日は何かの調べ物ですか」

「そんなところです。たまにしか来ないんですが、いや、ここは実にいい専門書がそろっていて羨《うらや》ましいですね。さすがに院生専用の図書館ですよ。白石さんは？　そろそろ修士論文の準備に入る時期ですか？」

「いえ、そういうわけじゃなくて。来週、研究室セミナーで私が発表しなくちゃいけなくなったんです。とにかく勉強不足ですから、恥をかかないように、少しまじめにやろうかと」

「テキストは何を？」

「カミュです。批評やエッセイから小説まで、カミュのものならなんでもテキストにされてしまうんですが、来週のセミナーで扱うのは戯曲なんです。私、戯曲はちょっと苦手で」

「カミュの戯曲というと、『誤解』ですか？」

「いえ、『カリギュラ』です」

篠原は大きくうなずき、「カリグラ」ときれいなフランス語で発音した。「不条理劇ですね。カミュはたくさんの戯曲を書きましたが、『カリギュラ』は一番の傑作と言っていいかもしれません」

「そうなんですか。翻訳も出ているし、読むのはなんとかなるんですけど、何といってもカミュですから、テーマが深いじゃないですか。だから、しっかり準備していかないと、頭の悪さが露呈しちゃいそうで怖くって」

「そんなことはないでしょう」と篠原はあたりさわりなく言い、穏やかに微笑んだ。

したよ」

「僕は白石さんのことはずっと、個性的な研究をするにふさわしい学生だと思っていま

珠の胸の奥底に小さな灯《ひ》が灯《とも》った。「個性的？　私が？　そうですか？」

「ソフィ・カルにあれほど熱中してくれた学生は、白石さんくらいしかいませんでした

からね。珍しいと思いました」

「そうなんですか？　ソフィ・カルって、篠原ゼミのテキストの中では、私にとってダ

ントツにわかりやすかったんですけど」

「そうでしょう？　僕もそう思っていたんですけどね。もうちょっと、多くの学生が食

いついてくるかと期待していたもんだから、蓋《ふた》を開けてみて、いささか拍子抜けしまし

た。うちの学生たちの思想とか哲学といったもののとらえ方自体に、初めからズレがあ

るというのか……。ソフィ・カルなら、さほど難解でもないから、学生の頭の中にわき

上がる様々なイメージを僕自身が聞くことができるかもしれない、と思って、愉《たの》しみに

もしていたんですがね」

珠はうなずき、コーヒーの入った紙コップを両手でくるんだ。紙コップの中の、ぬる

くなり始めたコーヒーを覗《のぞ》きこみながら、その時、珠は、篠原に尾行の話を打ち明けて

しまいたい、という衝動にかられた。

それは強い衝動だった。抗《あらが》うことなど、とてもできそうになかった。石坂史郎という、

よく知らない近所の男を尾行し、報告書に記録したし、これからもそうするつもりだ、

という話を篠原に語っている自分を想像した。それだけで、全身が火照り始めた。「あのう、先生」と珠はついに口を開いた。「ソフィ・カルではないんですけど、実は私、この間……」

その時だった。どこかからくぐもったベルの音が聞こえてきた。携帯の呼び出し音が鳴っているのだった。

「あ、ちょっと失礼」と篠原は言い、慌てたように紙コップを床に置くと、着ていた黒いジャケットの内ポケットをまさぐった。表情が険しくなったように見えた。

取り出されたのはフラップ式の黒い携帯電話だった。篠原は珠に背を向け、「はい」とだけ低く言って応対した。「うん。ああ。そう。そうか。それはとりあえずよかったね。うん。いや、何かあったのかと。うん？」

プライベートな電話のようだった。話はまだ続きそうだった。珠はその場から離れるつもりで立ち上がった。

図書館から若いカップルが出て来た。親しいというほどではないが、二人とも顔見知りの院生だった。修士課程を終えたら結婚する、という噂を耳にしたことがある。珠がにこやかに会釈すると、カップルも会釈を返した。女のほうが、珠に何か話しかけたそうな素振りを見せたが、珠の隣に座っている篠原教授が携帯で電話中であるのを見て、遠慮したようだった。二人はそのまま、軽く珠に手を振り、連れ立ってロビーから出て行った。

通話を終えた篠原が携帯を再びポケットに戻し、「いや、申し訳ない」と言った。「話の腰を折ってしまいました」

珠は強く首を横に振った。恐縮した。「いえ、そんな。全然いいんです」

篠原は床から紙コップを取り上げ、再び姿勢を正して椅子に座り直した。ふう、という短いため息がもれた。

「家内からの電話でした。実は今、家内の弟が入院中なんですよ。容態が悪いので、こんなふうにいきなり携帯が鳴り出すと、心臓がはねあがります」

どんな顔をすればいいのか、わからなかった。珠は眉根《まゆね》を軽く寄せてから「ご病気なんですか」と小声で訊《たず》ねた。

篠原は神妙な顔をしてうなずいた。「胃癌です。しかもタチの悪い……ね」

はっ、とする思いがあった。珠は思わず、口を閉ざした。

篠原は珠の反応に気づいた様子もなく、「スキルス性なんです」と言った。ぼそりとした言い方だった。「スキルスってわかりますよね。進行が速い難治癌です。まだ四十四なのに。子供は二人とも小学生ですし。発見された時にはすでに手後れで、治る見込みはゼロ。それどころか、いろいろなところに転移していて、余命ひと月あるかどうか、というのですからね。痛ましい限りです」

「そうでしたか」と珠は言った。後の言葉が続かなかった。

「いやいや」と篠原は首を横に振った。「すみません、こんな話をするつもりではなかった」

「いえ、そんな……」

「ところで、さっきの話の続きですが」

「は？」

「何か言いかけていたんじゃなかったですか。僕の携帯が鳴り出す前に」

話す気が失《う》せた。珠はくちびるを横に伸ばして微笑し、大きく首を横に振った。「いえ、いいんです」

「ソフィ・カルの話だったような……」

「そうですけど、ほんと、いいんです。たいした話じゃないので」そう言って珠は笑った。

篠原は眼鏡の奥の目を細め、ふっ、と珠に合わせるようにして笑った。額に一房、髪の毛が落ちた。篠原の顔に浮かんだ陰影の美しさに、珠は思わず見とれた。

篠原は紙コップの中のコーヒーをゆっくりと飲み干し、紙コップを軽く畳んでから、立ち上がった。畳んだ紙コップを備えつけのごみ箱の中に捨て、厳かに珠のほうを振り返った。

「では、そろそろ行きます。僕はこれで」

珠は背筋を伸ばし、弾《はじ》かれたように立ち上がった。

「カミュの『カリギュラ』、頑張ってください」

「はい。ありがとうございます……あのう、篠原先生」

立ち去りかけた篠原が、再び振り返った。

珠は早口に言った。「奥様の弟さんが、少しでも苦しまないようにと、お祈りしています」

篠原は仏像のような静かな笑みを浮かべ、うなずき、「ありがとう」と言った。

自動ドアの外に出て行った篠原の後ろ姿を珠は目で追った。彼は傘立てから黒い傘を取り出し、開いた。連なるニセアカシアの木々の向こう、雨に煙るキャンパスに、篠原の黒いジャケット姿と黒い傘が遠のいていき、やがてまもなく水に滲《にじ》んだ染みのようになったかと思うと、何も見えなくなった。

冷めきってしまった残りのコーヒーを飲み、珠は篠原同様、紙コップを畳んでからごみ箱に入れた。布製の大きなショルダーバッグを肩にかけ、図書館の奥に進んだ。

大学院の卒業生で、院生専用の図書館司書になった女が、胸に数冊の本を抱え、前方から歩いて来た。司書は能面のような顔をしたまま、くちびるの端を少し上げ、珠に向かって会釈してきた。珠も会釈を返した。

何を調べようとしていたのか、忘れてしまったような気がした。珠はフランス文学関係の原書や専門書が集められた書架の前に立ち、整然と並べられた書物を見上げた。あたりを静寂が包んでいた。はいていた赤いローファーが床をこするたびに、子ねずみの悲鳴のような音をたてた。

スキルス性胃癌、という言葉が珠の頭の中で渦を巻いていた。

忘れようとしていたわけではなく、また、時と共に簡単に忘れられるものではなかった。それはいつも、頭の片隅に靄《もや》のようにうすく漂い、吹き飛ばしても払い落としても、また性懲りもなく甦《よみがえ》ってきた。

かといって、一年三百六十五日、欠かさずに珠を悩ませているか、というと、決してそうではなかった。記憶は鮮明だったものの、すでに最悪の苦痛や絶望の時は過ぎていた。それは珠にとって、埋葬された過去でしかなかった。

それなのに何故、こんなふうに、よりによって、篠原の口からその病名を聞くことになるのだろう、と珠は思った。不思議だった。一挙に過去に引き戻されてしまったような気がした。

珠が二度も立て続けに留年したのは、恋人を失ったからだった。久田《ひさだ》武男《たけお》、という名で、珠よりも十六歳年上の男だった。出会った時、珠は十九歳、武男は三十五歳で、珠に武男を引き合わせたのは珠の父親だった。

まだ父がドレスデンに行く前のことだった。当時からつきあっていた女性を珠に紹介するために、父が銀座の割烹《かっぽう》料理店に一席もうけたのだが、その時に父から誘われ、同席したのが武男だった。

父の勤務する会社で、父が可愛がっていた部下がいた。武男はその部下の弟にあたり、中堅の広告代理店に勤務していた。日頃から兄ともども、お父さんにはお世話になっています、と彼は珠に挨拶《あいさつ》した。

父の恋人は加奈子《かなこ》という名で、かつて銀座のクラブ勤めをし、ナンバーワンの実績を誇っていたことがある、という女だった。珠の目にはただの色気過剰な中年女にしか見えなかったが、父は加奈子に夢中らしく、終始、鼻の下を伸ばしていた。珠は食事の時から、加奈子に嫌悪感と反感を抱き、武男とばかり話していた。

武男は妻と別居中で、妻との間には娘と息子がいた。子供たちは妻と共に暮らしており、武男は門前仲町《もんぜんなかちょう》にあるマンションで一人住まいをしている、という話だった。

学生時代は水泳部に所属していたという。精悍《せいかん》な顔立ちをした、身体の大きい二枚目で、細やかな気遣いをするわりには、はっきりとものを言う男だった。口にする冗談は面白く、言葉の端々に深い包容力が感じられた。珠はすぐに武男に魅了された。

その日のうちに、携帯番号とメールアドレスを交換し合った。間を置かずして、先にメールしてきたのは武男だった。

そこには「珠ちゃんは、きれいな白い子馬に似ていますね」とあった。「子馬は何が好きなのでしょう。何かおいしいものをご馳走《ちそう》したいと思っています。都合のいい日を教えてください」

その翌々日、珠は武男と西麻布《にしあざぶ》のイタリアンレストランで待ち合わせ、気軽な食事を楽しんだ。

「私は子馬ですか?」と珠は武男に訊ねた。「そんなこと言われたの、初めてです。どんなところが子馬っぽく見えるんでしょうか」

「全体の印象が、すらりとしてて可愛いところかな。それから、その髪の毛。子馬のふわふわした、やわらかいたてがみを連想させる」と武男は答えた。「でも、不思議だな。確かに子馬なんだけど、親馬がそばについてる、って感じはしないね。一頭だけで、夕暮れの海辺の砂浜を行きつ戻りつしてるみたいな、ちょっとさびしいイメージがある」

珠はじっと武男を見つめた。

「さびしい、なんて言われちゃ、いやだよね。ごめん。おかしな言い方しちゃったね」

「いいんです」と珠は言った。「だって、そうですから。本当にその通りですから。私には親馬、いませんから」

その時、下手な演技しかできない大根役者のように博愛主義的な笑みを浮かべ、「お父さんがいるじゃないか」などと凡庸なことを言われたら、自分は決して武男に恋などしなかっただろう、と珠は今も思う。

武男はまったく違うことを言ったのだった。

「そうだね」と武男は珠を見つめ返しながら静かに言った。「そうなんだろうと思うよ」と。

その瞬間、珠は武男に恋をした。恋は年齢の差を超えて、たちまち燃えあがった。

珠が二十歳の誕生日を迎えるころには、武男が一人で暮らすマンションにも行くようになった。武男の運転する車で、伊豆や箱根に小旅行することもあった。

別居中とはいえ、離婚が成立していない妻のことが気になったが、そのことはあまり口にしなかった。武男も妻子のことはほとんど話さなかった。

そしてその野火のように燃え拡がった珠の恋は、武男が急に体調をくずし、検査の結果、スキルス性胃癌と判明して、闘病生活に入るまで続いた。

武男がいよいよ衰弱し始めるようになったころ、別居中だった妻が子供たちを連れて連日、病室につめかけて来た。妻は病室にいた珠を見ると、露骨にいやな顔をした。「どなたですか」と正面切って訊《き》かれた。珠は父の名と父の勤務先を教え、「私はその娘です」と答えた。

武男の妻はうなずいたが、「そのような方は存じません。主人からも何も聞いておりません」と言った。「あなた、学生さん？」

「そうです」と珠は言った。「すみません」

何故、謝っているのか、わからなくなった。わからないまま、涙がこみあげた。

ベッドの上では、痩《や》せ衰えた武男が、目を閉じて仰向《あおむ》けになっていた。武男は何も言わなかった。

珠は病室を出て、廊下を走り、たまたま降りてきたエレベーターに飛び乗ってから、壁に額をこすりつけて号泣した。同乗していた車椅子の初老の男が、点滴スタンドを手にしたまま、気の毒そうな目で珠を見上げていた。

武男が自分のことを本当はどう思っていたのか、この先、どうしたかったのか、武男にとって自分が何であったのか、珠は知らない。具体的な質問を発したこともない。武男はすべてにおいて真摯《しんし》だった。正直だった。珠が訊いたことに対しては、丁寧に言葉を選びながら納得するまで話してくれた。

自分が不安に思うこと、決めかねることがあると、珠はその都度武男に相談した。武男はどれほど忙しい時でも熱心に耳を傾け、珠の話を吟味し、意見や感想を述べてくれた。珠の不安や心配事を小馬鹿にしたり、笑ったり、呆《あき》れたりすることは決してなかった。

そして、武男は常に正しかった。武男の考え方、武男の価値観、武男の生き方こそが、珠の生きる指針と化した。武男という名の小舟に乗ってさえいれば、悠々と大海の荒波さえも渡っていける、と珠は確信していた。

では、彼は自分にとって、理想の父だったのか、と訊かれたら、それは違う、と珠は答える。兄のようだったのか、と問われても、違うと答えられる。武男との関係はやはり間違いなく、男女の関係だった、と珠は思う。

武男は珠を抱きしめるたびに、耳元で「大好きだよ」と言ってくれた。頻度は少ないが、「愛してる」と言ってくれたこともあった。

愛してる、と言うのは柄でもないし、照れくさいから、これまで誰にも言ったことなんかないんだよ、と彼は言った。この言葉は珠にしか言わないんだから、と囁《ささや》いて、ベッドの中、珠の頰に手を這《は》わせた時の、武男の真剣なまなざしは忘れることができない。

武男が胃の痛みを訴え始めたのは、病気が発覚する直前だった。顔色がすぐれず、会っていても、体調が悪そうにしていることが多くなり出したころでもあった。健啖家《けんたんか》だったのに、ほとんど食に興味を示さなくなった。好きだったはずのワインも飲まなくなった。ワインに限らず、アルコールを少しでも飲むと、吐くようになった。

珠の母は、珠が十六の時に膵臓《すいぞう》に腫瘍《しゅよう》ができて他界した。短い闘病生活だったが、病気がわかったころの母の状態と武男のそれとは、どこか似ているような気がした。珠は不吉な予感に襲われたが、その時はまさか、という思いのほうが強かった。身長百八十センチ、胸板が厚く、体力もあり、誰の目にも頑健な肉体を誇る武男の中に、死病が蔓延《まんえん》しているとはにわかには想像しがたかった。

ある時、武男は珠の携帯に電話をかけてきて、「少し話せる?」と訊ねた。珠が「うん、大丈夫」と言うと、彼は「今、どこにいるの?」と訊いてきた。

「学校のカフェテリア。遅いランチにしようと思ってたとこだけど」

「そうか」

「何かあった?」

「珠。これから僕が話すことに驚いたり、悲しんだりしちゃだめだよ」と武男は言った。「冷静に聞いてほしいんだ。僕のことを思ってくれるなら、珠には絶対に冷静でいてほしいんだ。無理かもしれないけど、できるだけ冷静に受け止めてほしいんだ。いい?」

「何?」と珠は声をひそめた。「どうしたの?」

珠の目の前のテーブルには、ウィンナーのはさまったホットドッグとアイスカフェラテがあった。ホットドッグの上には、ケチャップとマスタードがたっぷりとかかっていた。珠はそれを見つめているはずの目が、何も見ていないことを感じた。

その数日前、武男は胃痛が続くことに不安を覚えたのか、一度検査を受けてこなくちゃいけないな、と珠に言った。

行ってきたほうがいいよ、と珠も言った。胃潰瘍《いかいよう》か、十二指腸潰瘍かもしれないね、というのが二人の共通した意見だった。

珠の通う大学にも、飲み過ぎから胃潰瘍になった男子学生がいた。その学生は結局最後に、血を吐いて救急車で運ばれるほどひどい状態に陥ったが、手術をせずに薬で全快した。その話を珠は何度となく武男に語っていたものだった。

「珠には言わなかったんだけど、実は三日前、専門医のところで胃カメラ検査とか、MRI検査とか、いろいろ受けてきたんだ」と武男は言った。

「三日前？」

「そう。三日前」

「知らなかった。どうして言ってくれなかったの」

武男はその質問には答えなかった。「で、今日、結果を聞きに行ったんだよ」

これから何を聞かされることになるのか、聞く前からわかってしまったような気がした。珠は不安を押し殺しながら、「それで？」と訊ねた。「どうだった？」

「うん」と彼は言った。わずかの沈黙が流れた。「……進行性の胃癌だって」

珠は息をのんだ。細胞という細胞が硬直したような感じがした。進行性、という言葉と、癌、という言葉が頭の中で烈しく渦を巻いた。

「癌？　進行性？　何なの、それ」

「スキルス性とも言う」と武男は言った。「どうしようもないらしい」

「どうしようもない、ってどういうこと？」

「末期だ、ってこと」

「え？」

「すでに腹膜に転移もしている。めちゃくちゃみたいだ。医者からは、よくここまで放っておいた、って、よくあるドラマのセリフみたいなこと、言われたよ。すぐ入院しなくちゃいけない。入院しても、手術はできない。しても無駄らしい」

叫ばずにいられたのが奇跡だった。珠の隣のテーブルにいた女子学生の三人連れが、その時、大きな笑い声をあげた。コーヒーカップの音や皿を重ねる音、床を踏みしめる靴音など、周囲の気配が、遠のいていくような感覚にとらわれた。

「珠」と武男は呼びかけた。「おかしなことになっちゃったね。申し訳ないと思ってるよ。残念だよ。……聞いてる？」

吸った空気が肺の中に入って行かない感じがした。珠は肩で浅い息をしながら「聞いてる」と言った。「信じられない」

「僕も同じだよ」と武男は言った。

珠が言葉を失うと、彼が大きく息を吸う気配があった。二人は同時に沈黙した。隣のテーブルの女子学生たちがまた笑い声をあげた。

そしてそれが、病院の外にいる武男と話した最後になった。

武男は入院してから、みるみるうちに痩《や》せ衰えていった。状態は悪化の一途をたどった。

手術をすると、癌細胞を刺激する可能性があり、かえって危険、という話を珠は武男から聞いた。手術で取り去ることができないほどの夥《おびただ》しい腫瘍が、彼の身体を蝕《むしば》んでいたようだった。

見舞いに行った珠が、彼とまともな会話を交わせたのも初めのうちだけだった。やがて武男は、いかにもつらそうに眉間《みけん》にしわを寄せて横たわったままになっていることが多くなった。

長い会話は続けられなくなった。珠の呼びかけにうなずいたり、わずかに微笑を浮かべてみせたり、せいぜいが力のない声でひと言ふた言、短い言葉を発したりしてくれる程度で、武男はほとんど、しゃべる気力もなくなっていくかのように見えた。

不安が汚泥のようにこみあげてきて、珠はいたたまれなくなった。だが、家族でもないのに、担当医や看護師から詳しい容態を聞き出すわけにはいかなかった。

凄《すさ》まじい勢いで痩せていき、肌やまなざしからも一挙に輝きが失《う》せてしまった武男と比べ、珠がいかにも若く見えたからだろう。病室に入って来た看護師から、「久田さんのお嬢さんですよね？」と訊かれた。

違う、違う、違います、私はこの人の恋人です……そう言おうとするのだが、言葉にできるはずもなかった。何よりも、武男の娘だと誤解されるほど、武男が別人のように衰え、老けこんで見えるようになってしまったことが恐ろしかった。

元気だったころの武男と並んでいて、親子と思われたことなど、一度たりともなかった。二人で鮨《すし》を食べに行った時、店の気さくそうな大将から「さっきから拝見してると、まあ、なんともお似合いのカップルですねえ」などとひやかされたことすらあった。

容態が悪化した後は、会うこともできなくなった。珠が訪ねて行く病室には、必ず誰かがいたからだった。

それは武男の妻子であることが多かったが、その他にも、武男の兄弟なのか、親類なのか、仕事関係者なのか、いつ行っても珠の見知らぬ人間がそこにいて、沈痛な面持ちで武男の顔を覗《のぞ》きこんでいるのだった。

関係性の上から言えば、珠は完全な部外者だった。堂々と病室に入って行くことは許されなかった。

誰かに手引きしてもらいたい、と珠は切に願った。だが、武男と珠の交際を詳しく知っている人間は誰もいなかった。

同級生の女友達に、十六歳年上の人とつきあっている、という話を打ち明けたことはあった。だが、詳しく事情を話し、武男の病室から妻を遠ざけるための方策を練り、共犯者になってもらえるほどの友人は、珠のまわりにはいなかった。武男と共通の友人知人もいなかった。ただ一人、父を除いて。

武男が入院してから三か月後。武男の訃報《ふほう》を珠に伝えてきたのは、ドレスデンにいる父だった。

「覚えてるかな」と父は言った。「二年くらい前、パパと珠と加奈子と一緒に、銀座で食事した久田さんって人のこと。パパの部下の弟さんだけど……」

「覚えてる」と珠は言った。

次に何を言われるのか、すぐに想像がついた。心臓がごろりとひっくり返ったような感じがした。頭から血の気が引いた。

「久田さん、亡くなったそうだよ」と父は厳かな口調で言った。「さっき久田さんの兄貴から、パパのところに連絡があったんだ。まだ若いのにな。胃癌だったんだって。ちっとも知らなかった。しかも、進行の速いタイプのやつで、気づいた時は遅かったらしいよ」

珠は黙っていた。何か口にしたら、そのまま叫び声が止まらなくなってしまいそうだった。

「珠、聞こえてる？」と父は訊いた。

「うん」と珠は言った。声が掠《かす》れていた。「聞こえてるよ。いつ？」

「ん？」

「その……亡くなったのはいつ？」

「一昨日《おととい》、って言ってたな」

「お通夜とか告別式とかは？　どうするの？」

「密葬だって。本人がそうしてほしい、って、生前、言い残してたらしくてね」

誰に？　と訊《き》き返したかった。死んだら密葬にしてほしい、と武男は誰に言ったのか。妻に？　兄に？　それとも、何かの紙に書きつけられた遺言が残されていたのか。

私にはそんな話、一度もしなかった、してくれなかった、と珠は思った。誰よりも先にしてほしかった。悔しかった。苦しかった。切なかった。持っていきどころのない、怒りのようなものがわき上がった。

失ったものは大きすぎた。恋や愛を失ったのではなく、もっと大きな、もっと別の、珠という人間の存在そのものを支えてくれる何かを失ったような気がした。

早く気づいていたら、と珠は長い間、自分を責め続けた。

出されたものは、好き嫌いなくなんでもぺろりと平らげ、食べる量が多いのみならず、酒には驚くほど強くて、珠が食べきれずに残したものまで食べ、飲み、よく眠り、これまでの人生、胃腸薬などとはまったく無縁で生きてきたような人だった。頭痛がする、と言っているのを耳にしたこともなかった。

めったに風邪もひかなかった。ひいてもすぐに治った。珠を片腕に抱えながら、嵐に荒れ狂う海を何キロも泳げてしまうほど体力と腕力のある人でもあった。

そんな彼の食が急に細くなり、胃痛を訴え出した時に、何故、そのうち治るだろう、どうせ食べ過ぎが続いただけなんだ、としか思えなかったのか。何が何でも病院に行って診てもらってほしい、と何故、言えなかったのか。

だが、病院に行く時間が早まっていたとしても、どのみち、すでに遅かったのかもしれなかった。もしかすると、珠と出会い、珠が恋をしたころから、武男の身体には目に見えない、本人ですら気づかない異変が始まりつつあったのかもしれなかった。

武男の死は珠を徹底的に打ちのめした。珠の意識のすべては空洞化した。珠は浮遊しているだけの物体のようになって生きていた。

大学には通わなくなった。かといってやりたいことなど、何もなかった。人としゃべるのも億劫《おっくう》だった。

いつ果てるとも知れない苦しみの海の中にいると、自分が生きているのか、死んでいるのかもわからなくなった。夜、眠る時は、このまま目覚めずにいればいい、と願った。朝、目覚めて、また絶望の一日が始まると思うと、ベッドから起き上がることができなくなった。

それでも珠は一日をやっとの思いで生き、また次の一日を生きのびた。さらに一日、さらに一日……そうやって少しずつ時が流れた。

卓也と出会ったのはそんな時だった。卓也の穏やかさと優しさに触れて、救われたような気持ちになった。

珠は笑うことができるようになった。食べものをおいしいと思えるようになった。本を読んで夢中になったり、面白い映画を観て興奮したりすることもできるようになった。

卓也に武男の話はしていない。彼氏いない歴二十三年、と言ってある。

「嘘だよなあ」と卓也は笑う。「珠、大嘘ついてるよね」

「うん、少しだけ嘘入ってるけど」と珠は言う。「ほんの少しね」

「ほんの少し、ってのがミソだよな」と卓也は笑う。「お酒、飲めますか、って訊かれて、はい、たしなむ程度なら、って答える女の子が、大酒飲みだった、ってこともよくあるし」

あはは、と珠は笑う。卓也は笑うだけで、それ以上訊いてこない。

今もそうだ。マンションの大家の春日治江には、卓也とは同棲《どうせい》中であるが、いずれ結婚することになっている、と伝えてある。結婚の話が二人の間で出たことはないが、治江はそれを信用してくれている。それほど深い関係なのに、卓也は珠の過去の恋愛体験は知りたくないのか。それとも、そんなことには、あまり興味がないのか。

武男の死と彼の死後の苦しみを、珠はもう、ほとんど思い出さずにいられる。思い出さなくてもすむように、万全の注意を払って封印したからである。

疲れていたり、わけもなく虚《むな》しくなった時など、思いがつい、そちらのほうに移っていきそうになる。だが、慌てて心の舵《かじ》をとって方向転換させる。どうやればうまく舵取りができるか、その方法も時間をかけて体得したから自信がある。

それでもこんなふうに、突然、まるで何かが、珠の隙を窺《うかが》っていたかのように、武男との記憶を甦《よみがえ》らせてくることがある。まったく油断ならない。しかもそれが、篠原を通してもたらされることになるとは、夢にも思っていなかった。

珠は人けのない図書館で、深く大きなため息をついた。ため息それ自体が、床や天井に響き、谺《こだま》となって返ってきた。

気を取り直し、珠は図書館の大きな書架を見上げた。意識を集中させる。一冊一冊、背表紙に目を走らせる。

カミュの戯曲『カリギュラ』について、来週、研究室セミナーで発表しなければならない。やっておくべきことが多すぎる。武男のことを思い出し、薄れかけていた苦しみの記憶をなぞってばかりもいられなかった。

雨はまだやまない。図書館には珠以外、誰もいない。

珠がはいていた赤いローファーが床とこすれ、乾いた音をたてた。

6

それからまた少し時間が流れた。

十一月最後の日曜日。午後一時過ぎのことである。

マンションの北向きの窓のそばを通りかかり、ふと、いつもの癖で石坂の家に目を転じた珠は、玄関ドアが開いていることに気づいた。

奥は暗くてよく見えなかったが、何か白いものが動いたかと思うと、犬が外に飛び出して来た。犬はあたりをぐるぐる、はしゃいだように駆けまわり、外に出て来た石坂の娘に飛びついて、烈しく尾を振りながら、その顔を舐《な》め始めた。娘の嬌声《きょうせい》が珠の耳にまで届いた。

続いて出て来たのは、石坂本人だった。珠が石坂の姿を目にするのは久しぶりだった。

よく晴れ渡った暖かな日で、彼はライトグレーのセーターに、灰色のウールのパンツ姿だった。ジャケットもブルゾンも着ていなかった。

彼は空を仰ぐように大きく伸びをしてから、満面に笑みを浮かべて娘に何か言った。娘は犬に舐められている顔をそむけながら、悲鳴にも似た笑い声をあげた。

最後に石坂の妻が出て来て、娘に犬の引き綱を手渡した。娘は犬をなだめつつ、それを首輪につけようとし始めた。うまくつけられないのか、娘はまた大きな笑い声をあげた。

石坂が見かねた様子で近づいていった。妻は背を向け、玄関ドアに鍵《かぎ》をかけた。

家族三人でどこかに出かける様子だった。犬に引き綱をつけている、ということは、車で外出する、というのではなさそうだ。石坂もその妻も、外出のためにめかしこんでいる印象はなく、普段着姿だった。天気がいいので、家族で犬の散歩に出て来ただけなのかもしれなかった。

めったに巡ってこないチャンスだった。車で外出されたら、尾行はまったく不可能になる。珠は急いで、近くにあった買い物用の小さなトートバッグを手にし、携帯と財布を押し込んだ。

怪しまれないよう注意しながら、珠は卓也に「ちょっと出て来るね」と言った。「すぐ帰るから」

卓也はパソコンを前に、三ツ木桃子のスケジュールとやらを打ち込んでいる最中だった。目は珠を見ておらず、パソコン画面に集中していた。

彼は「どうしたの？」と訊《き》いてきた。「買い物？」

「うん。なんかおやつに、甘いものが食べたくなっちゃって。久しぶりにケーキ買って来るから、あとでコーヒーいれてあげる」

「つきあおうか」

「いいよいいよ。タクは仕事中じゃない。ちょっとそこまで行くだけだから」と珠は早口で答えた。

「ケーキだったら、もしかして、シャルルに行く？」

シャルル、というのは、マンションから歩いて七、八分のところにある古いフランス菓子店だった。斬新《ざんしん》なケーキではなく、昔からあるような日本人好みのケーキを製造販売している店で、地元でも人気が高い。

「シャルルでもいいよ。何かほしいの、ある?」

「チョコレートケーキかな。松の実が入ってるやつ」

「オッケー、わかった」

「それと、あれ何だっけ。チーズなんとか、っていう……」

「チーズフィンガー?」

「ああ、それそれ。あったらそれも」

「うん。あれ、おいしいよね。じゃ、行って来ます」

「気をつけて」

石坂一家は、もう遠くへ行ってしまったかもしれない。そう思うと、気ばかり焦った。珠は卓也に怪しまれない程度に急いで、玄関先にそろえておいたスニーカーに爪先《つまさき》を突っ込み、部屋を出た。

出るなり廊下を走り、階段を駆け降り、路上に降りた。石坂の家のフェンス付近に人影はなかった。

左右を見回した。五十メートルほど先の角を、右に曲がろうとしている石坂一家の後ろ姿が見えた。

珠は早足で後を追い、彼らに続いて角を右に折れた。犬の引き綱を引いているのは娘で、石坂と妻は、娘と犬をはさむような形で、娘の両側を歩いていた。晴れた日の午後、犬を連れて散策を楽しむ、絵に描いたような家族、という印象だった。

妻の名は美保子《みほこ》、娘の名は美奈《みな》。

表札にあった、石坂史郎以外の名前など、忘れかけていたが、そうやって家族三人の後ろ姿を眺めていると、珠は妻の名も娘の名もはっきりと思い出すことができた。

妻の名から一文字とって、娘の名前につけたのは間違いなかった。美保子と美奈。生まれたばかりの娘に美奈と名付けた時は、石坂はまだ澤村しのぶと出会っておらず、その存在すら知らなかっただろう。彼の目はまっすぐに、妻と生まれたばかりの娘だけに向けられていたのだろう。

妻の美保子が気の毒に思えると同時に、こういう家族ごっこを続けていかざるを得ない石坂の、心の内も透けて見えてくるような気がした。

澤村しのぶと肌を合わせ、くちびるを合わせ、聞いていて恥ずかしくなるような愛の言葉を交わし合ってから帰宅して、すぐに父親の顔、夫の顔に戻る、というのは、どんなに大変なことだろう。

完璧《かんぺき》な演技が要求される。何より、演技をする、という時点で、莫大《ばくだい》なエネルギーを必要とする。しかも一度だけではない。何度も何度も、この先ずっと、澤村しのぶとつきあい続ける限り、その演技は必要とされていくのだ。

自分だったら面倒くさくて、すぐに音をあげてしまうだろう、と珠は思った。

石坂の妻の美保子は、改めて見ると、ほっそりとして、モデルのようなきれいな体形をした女だった。夫が着ているセーターと似た色のロングカーディガンを着て、黒のスキニーデニムをはいていた。華美でも何でもないというのに、全体が洗練されていて、しかも嫌味がなかった。

澤村しのぶとはまったく異なる魅力をもった女だった。卓也なら、どちらの女性を選ぶだろう。やっぱり男だから、美保子のような女性を妻にして、しのぶのような女性を恋人にしたいと思うのだろうか。

そんな想像をしながら、珠はもし自分が男で、二人のうちどちらかを選ぶ立場だったら、と考えた。答えは出なかった。

親子三人は、犬の歩調に合わせるようにして歩き続けた。あまり近づき過ぎると、顔を見られる心配があった。珠は適度な距離を保ちながら、後をつけた。

住宅地ゆえ、人通りと言っても、散歩中の老夫婦や犬連れの若い娘とすれ違う程度だった。たまに、乗用車が行き交った。周囲の瀟洒《しょうしゃ》な家々の庭には、ガーデニングに励んでいる人や子供たちの姿があったが、総じてあたりは静かだった。

娘の美奈が、母親を見上げて何か話しかけた。母親の美保子がそれに応《こた》えると、次に美奈は父親に何か話しかけた。石坂は娘の頭を撫《な》でながら、晴れ晴れとした笑い声をあげた。

石坂が通りの家々を指さし、何か言った。美保子が指さされたほうを見てうなずいた。犬が走り出そうとすると、石坂が美奈の手にしている引き綱を引いてやった。犬が電信柱の匂いを嗅《か》いで立ち止まると、一家三人は犬に合わせて立ち止まり、犬のすることを見るともなく見ていた。

どこかでヘリコプターが飛ぶ音が聞こえた。のどかな住宅地の秋の午後だった。似合いの夫婦とその娘の後ろ姿は、経済的な安定と余裕ある暮らしを象徴する住宅地の中にあって、珠の目に非のうちどころがないように映った。

やがて一家は通りの角を左に折れた。そのまままっすぐ、ゆるやかな坂を下りると表の通りに出る。何か目的をもって歩いているのか、それとも、漫然と歩いているだけなのか、判別できなかった。親子の足どりはゆっくりで、歩くことを楽しんでいるだけのようにも見えた。

時折、石坂の澄んだ笑い声が、風に乗って聞こえてきた。それは、表参道の「カフェ・ドゥ・メトロ」で、彼が澤村しのぶを前に発した笑い声と寸分も変わらなかった。妻や娘の手前、わざと明るくふるまっている、というようには見えなかった。石坂は傍目《はため》にも、申し分なく楽しげに見えた。

表通りは片側一車線の、市営バスが行き交う通りになっていた。ちょうどP駅から来たバスが、停留所に着いたところだった。何人かの乗客が舗道に降り立って来るのが見えた。

舗道はいちめん、薄いレンガ色の敷石になっており、ニセアカシアの並木が連なっていた。停留所から少し先の界隈《かいわい》には、一戸建ての住宅は少なく、古い低層マンションが立ち並んでいる。マンション一階部分のほとんどが、商店で占められており、酒屋や食料品店、クリーニング店、婦人科クリニックなどが並んでいた。

婦人科クリニックと花屋にはさまれているのが、フランス菓子店「シャルル」だった。石坂一家は、まさに珠が卓也のためにケーキを買おうと思っていたその店の前で、いったん立ち止まった。

三人がそれぞれ店の中を覗《のぞ》きこんだ。美保子が中腰になり、白い犬を抱き上げた。石坂は娘の手をとった。親子は相次いで、店の中に入って行った。

インテリアは総じて古めかしいが、小ぎれいな店だった。舗道に沿った窓が全面ガラス張りになっていて、店内の様子を外から覗くことができる。

珠は、店の正面の舗道に置かれた古いベンチに腰をおろし、手にしたトートバッグから携帯を取り出した。それを耳にあて、足を組んで遠くを眺めた。ベンチにくつろいで、いかにも誰かと電話中であるように装った。

ベンチからは、ガラス越しに、店内にいる石坂一家の様子がよく見渡せた。彼ら以外に、客はいなかった。

石坂は、ケーキを娘に選ばせようとしていた。娘ははしゃいだふうに迷いつつ、次々とショーケースの中のケーキを指さしていった。白い犬を抱いた妻の美保子は、微笑みを浮かべながらその様子を眺めていた。

店員がいくつかのケーキを箱に詰めている時だった。石坂の顔にわずかに緊張が走ったのがはっきりと見てとれた。

彼は少し慌てたように、ズボンのポケットから携帯を取り出した。ごく日常的な仕草でそれをちらりと見た。

メールだったのか、電話の着信だったのか。珠のいる場所からは、そこまではわからない。石坂は何事もなかったように、無表情で携帯をポケットに戻した。

妻の美保子がそれを見咎《みとが》めたように、石坂に向かって何か言った。石坂は微笑しつつ、首を横に振った。美保子は再度、何か言った。石坂は同じように首を横に振ったが、その時はもう、彼の顔から微笑みは消えていた。

店員がケーキの箱を差し出した。石坂はそれを受け取り、娘に手渡し、ポケットから札を出して、会計をすませた。

彼が店員に向かって何か冗談を言ったらしい。ピンク色の三角巾《さんかくきん》で頭を包んだ若い娘は、口を手でおさえて笑った。石坂も笑った。美保子は後ろを向いていたので、どんな表情をしているのか、珠からは見えなかった。

やがて、美奈がケーキの箱を手に店から出て来た。石坂と、犬を抱いた美保子がそれに続いた。

石坂と目が合いそうになった。携帯を耳にあてがっていた珠は、慌てて顔をそむけた。

表通りを、P駅に向かうバスが走り去って行った。バスのタイヤの音が遠ざかると、美保子は抱いていた犬を地面に下ろした。犬の引き綱は美保子が手にした。

伸ばした長い髪の毛で顔半分を隠していた珠は、毛束の隙間から三人の行き先を窺《うかが》った。犬の散歩がてら、家族で「シャルル」にケーキを買いに来ただけのようだった。三人はもと来た道を戻り始めた。

前方からチワワを散歩させている初老の女がやって来た。石坂家の白い犬は、チワワに向かって興奮したように走り出そうとした。

美保子は犬をわざと追いたてるかのように、犬と一緒になって走り出した。

「ママ！」と呼ぶ美奈の声が、ニセアカシアの並木道に響いた。「待って！ 先に行っちゃいや！」

犬の引き綱を強く引き、美保子が立ち止まって振り返った。その顔は、いたずらを見つけられた時の少女のように幼く見えた。

美保子は娘と夫に向かって、白い歯を見せながら笑いかけた。どこか不自然さを感じさせる笑い方のように見えた。

チワワを連れた女が、美保子に会釈をして通り過ぎた。美保子も会釈を返した。

美奈が、手にしていたケーキの箱を石坂に手渡した。石坂がそれを受け取ると、美奈はまっしぐらに母親のほうに向かって走って行った。

珠は三人が遠ざかって行くのをしばらく見送ってから、「シャルル」に入った。松の実入りのチョコレートケーキを二つと、プラスチックの円筒ケースに入ったチーズフィンガーを一つ買い求めた。チーズ味のする、あまり甘くないクッキーだった。

今しがた、石坂の冗談に笑いこけていた若い店員が、チーズフィンガーの値段をレジに打ち込む際に、何かを間違えたようだった。レジ打ちが、初めからやり直しになった。思っていた以上に買い物に時間がかかり、会計をすませた珠が店の外に出た時、石坂一家の後ろ姿はとっくに見えなくなっていた。

珠はまっすぐにマンションまで戻った。卓也はまだ、さっきと同じ姿勢で、ノートパソコンに向かっていた。

「コーヒー、飲むでしょ？」と珠が訊《き》くと、「飲む飲む。僕がやるから」と卓也は言って立ち上がった。

三ツ木桃子のスケジュールをパソコンに打ち込み、三ツ木桃子のホームページをチェックし、間違った情報が伝えられていたので、それをマネージャーにメールで伝え終えたところ、と彼は珠に説明しながら、コーヒーの準備を始めた。

「チーズフィンガー、ちゃんと買えたんだね」

「うん、けっこうたくさん棚にあったよ」

「時々、なくなってること、あるんだけど」

「タクって、ほんと、甘いもの情報、誰よりも詳しいよね」と珠は笑った。「おしることか、ぜんざいとか、あんみつとか、女の人しか行かないような店にでも、一人で入って行けちゃうでしょ」

「行ける行ける。全然気にしない」

「おばさんとか女子高校生なんかに囲まれて、栗ぜんざいとか注文して食べられるの?」

「もちろん。そんなの平気だよ」

「そういうのって、珍しいよね。女の子と一緒に甘味喫茶に入って、俺、こういうの、食べる趣味はなくて、仕方なくつきあってるだけだからね、みたいな顔して、いやそうに食べてる男の人はよく見かけるけど」

「男が一人で栗ぜんざい食べてるのって、おかしい?」

「おかしくないよ、ちっとも」と珠は笑って言った。「私、甘いものを食べる男の人って、好き。一緒に食事してて、デザートは何にしますか、って店の人に訊かれて、あ、僕は甘いもん苦手だから、コーヒーだけ、って答える人より、ずっと好き」

「桃子さんも同じこと言ってるよ」卓也はそう言いながら、箱の中のケーキを皿に載せた。「甘いものが好きな男って、一緒にいて安心できる気がする、って」

「そう」と珠は言った。

　卓也は三ツ木桃子と、想像もつかないほど、いろいろな話をしているのだな、と思いつつ、ちらりと芽生えかけた疑念を押し殺した。「その通りだよね。甘いもの好きな男の人は、なんか、こう、ゆったりしてて、ギスギスしてなくて、あったかい感じがするし」

「よかった」と卓也は言い、沸騰し始めたやかんに手を伸ばした。「珠にそう言ってもらえると、ケーキも堂々と食べられる」

「食べすぎると糖尿になるよ」

「あれは別に、甘いもの食べすぎてなる病気じゃないから大丈夫だよ」

「そうなのかな」

「そうだよ」

卓也は熱湯で二つのマグカップを温めてから、ドリップ式のコーヒーをいれ始めた。珠はコーヒーが出来上がるのを待って、その場から離れた。

何故、三ツ木桃子のことがいちいち気になるのか、わからなかった。嫉妬《しっと》とも思えなかった。卓也が心変わりするのではないか、と疑っているわけでもない。第一、疑うような理由はどこにもなかった。

それなのに、卓也が桃子の話を始めたり、桃子と交わした会話を再現しようとしたりすると、珠は決まって、気持ちがざわつくようになった。今になって始まったことではなく、ずいぶん前からそうだったような気もするが、それがいつからだったのか、はっきりとは思い出せない。

卓也の母親、と言ってもおかしくないほどの年齢の人なのに、こんなに気になるのは桃子が女優だからだろうか、と思った。女優、という職業をもつ女性に向けて、自分が勝手に抱いている先入観が、そんなつまらない猜疑《さいぎ》心を抱かせてしまうのだろうか。

珠はテレビをつけた。どのチャンネルも、タレントが出てきて騒いでいるだけで、観たいと思える番組はなかった。

テレビを消し、小さなスピーカーに接続してあるｉＰｏｄの電源を入れた。選んだのは、ジェフ・ベックのギターソロだった。死んだ武男がほめていたギタリストだ。

　卓也が、トレイに載せたコーヒーとケーキをリビングルームに使っている洋間まで運んで来た。小さなテーブルに向き合って座り、湯気のたつマグカップのコーヒーをひと口飲み、互いに松の実入りのチョコレートケーキにフォークを入れようとした時だった。

　卓也の携帯が鳴り出した。卓也は「ちぇっ、いいところだったのに」と言いつつ、携帯を開いた。

「桃子さんだ。なんだろう」

　携帯を耳にあて、ソファーから離れて隣の洋間に入って行く卓也を見送りながら、珠は急に食欲が失《う》せた気がした。

　マグカップを手に立ち上がり、卓也のためにｉＰｏｄの音量を小さくしてやってから、珠は北向きの窓辺に立った。隣室からは、「はい、はい、あ、そうなんですか。いえ、僕のほうは全然」などと応《こた》えている卓也の声が聞こえていた。

　窓の外の、通りをはさんで見える石坂の家のカーポートに、石坂の姿があった。青いホースを手にしている。これから洗車を始めるつもりらしい。

　通りには誰もおらず、隣近所も静まり返っていた。石坂の家から娘や妻が出て来る気配はなかった。

石坂はつと、あたりを窺《うかが》い、こそこそとした動きで運転席側のドアを開けた。カーポートの中の車は、通りに向かって停められていた。石坂は運転席に座って、ドアを閉めた。

極端なほど静かな閉め方だった。青いゴムホースが、路上に投げ出されたままになっている。

通りをはさんで建つマンションの珠の部屋からは、車のフロントガラス越しに彼の動きをつぶさに観察することができた。おそらくは、携帯電話をズボンのポケットにでも入れていたのだろう。石坂は座席の上で、もぞもぞと腰を動かし、携帯を取り出した。番号ボタンをプッシュしてから、慌ただしくそれを耳に押しつけた。

呼び出した相手とは、すぐに電話が通じたらしい。彼はわずかに顔を伏せながら、話し出した。ひどく焦っている、もしくは、困惑している、といった顔つきではあったが、その表情には、やっと思いを遂げた時のような安堵《あんど》感が漂った。

隣室では、卓也が桃子と話し続けている。卓也の笑い声が聞こえてくる。仕事の話のついでに、雑談を始めたようだ。

耳を隣室の会話に、そして、目を石坂の動きに集中させながら、珠は窓辺で身じろぎもせずに立っていた。

石坂が、携帯を耳にあてたまま、片方の手をハンドルにのせた。ゆるんだ顔つきをしながらも、その目は警戒心たっぷりに前方に向けられている。眼球が左右にせわしなく動いている。何か異状が起こったら、即座に行動できるよう、身構えているかのようである。

石坂が携帯を使って話し出してから、まだ、二分もたっていない。珠は、石坂の家のリビングルームのガラス戸が、ゆっくりと開かれたことに気づいた。現れたのは、妻の美保子だった。

先程と同様、黒のスキニーデニムにライトグレーのロングカーディガン姿である。美保子は窓のサッシに両手をつきながら、カーポートのほうを窺うように首を伸ばした。石坂の携帯での会話は、まだ終わっていない。しきりとうなずき、微笑み、肩のあたりで深く息を吸い、落ちつかなげにハンドルの上で片手をすべらせている。何か甘ったるい会話を交わしているのだろう、ということだけは、はっきりと見てとれる。

カーポートの前に、相変わらず人通りはない。車も自転車も通っていない。深まった秋の午後の陽射しが、庭木の影を長く伸ばしているだけである。

美保子が、サンダルを足につっかけて庭に下りて来た。その顔は無表情だった。彼女はいったん庭先に立ち止まった。思案しているような様子だった。

庭からカーポートまでの距離は、わずかである。通りに向かって駐車されている車の中にいれば、バックミラーで確認できるのはカーポートの壁だけだ。石坂の視界に、庭に下りて来た妻の姿が映し出されていないことだけは確かである。

珠はテレビの、安手だがスリルに満ちたサスペンスドラマでも観ているような思いにかられた。今この場で、窓を勢いよく開け、カーテンの裾を外に出すなどして、埃をはらうふりをすれば、車の中の石坂は何かの異変に気づくかもしれない。

少なくとも通りをはさんだマンションの五階の窓を見上げることにより、携帯での会話がおろそかになって、危機一髪、妻に見咎《みとが》められる事態になることだけは避けられるかもしれない。

だが、珠にそんな親切なことをしてやる気はさらさらなかった。

珠は石坂の味方でもなければ、妻の美保子の味方でもなく、まして、石坂の恋人である澤村しのぶの味方でもなかった。そんなことはどうでもいいことだった。

「文学的・哲学的尾行」に、その種のありふれた同情心は不要だった。何よりも、ただの手垢《てあか》のついた、どうでもいいような同情や義侠《ぎきょう》心から派生するものを、もったいをつけた論理にすり替えていくのは危険だった。人が真実を見誤るのは、たいていそういう時なのだ。

何が正しくて何が間違っているか、ということは問題ではない。ものごとを等しく俯《ふ》瞰《かん》できた時にこそ初めて、真の認識が成立するのである。

篠原ゼミで学んだ、そういったことを今、珠はしみじみと思い返していた。自分は今、文字通り、全体を俯瞰しているのだ、と思った。知的な気分が高揚してくるのを覚えた。

隣室では、卓也が「はい、では、そうしますので」と言っている。「いえいえ、そんなこと、気にしないでください。え？　いやいや、僕なんか、全然、暇ですから。ほんとですよ。いつだって声かけられれば、飛んで行きますんで」

桃子との電話での会話は、どうやら、結びに入ろうとしているようだった。卓也の、桃子を相手にした電話での口調は、とりわけここ最近、妙に張り切ったものになっている。そればかりか、照れ屋のはずだった卓也が、珠の聞き慣れないお愛想を言ったりもしている。気のせいか、とも思うが、気のせいばかりとも言いきれない。

そもそも、ここのところ、卓也は桃子の言いなりになりすぎている。桃子も桃子で、いくら近所に住んでいるからといって、何かというと気軽に卓也に声をかけ、用事を頼んでくるのはやめてもらいたい、と珠は思う。

そのたびに卓也は、桃子のために時間を割く。仕事としての義務感もあるだろうが、それだけではないだろう。珠には、卓也が桃子から頼まれた用事を最優先にして生きているようにも感じられる。

もちろんそれが、卓也の収入につながっている、ということは珠にもわかっている。今のところ、それが卓也の仕事なのだから、桃子に従わざるを得ないのは致し方ないことではある。

だが、卓也は桃子の正式なマネージャーでも付き人でもない。移動のために、桃子の車を運転するのが仕事だが、正式に雇われている運転手でもない。立場上は、桃子が所属する事務所のアルバイト扱いになっているだけで、実際には体《てい》のいい雑用係のように扱われているに過ぎないのである。

桃子に嫌われたら、その瞬間からもう、仕事は何もこなくなる。現在、一応は基本給プラスアルファで月払いになっている給料も、その時点でストップされ、以後、卓也に収入はなくなってしまう。

しかし、だからといって卓也が、「桃子命」といった態度をとるのは、どう考えても不自然だった。

卓也はやはり、三ッ木桃子に特別な感情を抱いているのではないのか。彼女を女性として見ているのではないのか。

……短い間に、忙しくそんなことを考えながらも、珠は一方で、手に汗を握り、窓辺のカーテンの脇に身を寄せて、眼下で繰り広げられようとしている光景に目を奪われていた。

美保子が行動に出たようだった。速くもなく遅くもない、どこか決然とした足どりで庭を横切り、彼女は開け放されたままになっていたフェンスの門扉の外に出て来た。

道路で洗車をしているはずの石坂の姿はない。洗車用の青いゴムホースがそのまま、使われもせずに道路脇にのたくっているだけである。水を使った形跡すらないのだから、美保子でなくても、おかしいと思うに決まっている。

美保子の足どりが急に速まった。車の中の石坂は、まだ携帯でしゃべっている。危ない、と珠ははらはらする。

美保子がいきなり、カーポートの前に立ち塞《ふさ》がるようにして立ち尽くした。突然現れた妻の姿に驚き、石坂は滑稽《こっけい》なほど慌てふためいて携帯を切ってから、それをズボンのポケットに押し込んだ。

彼は目をぱちぱちと瞬《また》かせながら、車のドアを開けた。美保子が石坂に何か言った。車から降りた石坂がそれに何か答えた。

美保子は両腕を組み、束の間、石坂をにらみつけた。彼女のはいているサンダルの爪《つま》先《さき》が、青いゴムホースを軽く蹴《け》り上げた。

石坂は情事の現場を見つけられた憐《あわ》れな夫さながらに、美保子に向かって苦笑しながら何か言い続けた。必死で弁解をしている様子だった。だが、美保子は黙ったままだ。

自転車に乗った少年が、夫婦のそばを通り過ぎて行った。石坂が、芝居がかった仕草で、後ろ頭のあたりを掻《か》いた。美保子が組んでいた腕を離し、右手で額のあたりを被《おお》って顔を歪《ゆが》めるのが見えた。

桃子との通話を終えた卓也が、携帯を手に隣室から戻って来た。

「ごめんごめん」と彼は言った。声が少しうわずっているように、珠には感じられる。

「ケーキ、先に食べててくれてよかったのに」

「うん、でも、一緒に食べたいから」

「コーヒー、冷めちゃったよね。いれ直そうか」

「いいよ、そのままで」と珠は言った。視線は窓の下の石坂夫妻に向けられたままだった。「桃子さん、なんて言ってきたの？」

「なんか、私用で動き回りたいから、つきあってほしい、って」

「今から？」

「ううん、違う。来週以降の話だよ。仕事としては扱えないんで、申し訳ないから遠慮してた、って言われれば、いやです、とも言えないよね」

「私用って何の？」

「買い物。もうすぐ年が明けちゃうから、年内中に、自宅のソファーを買い換える決心をつけたんだって。ソファー、ったって、そのへんの安物じゃなくて、高級ソファーのことだよ。それでさ、都内の輸入家具屋を何軒か見てまわりたいんだけど、それに車を運転してつきあってほしい、っていうわけ」

三ツ木桃子が、離婚した舞台芸術家の夫との間に作った息子は俳優にさせてもいいほどの美男だという。だが、卓也から聞いたところによると彼は、ぶっきらぼうで、日がな一日、部屋に引きこもってパソコンをいじってばかりいるという話だった。

ソファーを買い換えたいのなら、その息子につきあわせればいいのに、と珠が思った時だった。眼下に見えていた石坂が、妻に向かって人さし指を突きつけてみせるのが目に入った。

石坂が、美保子から詰問され、必死になって否定し続けたあげく、感情の持っていきどころを失ったまま、怒りを爆発させたようだった。彼は顔をひきつらせて、何かを大声で怒鳴り、突きつけた人さし指を小刻みに震わせた。美保子は顔面蒼白《そうはく》になりながら、棒立ちになっていた。

「珠、何見てんの」と卓也は訊《たず》ねた。

「ちょっとね」と珠は笑みをふくませたまま言った。「たまたま、お向かいの夫婦が喧《けん》嘩《か》を始めたのが見えちゃって。面白いから、ずっと見てたの」

卓也がそっと近づいて来て、珠の隣に立った。「ああ、あそこのうちの？　仲がいい夫婦じゃなかった？　よく家族で散歩とかしてるよね」

「そうみたいだけど」と珠は言い、軽く肩をすくめてみせた。「たまには喧嘩もするんじゃない？　夫婦なんだもん。ずっとずっと、仲良くしてるのなんて、気持ち悪い、っていうか、嘘くさいよね」

「珠が言うと本当らしく聞こえるね」と卓也はからかった。「何が原因の喧嘩？」

「さあ、そこまではわかんないんだけど。旦那《だんな》さんが車を洗おうとして、車ん中に入って誰かと携帯で話してたら、奥さんが出て来て怒りだしたのよ」

「じゃあ、携帯で話してた相手って、女の人だろうね」

「ふつうに考えれば、そうよね」

「浮気相手、かな」

「そうだと思うよ。そうじゃなかったら、奥さん、あんなに怒らないよね」

珠と卓也がこっそり見下ろしている間に、美保子は踵《きびす》を返して走り出し、家の中に駆け戻って行った。残った石坂は、いまいましげに青いゴムホースを手にとり、たぐり寄せ、乱暴な手つきで路肩に寄せると、再び車に乗り、エンジンをかけた。

石坂が運転する車はカーポートから出て来るなり、住宅地の道路をエンジン音も高らかに走って行って、たちまち見えなくなった。

「頭冷やしに行ったんだね」と卓也が可笑《おか》しそうに言った。「よくあるパターンだな」

「そうなの？」

「こういう場合、妻が家を飛び出すより、夫が怒りにまかせて家を飛び出す、っていうほうが多くない？」

「タクも私と喧嘩したら、家を飛び出す？」

「どうだろう。僕はここで悶々《もんもん》としてると思うよ」

「タクが悶々としてるのを尻目《しりめ》に、私がモーレツに怒って玄関から飛び出してって、でも、お財布持ってくの忘れて、どうしようもなくなって、すぐ戻ってくる、って感じ？」

あはっ、と卓也は笑った。「そういうのって、目に浮かぶね」

「やっぱり？」

「うん。ところでさ、あのうちの旦那さん……石坂さん、だっけ。あの人、確か、出版社に勤めてる人だったよね」

「そうだったかな」と珠は曖昧《あいまい》に言った。言いながら窓辺を離れ、ｉＰｏｄの音量を少し大きくしてから、テーブルの席についた。卓也もそれに続いた。

言った。

「出版社勤めの編集者だ、って言ってたのは、珠だったような気がするけど」と卓也が
「あ、そう。そうだった。大家さんから教えてもらったんだ」

「どんな本を作ってる人なんだろう」

「詳しくは知らない。どうして？」

「僕にさ、たとえば小説を書く才能があったら、書いた小説をご近所のよしみで、あの人に頼んで本にしてもらえるかも、って、ちょっと思ったから。あ、でも、言っとくけど、珠、これ、単なるたとえ話だからね」

ふふっ、と珠は微笑んだ。「タクは小説家じゃなくて、画家になったほうが似合うよ。イラストの仕事、またやればいいのに」

珠がそんな話を持ち出したのは、ふと、澤村しのぶのことを思い出したからだった。しのぶのように、卓也もうまくすれば、独立してイラストや挿絵の仕事を引き受けることができるようになるかもしれない。たいした収入にはならなくても、少なくとも、三ツ木桃子の使いっ走りをしているより、遥《はる》かにましだろう。珠は卓也にそうなってほしいような気がした。

だが、卓也は「うん、まあね。そうなんだけど」とあまり気乗りしない様子で応《こた》えた。

「ただ、今のところは、イラストとか絵の世界に行くよりも、桃子さんの仕事をしてるほうが自分に似合ってる感じがしてるからね」

「そっちのほうが気楽？」

「っていうわけでもないけど、つまり、ちゃんとした収入になる、ってことが大きいかな。不安定なりに、安定してる、っていうのか」

「ああ、そうだね。よくわかる」と珠は大きくうなずいた。にっこりと卓也に向かって笑いかけた。

二人はどちらからともなくフォークを手にし、皿の上のケーキを食べ始めた。

「どんなの買うのかな」と珠はケーキを頰ばりながら言った。

「買う、って？」

「ソファーの話。桃子さん、どんなの買うつもりなんだろうね。イタリア製かな？　フランス製？　それとも、北欧のやつ？」

「どうだろう。そこまでは知らないけど」

「桃子さんだったら、カッシーナとか、B&Bとかじゃない？」

「それって、イタリア家具だよね」

「信じられないくらい、高いのよ。わざわざ下見に行くくらいなんだから、きっと、桃子さん、そこらへんを狙ってるんだと思うな。それを買うお金があったら、私たちなんか、うちじゅうの家具や電化製品を買い換えることができちゃうかもよ」

「それどころか、余ったお金で旅行に行けるよ」

「ほんと？　それって、海外？」

「海外までは無理だろうけど、伊豆とかの、温泉つき高級リゾートホテルに二人で一泊とかはできるかもしれない」

「あ、いいね、それ。ねえ、どこにする？　修善寺《しゅぜんじ》のあたりに、すごいのがなかったっけ。一度行ってみたかったんだ」

「あのさ、珠。桃子さんは別に、ソファーを買うお金を全額、僕に提供してくれようとしてるわけじゃないからね」と卓也は言った。「だから、そういう想像しても無駄だし、ちょっと全然、意味ないと思うよ」

その言い方があまりに控えめでまじめだったので、珠は思わず噴き出した。口の中のケーキがこぼれそうになり、慌ててティッシュで口をおさえた。卓也も可笑しそうに笑った。

こんな卓也が好きなのだ、と珠は思った。

卓也はどんな時でも穏やかである。感情を乱さない。乱した自分を珠に見せない。たとえ何か腹の立つことがあったとしても、珠に隠し事をしていたとしても。

卓也は珠にとって、二十四時間、三百六十五日、いつだって同じ卓也であり続けた。興奮してうるさくなることもなければ、怒りもせず、不機嫌にもならず、声を荒らげもしない。

いつでも同じ表情、同じまなざし、同じ声、同じ口調、同じトーンである。そんな人間がそばにいる、ということが珠の心を癒《いや》した。朝起きると、掃除の行き届かない、しかし、見慣れた居心地のいい部屋が目に飛びこんでくる時のように。

「やっぱりシャルルのこれって、おいしいよね」

そんなことをつぶやきながら、卓也は無心に松の実入りのチョコレートケーキを食べている。

珠はうなずく。「そうだね」と言う。

珠のiPodからは、ジェフ・ベックが流れてくる。死んだ武男が、「天才だ」と言っていた。アコースティックギターの美しい音色である。

卓也はなんでも、珠の好みを優先してくれる。本当はジェフ・ベックについて、なんとも思っていなかったのだとしても、それどころか、嫌いだったとしても、彼は珠が聴いている音楽に眉《まゆ》をひそめたり、別の音楽が聴きたい、と言ったりすることは決してない。

だから珠もお返しのつもりで、できる限り、卓也の好みに合わせてやろうとする。実際、二人の生活上のほとんどのことは、互いに歩み寄り、合わせることによって、うまく機能している。少なくとも珠にはそう思える。

本当のところはどうなのか、あえて考えないし、まして、口に出したりもしない。本当のことなど、いちいち口にする必要はない、と珠は思っている。こんなふうに、互いに距離を保ちながら暮らしていこうとしているのは、たぶん、卓也も自分と同じなのだろう。

珠と卓也がケーキを食べ終え、食器を片づける段になっても、あたりが薄暗くなってからも、石坂家のカーポートに車が戻った様子はなかった。

石坂の車が戻っていることに珠が気づいたのは、卓也と共に歩いてすぐの街角にある、庶民的な中華料理店に行き、ラーメンと八宝菜とビールの夕食を終えて、ぶらぶら歩いて戻って来た時だった。

すでに八時半をまわり、九時近くになっていた。出かける時はまだ、カーポートに車はなかった。石坂は、珠が卓也と食事に出ている間に戻って来たようだった。

石坂の家の門灯と玄関灯には、煌々《こうこう》と明かりが灯《とも》されていた。窓という窓にはカーテンがひかれていた。一見したところでは、いつもと変わらぬ、夜の石坂家の風景だった。

「戻って来てるよ」と卓也が石坂の車を指さし、珠に耳打ちした。「威勢よく出て行ったはいいけど、することもなくて、すごすご戻った、って感じだね」

あはっ、と珠は笑った。「そうみたいね」

澤村しのぶに会いに行っていた、と考えることもできたが、それにしては早い帰宅だった。

しのぶなら、妻と喧嘩《けんか》をした後に自分に会いに来た石坂を、これほど早い時間に帰すことはしないだろう。引き止め、石坂の愚痴を聞き、やがて自分自身の不安感などを口にして、いっそう石坂を困らせ、困ったあげく石坂も、自暴自棄の気分になって、しのぶの部屋に長居し続けたかもしれない。

たまたま、しのぶの都合がつかなくて、仕方なしに石坂は一人で車を走らせ、気持ちを落ちつけてから戻って来ただけ、と考えるほうが妥当なような気がした。

卓也は、中華料理店で飲んだビールのせいで、少し顔を赤くしていた。彼はつないでいた手を離し、珠の腰に手をまわしてきた。

脇腹をくすぐられ、その手が乳房にまで届いて、珠は「きゃっ」と言った。二人は張りつき合った二匹の虫のようになりながら、笑いながら、ふざけながら、もつれ合いながら、マンションの階段を昇り始めた。

【報告書】

2010年11月28日　日曜日

十三時五分、対象者は妻と娘、犬と共に自宅を出る。ライトグレーのセーター、灰色のズボン姿。車には乗らず、徒歩で通りへ。

家族で散歩を続けた後、坂を下りて表のバス通りに出る。バス停留所近くにあるフランス菓子店『シャルル』に、家族そろって入る。

対象者は、店内で娘にケーキを選ばせる。店員がケーキを箱に入れている時、ズボンのポケットから携帯を取り出す。メールか電話の着信があったと推測される。対象者は、急いだ様子で着信内容を確かめ、再び携帯をポケットに戻す。

妻、それについて何かを問いただそうとする。対象者は、首を横に振り、否定。

数分後、対象者、ケーキの支払いをすませ、家族そろって店の外に出る。対象者の妻が、犬の引き綱を手にすると、前方より、チワワ犬を散歩させている女性（初老）がやって来る。対象者の犬がチワワに向かって走り出す。対象者の妻、犬に合わせて走る。娘がそれを引き止める。対象者の妻、立ち止まり、振り返って笑いかける。その後、親子三人、連れ立って元来た道を引き返す。


十四時十五分。対象者は自宅カーポート前にて、洗車の準備を始めるが、洗車は行わない。車をカーポートに駐車させたまま、車内運転席に座る。携帯電話を取り出し、どこかに電話。

二分後、対象者の妻、自宅から出て来る。しばし、庭に佇《たたず》んだ後、カーポートめざして歩き出す。

対象者は妻を見つけ、耳にあてがっていた携帯電話を慌てた様子で離し、フラップを閉じて、ズボンのポケットに押し込む。車から出て、妻と向き合う。

しばしのやりとりの後、夫妻は諍《いさか》いを始める。対象者が妻に向かって人さし指を突き出し、怒鳴る。妻、青ざめながら、自宅に引き返す。

その後まもなく、対象者、車に乗り込み、走り去る。行き先は不明。

二十時五十分。対象者の車が自宅カーポートに戻っているのを確認。対象者の正確な帰宅時刻、その後の行動については不明。自宅の門灯、玄関灯は点灯されており、外部から窺《うかが》われる室内の様子に、これといった異状は見られず。

以上。

7

自宅のソファーを買い換えたいと言う三ツ木桃子に付き添って、卓也が出かけて行ったのは、十二月も半ば近くになってからだった。

月曜日の午後のことだった。珠はその日、大学院に行かねばならなかったのだが、渋谷まで出たところで、急に行く気が失《う》せた。

それは、武男と死別して以来、よく起こる現象だった。これといった理由はなかった。さしたる罪悪感も焦りもなく、出なければならない授業をさぼってしまう。

かといって、せっかく電車に乗って出て来たのだから、という気持ちが強くて、帰る気にもなれない。誰かと会おうとするわけでもない。まして、ウィンドウショッピングをする気分にもならない。

ただぼんやりと街をさまよう。疲れるとスターバックスなどに立ち寄り、コーヒーを飲み、少したって、また歩き出す。何を考えるでもない。まとまりのない感覚の中で、時間だけが流れていく。それだけで半日以上、つぶしてしまうこともある。

風は冷たいが、冬晴れの暖かな日だった。珠は、ぶらぶらと街を目的もなしに歩き、大型書店をひやかし、また外を歩き、十分に一度は、卓也は桃子といまごろ、どのあたりにいるのだろう、などと考えた。

高級輸入家具を扱っている専門店は、ほとんどが都心に集中している。青山や恵比寿、銀座などにショールームや販売店があったはずで、詳しいことは、調べようと思えばすぐに調べられる。

どうせぶらぶらしているのなら、自分も行ってみようか、と珠は思った。行った先で、ばったり卓也と桃子に会ってしまったら、嬉《うれ》しそうに卓也に腕をからませて「後をつけてきたんだもん」などと冗談めかして言えばいい。

実物の三ツ木桃子には会ったことはなかった。むろん、テレビや映画などで何度となく観てきたし、顔もしゃべり方も雰囲気も、よく知っている。卓也から聞くちょっとした桃子のエピソードも、細かいこと一つ一つ、よく覚えている。

卓也が自分のことをどれほど桃子にしゃべっているのかはわからないけど、と珠は思う。桃子から訊《き》かれるままに、差し障りのない範囲内で、卓也は珠について何か話しているのかもしれなかった。だとしたら、急にばったり会ったとしても、桃子はいやな顔ひとつせずに、少なくとも表向きは笑顔で歓迎してくれるはずではないのか。

……そんなふうに思いつつ、珠は一方で、桃子と卓也の関係について、邪推し始めている自分自身に深い困惑を覚えていた。

卓也と桃子のことが、これほど具体的に気になるようになったのは、石坂史郎の「尾行」を始め、報告書に記載するようになってからだった。それは明らかだった。

以前の珠は、ものごとを正しく、冷静に考えることができた。感情を乱すことがなかったとは言えないが、理由もなく泣きわめいたり、深く悲嘆にくれたりすることはなかった。それは、あのような形で、ふいに愛する男を失った後、珠が自分で身につけた、一種の処世術でもあった。

卓也に向けた気持ちについても同様だった。彼が桃子の専属運転手のようなアルバイトを続けているのは、安定した収入を得るためである。それ以上の目的は何ひとつないはずである。

母親ほど年齢が離れている桃子に対し、それなりの尊敬と好意は抱いているものの、そこに通常の男女の間で生まれるような感情は一切ない。ないからこそ、仕事として割り切ることができる。三ツ木桃子という女優に向けた敬愛の気持ちがなかったら、イラストの仕事をやめてしまった卓也が、この種の仕事を続けていくことは不可能だったはずなのだ……これまで珠は、そんなふうに解釈してきた。

たとえ、珠あてのメールの中に、卓也が「桃っち」などと親しみ深く書いてきたとしても、である。いつもは「桃子さん」と呼んでいるのに、メールの中でだけ、何故、「桃っち」になるのか、ということについても、珠は、その本当の理由を質《ただ》そうとはしなかった。卓也がメールの中で桃子のことを「桃っち」と書いてきたとしても、その真の理由など、書いた本人すらはっきりわかっていないに違いないのだ。

それなのに、と珠は思う。石坂史郎を「文学的・哲学的」に尾行し始めて以来、いつからともなく、自分が卓也と桃子のことで、理由のはっきりしない猜疑《さいぎ》心を抱くようになっている。何か具体的、現実的な出来事があったのならまだしも、卓也はこれまでと何ひとつ変わらない。彼を疑わねばならない理由など、本当に毛筋ほどもないというのに。

やはり、石坂を尾行することによって知った一連の秘密が、自分自身にも影響を及ぼしているのだろう、と珠は考えた。不思議だった。

結局のところ、人は秘密が好きなのだ。それを抱えこむことによって、どれだけ自分自身が苦しむか、知り尽くしていても、秘密は妖《あや》しい媚薬《びやく》のように、人を惑わせる。

秘密を抱えて生きている石坂の気持ちの何分の一かが、珠にはわかるような気がしてならない。

ひとたび大きな秘密を抱えこむと、それを失うことが恐ろしくなるのも、また、人間なのではないのか。彼は今、その秘密に苦しめられ、悩まされ続けているが、一方では、秘密のせいで暗く輝いている人生を誰よりも深く愛しているのだ。失いたくない、と思っているのだ。

誰を失いたくないのか。妻に隠れて深い関係を続けている、あの、表参道近くに住む澤村しのぶを？　妻の美保子を？　娘の美奈を？

誰でもないのかもしれない、と珠は考える。彼が失いたくないのは、特定の誰か、ではなく、秘密そのものなのではないだろうか。

自分が石坂の立場だったら、同様にそうなるかもしれなかった。

重い病で、突然、目の前から消えてしまった久田武男との関係を続けていた時、珠は自分が抱えている秘密の大きさに、時々、おしつぶされそうになった。

それほど息も絶え絶えになるのなら、秘密などもたなければいいのだが、そんな簡単なことではなかった。

秘密は珠を魅了した。秘密があってこそ、武男との関係はいっそう深まったような気もする。

武男は、現在の石坂だった。同時に、現在のしのぶを珠自身に置き換えることもできた。また、石坂の妻、美保子は、共に暮らしている者のもつ秘密を共有できない、という意味において、現在の珠の分身と見ることもできた。

そのように考えていくと、不思議なほど深く納得できた。気持ちがおさまった。

理屈や論理、理知、といったものを珠は愛していた。本当は論理性などかけらもない、ただ、ただ、未熟なまでに感情的な人間である、と自認している。だからこそ、理屈や論理を愛することをやめようとは思わなかった。それらを失うことは、自分を見失うことに等しい。

渋谷の街をうろつくことにも飽き、珠は再び電車に乗って、家路についた。家で何か作ることも考えたが、どうせ、今日の卓也は、御礼と称して桃子に夕食をごちそうになってくるに決まっていた。一人で部屋で食事をとるのも味気なく、珠はP駅前のショッピングモールに立ち寄った。

別に購買意欲を刺激される、というわけでもないのに、しばらく、若い女性向きのブティックを丹念にひやかしてまわってから、レストラン街のパスタ専門店に入った。カルボナーラとサラダ、コーヒーのセットを注文し、全部食べ終えてから、デザートを訊きに来たウェイターに、チーズケーキを頼んだ。

お替わり自由のコーヒーを追加してもらい、カロリーオーバーになっていることを気にしつつも、チーズケーキを平らげた。その間中、何度か携帯を覗《のぞ》いたが、電話もメールも着信は入っていなかった。七時になっていた。

席を立ち、支払いをすませ、店を出たところで、マナーモードにしておいた携帯が震え出した。卓也からの電話だった。

いつのまにか、卓也からの連絡を待ち望んでいた自分に気づいた。珠はなぜか、そんな自分にうんざりした。

「あ、僕」と卓也は言った。いつものトーン、いつもの声だった。「珠、今、どこにいる？」

「駅前のショッピングモール」と珠は言った。「今日、学校、行かなかったの。で、たった今、パスタで夕食をすませたとこ。タクは？」

それには応《こた》えず、卓也は「実はさ」と言った。少し声をひそめている。「桃子さんが、珠に御礼のケーキを買ってくれたんだ。帰りにちょっと寄りたい、って言ってるんだけど」

「はあ？」と珠は訊き返した。「御礼って何？　何の御礼？　寄る、ってどこに？」

「よくわかんないんだけど、仕事でもないのに、僕を引きずりまわしちゃったから、って言って、桃子さん、すごく恐縮しちゃってるんだよ。珠がもし、うちにいるのなら、ちょっと寄って、挨拶《あいさつ》したい、って言ってきかないんだ。いいかな」

「いいかな、って、タク。そんなこと。私、桃子さんから御礼されるようなこと、なんにもしてないのに。それに、うち、全然、掃除してないから、すごく汚いし、ああいう人に見せられるような状態じゃないよ」

「僕もそう言って、やんわり断ったんだけど、桃子さんがさ、ぜひ、って言うもんだから。むきになって断るのも失礼だと思って」

卓也は桃子から離れたところで電話している様子だった。珠は困惑しながらも、「まあ、わかるけど」と言った。「ねえ、うちでは何を出せばいいの？　コーヒー？　それともハーブティーみたいなもののほうがいいの？　あ、違うか。ワイン？」

「コーヒーでいいよ。寄るだけ、って言ってるから。ともかく、今、赤坂で食事をごちそうになってるとこで、もうすぐ終わるから、そうだな、道が混んでなければ、あと一時間か、一時間半以内には着くからね。いい？」

「わかった」と珠は言った。そして慌てて、「でも、どうしてなの？」と詳しく確認しようとしたのだが、口を開いた時、すでに卓也の電話は切れていた。

三ツ木桃子について、珠はいろいろなことを卓也から聞いていた。

桃子は、横浜の公立高校を卒業後、都内にある小さな劇団に所属した。前衛劇を得意とする劇団だった。巡業と称し、ベテラン役者と共に、地方の小さな芝居小屋をまわっていた時期もあるという。

母親は日本在住の台湾人。桃子は日本人と台湾人のハーフ、ということになる。完全な母親似だそうで、目が大きく、くちびるは厚みがあり、正統派の美人というわけではないが、整ったあでやかな顔立ちをしている。顔が小さいためか、胸と腰が張ったグラマラスな体形にもかかわらず、さほど大柄には見えない。

充分、女優としての存在感、貫禄《かんろく》を備えており、演技力も評価されている。女優としての仕事にも恵まれてきた。なのに、今も昔も、三ツ木桃子は常に、どこかしら目立たず、数歩下がって佇《たたず》んでいるように見えてしまう女優の一人だった。

卓也によれば、「基本的に性格がおとなしいせいだろう」とのことで、そう言われてみれば、珠にも納得できた。桃子の醸しだす気配は、どんな場面においても、どんな役柄を演じている時でも、常に控えめなものを漂わせているのだった。

数々のアルバイトをこなしながら芝居を続けていたが、桃子は二十代半ばになって、役者が集まる酒場で知り合ったテレビ局のプロデューサーから、声をかけられた。連続テレビドラマに出演してみないか、という打診だった。降ってわいたような話だった。

ただし、毎回、セリフがひと言ふた言しかなく、登場シーンもごくわずか。脚本家の気分次第では、途中降板になる可能性もある、ということだった。だが、桃子にしてみれば、どんな形であれ、それは絶好のチャンスだった。

善意の人間ばかり登場する、罪のない、家族全員で安心して観られる種類のドラマだった。脚本を手がけたのは当時の人気脚本家で、主演は女性の間で人気絶頂だった若手男優。ドラマはたちまち高視聴率を獲得した。出番は少なかったとはいえ、無名の新人だった桃子の知名度も、一挙に上がった。

以後、桃子はテレビのみならず、映画や舞台からも、ぽつぽつと声をかけられるようになった。決してえり好みをせず、現代劇、時代劇も問わずに受け入れ、濡《ぬ》れ場も辞さない。そうした謙虚な姿勢は、制作者たちに好印象を与えた。

他にもナレーション、CM出演、四十代五十代向け女性誌のモデル、旅番組出演など、多彩な仕事をこなし、現在でも年間平均、二本の映画、三本のテレビドラマに出演している。

決して主役は張れないし、今後もおそらくは無理だが、脇役としては貴重な存在、という自分の位置づけを桃子は誇りにしていた。そのためか、自意識過剰なところは皆無だった。目立ちたいがために、出すぎたまねをしようとすることも決してなかった。かといって、卑屈に小さくまとまってしまう、というわけでもない。桃子はあくまでも、日々、与えられた仕事をこつこつとこなそうとし、実際そのように生きてきた。無難、と言ってしまえばそれだけのことだが、それが桃子のよさでもあった。卓也は折にふれ、そんな感想を口にし、そう言われるたびに、珠も素直に同意した。

その通りだと思ったからだが、一方で、もしも三ツ木桃子が、女優としての野心を丸出しにし、あちこちでぶつかって問題を起こしたり、人間関係を破綻《はたん》させたりしてしまうような人物だったら、卓也は決して、桃子のアルバイトなど続けることはできなかっただろう、とも思うのだった。

総じて控えめで、おとなしい。多忙さと知名度の高さが、必ずしも仕事にいいような形で反映されず、迫力のある美人なのに、スクリーンやテレビ画面の中で観る彼女は、意外なほど楚々《そそ》としていて目立たない。他の役者にのまれて見えてしまうこともある。

私生活では離婚を経験し、引きこもりの息子との二人暮らしを続けていて、それなりの苦労を味わってきたと思われる。仕事から離れれば、平凡な、どこにでもいそうな五十代の主婦であり、母親である。同業者が集まる場所はあまり好まず、オフの日には自宅で豆を煮たり、庭の雑草を抜いたりしているのが好きだという。

そんな素朴さのある女性だからこそ、卓也は付き人でも正式なマネージャーでもないのに、アルバイトとしてこまめに働き、桃子に仕えることを喜びにしているのだろう、というのが珠の分析だった。そうでなければ、いくら卓也でも、とっくの昔に嫌気がさしていたはずである。

卓也は、奇人変人のたぐいを何よりも苦手に感じる男だった。嫌いというよりも、ほとんど恐怖心に近いものを抱くようで、彼が、その種の人間たちとの係《かか》わりをもたないようにして生きてきたことを珠はよく知っていた。

万一、そういった人間と出くわしたら、どんな利害関係にあろうとも、とっととその場から逃げ出してくる。酒に酔って乱れ、グラスを壁に投げつけたり、理屈の通らない暴言を吐いたりするような人間、それがどれほど社会的に重要な人間であっても、そんな人物の相手をし、ご機嫌とりをするなど、卓也に限ってはあり得なかった。

そのため、才能のある奇人、天才的な変人、などとも卓也は終生、縁がなかった。そんな卓也だからこそ、女優として決して大成したわけではない桃子、そして、今も昔も、そんな自分をひたむきに生きている桃子は、彼にとって好もしい人物、ひいては好もしい異性であるに違いないのだった。

駅前のショッピングモールを出た珠が急いでマンションに戻り、部屋中にざっと掃除機をかけ、目についた埃《ほこり》を拭《ふ》いて、ひと息ついたころ、卓也から携帯に電話がかかってきた。どこかで見ていたかのようなタイミングだった。

桃子の車を運転して来て、マンション近くの有料駐車場に停めたところだから、あと五分くらいでそっちに着く、という。わかった、こっちはいつでも大丈夫だから、と珠は答えたものの、どうにも落ちつかなくなった。

時刻は八時二十分になっていた。いくら暗いとはいえ、卓也が、世間で一応、顔と名前が知られている女優と並んで、夜道を歩いているところを近所の人が見たら、どう思うだろう。

珠は、桃子を連れた卓也が、マンションの大家である春日治江に見られた時のことを想像してみた。

噂好きの治江は珠に、「ねえ、お宅の彼氏が、この間の夜、きれいな人と歩いてたのを見ちゃったわよ。どっかで見た顔だと思ったら、女優の三ツ木桃子じゃない。ねえ、お宅の彼氏、三ツ木桃子の仕事をしてるの？　それとも、ご親戚《しんせき》か何か？」などと興味津々で訊《き》いてくるに決まっていた。

卓也が持ち帰ったDVDや、映画館のスクリーン、テレビ画面、女性誌のカラーグラビアなどでは、これまで数えきれないほど三ツ木桃子を観てきた。だが、本物の桃子と会うのは初めてである。

珠は、我知らず緊張感を覚えながらも、桃子が自分に「御礼」を言うために、わざわざここにやって来る理由が、どうしても解せずにいた。

いくら仕事ではないとはいえ、オフの日に卓也を買い物につきあわせたからと言って、桃子が珠に御礼をしなければならない理由はどこにもない。何らかの形で礼を述べたい気持ちがあるのなら、ケーキを珠のために買い、「珠さんによろしく」と卓也を通じて伝えてもらえばすむ話である。

母親ほど年齢が上の、しかも一応は名の知れた女優なら、その程度で充分なのだ。わざわざ、挨拶《あいさつ》を理由に、珠に会いに来たがる桃子の気持ちがつかめなかった。そのうち、二人で家に遊びにいらっしゃいな、と口先だけで誘い、言ったそばから、自分が誘ったことなど忘れてしまうほうが自然ではないのか。

今か今か、と玄関のインタホンが鳴るのを待ちながら、珠は通りに面した北側の窓辺に立ち、カーテンをそっと細めに開けて、外の様子を窺《うかが》った。

無人の家が多くなったその界隈《かいわい》は、夜になると、街灯の明かりだけが目立つ。だが、通りをはさんだ石坂の家には、いつもと変わらずに門灯と玄関灯が灯《とも》されていた。リビングルームとおぼしき一階の部屋のカーテンには、ぼんやりとした黄色い明かりが滲《にじ》んで見えた。

石坂が車で出社することは、ほとんどない。その晩、カーポートには、いつものように車が停められていたが、石坂が帰宅して家にいるのかどうかはわからなかった。

首を伸ばして、通りの右手を覗《のぞ》いてみたが、有料駐車場から歩いてくる人影は見えなかった。そろそろ着いてもおかしくないのに、と珠が壁に掛けた丸時計に視線を移した時だった。ほぼ同時に、玄関のインタホンが鳴った。珠は弾《はじ》かれたようにその場から離れ、玄関に走った。

ドアを開けると、まず、卓也ではない、三ツ木桃子の笑顔が目に飛びこんできた。輝くような、美しい大人の笑顔だった。

エレベーターがついていないマンションの階段を五階まで上がってきたせいで、明らかに少し息が切れている。桃子は着ている黒いセーターの胸を大きくふくらませ、息を弾ませながら、珠に「こんばんは。はじめまして」と言った。「三ツ木です。突然、お邪魔してごめんなさい」

「いえ、その」と珠はぎこちなく微笑み返し、「どうも」と言ってから、慌てて「白石です」とつけ加えて頭を下げた。「はじめまして。いつも、卓也がお世話になりまして、ありがとうございます」

「珠さん……ですね」と桃子は言った。目を細め、顔中に笑みを浮かべて珠を見た。「いつも卓也君からお話、聞いてました。私のほうこそ、卓也君にはお世話になりっ放しで。一度、ちゃんとご挨拶したかったので、いい機会だから、寄らせてもらいました」

卓也のことを桃子が「卓也君」と呼んでいることは、初めて知った。親しげな呼び方に、珠はかすかに胸の奥がちりちりと熱くなるのを覚えた。

染めているのか、長めに伸ばした桃子の髪の毛は、栗色がかっている。その、つややかな、豊かな髪の毛を耳の脇から無造作に引っ張り上げて、後頭部のあたりでゆるくまとめ、ワイヤーコームを使って留めている。

前髪は、眉《まゆ》のすぐ上のあたりでまっすぐに切り揃えられている。洗練されていてスタイリッシュだが、愛らしい感じのする髪型である。

小さな顔に大きな瞳《ひとみ》。厚くて、性的な感じのするくちびる。化粧は薄いが、彫りの深い顔立ちなので、全体に透明感があふれ、華やいで見える。少女のような髪型をしているせいもあって、恐ろしいほどに年齢がわからなくなっている。

それに何より、画面やグラビアで見る桃子よりも、目の前にいる桃子のほうが遥《はる》かに美しかった。

黒いVネックのセーターに、腰回りのゆったりしたデニムパンツ、膝下《ひざした》まであるレインボーカラーの、温かそうなニットのロングコートを着ている。首には細いチェーンネックレスを何連も下げている。くだけた鮮やかな装いがよく似合う。お転婆で可愛い、大人の女、という印象である。

卓也が間に入るようにして一歩前に進み、「さあ、こんなところで立ち話もなんですから……」と言った。「桃子さん、どうぞ、お上がりください。狭くて汚いところですけど」

「じゃ、お言葉に甘えてちょっとだけお邪魔しますね」と桃子は言い、手にしていた四角い箱を笑顔と共に珠に向かって差し出した。「これ、ケーキ。珠さんへのおみやげ。どうぞ召し上がれ」

珠は礼を言って受け取り、「わざわざすみません」と言って頭を下げた。

桃子は形のいいくちびるを横に伸ばして微笑んだ後、はいていたショートブーツを脱ごうとした。片手にバッグを抱えていたせいか、狭い玄関先で、ふと、桃子の上半身のバランスが崩れた。

咄嗟《とっさ》に何かにつかまろうとしたのか、桃子が宙に手を伸ばしかけた。卓也がすかさず、その手を取るなり、彼女の腰に手をまわして身体を支えた。

時間にして、わずか一、二秒程度の出来事に過ぎなかった。珠は、見てはいけないものを見てしまったような思いにかられながら、目をそむけた。

だが、果たして本当に「見てはいけない」ものだったのかどうか、確信はもてなかった。雇い主でもある、自分より遥かに年長の女性がよろけそうになった時、支えてやろうとするのは、彼でなくても当然のことではないのか。そこに何ら、怪しげな意味など、あるはずもないのではないか。

卓也が、感情のわからない顔つきをしながら、「大丈夫ですか」と小声で桃子に訊《たず》ねた。

「ありがと」と桃子は卓也に短く礼を言い、すぐに卓也から離れた。照れくさそうな笑顔が珠に向けられた。「階段、上がって来ただけで、これですものね。みっともないったら。年だわ、もう。いやんなっちゃう」

「私も時々、ここまで上がってくるだけで、息が切れてぐったりして、足の筋肉なんかもパンパンになっちゃいます」

珠がかろうじて愛想よくそう言うと、桃子はやわらかく微笑んだ。「そう？　よかった。珠さんみたいな若い人も同じなのね。私、毎日ここに通って、階段を昇ったり降りたりしながら、足腰鍛えなくちゃいけない、って思っちゃった」

「そんなことしたら、大変ですよ」と卓也がまぜっ返した。「マンション中が大騒ぎになっちゃいます。女優の三ツ木桃子さんが、せっせと階段の昇り降りをしてる、って」

「ああ、ほんとにそうね。女優だってわかってもらえるんならいいけど、そうじゃなかったら、変なおばさんが階段を占領してる、って一一〇番されちゃうだけかもね」

卓也と桃子が声を合わせるようにして笑ったので、珠も仕方なく笑った。

桃子にソファーを勧め、桃子が脱いだニットコートをハンガーにかけてやっている卓也の気配を背後に意識しながら、珠はキッチンに立ち、コーヒーをいれた。

桃子が買ってきてくれたケーキの箱を開けてみた。箱の中には、小さな円形の、フルーツがふんだんに使われているものと、チョコレートがまぶされているもの……二種類のミニサイズの、美しいデコレーションケーキが形よく並んでいた。

それを箱ごとトレイに載せ、いつでも食べられるようにと、小皿とフォークも人数分添えて運んだ。桃子は「おかまいなくね」と言い、珠がドラマや映画の中でよく観てきた、なじみのある微笑を浮かべた。

卓也は、CDデッキを操作して、音楽をかけようとしていた。慌てていたのか。それとも自分が会話を引っ張らないといけない、と意識するあまり、音楽などどうでもよくなっていたのか。彼はラックの、もっとも取り出しやすい場所に入れてあった、ジェフ・ベックのCDを取り出してデッキにセットした。

かつての珠の、死んだ恋人が愛していたギタリストによる名曲が流れてきた。卓也は会話がしやすいようにボリュームをしぼり、いそいそと席に戻った。

昼間、二人でソファーを見に行ったものの、結局、気に入ったものが見つからなかったんだ、と卓也は珠に説明した。

桃子がそれにつけ加えた。「いいなと思えば高すぎるし、手頃だと思えばデザインが今ひとつで。難しいわね、家具を買うって。ほんと、卓也君には徒労だったわね。ごめんなさいね」

卓也に目を向けた桃子の顔に、その時、一瞬、妖《あや》しい媚《こび》のようなものが走ったような気がした。珠は慌てて目をそらし、必死になって手にしたマグカップの中のコーヒーを見つめた。

卓也は「いえ、そんなこと」と言った。「全然、徒労なんかじゃないですよ。また、いつでもお伴《とも》しますから」

「ぜひ、お願いね。さっきも話したけど、年内の仕事が一段落したら、頭の中をリセットして、もう一度、探そうと思ってるから」

「ほんとにいつでも」と卓也は涼やかな表情で繰り返した。「ご遠慮なく」

卓也が以前、イラストの仕事でかかわっていたデザイン事務所の所長は、世間でそこそこ知名度のあるイラストレーターでもあった。その所長と、桃子が所属する事務所の社長とは、大学時代からの友人同士だった。女優の三ツ木桃子が、アルバイトとして自分の車を運転してくれる人間を探している、という話を、卓也はその所長から聞かされた。

卓也は、三ツ木桃子には別に何の関心もなかった。だが、細々と入ってくるイラストの仕事をこなし、下働きしているだけの毎日には、飽き飽きしていた。所長の下にいる限り、大きな仕事にはなかなかありつけそうになく、くさっていた時期でもあった。何より、収入が少なすぎた。

桃子の自由になる専属運転手として、毎月支払われる、という給料の額を聞き、俄然《がぜん》、興味がわいた。それは、卓也がイラストの仕事をして得る毎月の収入の、ほぼ二倍近かった。

僕じゃだめでしょうか、と卓也が言うと、所長は「別にいいんじゃないの？」と答えた。「女優の運転手の仕事しながらだって、イラストは描けるもんな」

かすかな皮肉が感じられた。その時、突然、こんなところにいても本当に意味がない、と思ったという話を、後になって珠は卓也から聞かされたことがある。

まもなく卓也は、所長から桃子の所属する事務所の社長を紹介された。その場に桃子もやって来て、挨拶《あいさつ》を交わした。気に入られたかどうか、ということは、その時点ではわからなかった。

だが、数日後、思いがけず、桃子本人から卓也の携帯に連絡があった。これもうちの社長を通じての、何かのご縁よね、運転の仕事、お任せしたいと思うんですが、と桃子は言った。

さらに、できたら明日《あした》から来てほしい、と言われ、卓也は面食らった。新しくドラマの仕事が始まるのだが、連日の撮影所通いを頼みたい、という。

ほんとに僕でいいんですか、と訊ねると、それには応えず、桃子は「よろしく」とだけ言った。

卓也が初めて運転した桃子の車は、小型のベンツだった。小型とはいえ、そんな高級車は運転したことがないばかりか、乗ったこともなかった。

国産車仕様の右ハンドルになっていたが、傷つけたりしないように、と緊張した。テレビ局などの狭い駐車場では、緊張のあまり、手に大量の汗をかいて、ハンドルがべとべとになってしまった……というのが、卓也が珠に好んで話したがる、笑えるエピソードの一つだった。

コーヒーを前にした三人の会話は、一見、楽しく進められていた。だが、居合わせた三人が三人とも奇妙な緊張感の中にあるせいか、それとも、珠だけが落ちつかない気分でいるせいか、実際のところ、話は弾んではいないように感じられた。

珠は桃子の出演した映画やドラマの話を持ち出し、無邪気を装った質問をし、卓也は珠に、桃子の仕事について面白おかしく語ってみせたりした。笑い声が絶えなかったものの、一つの話題は長続きしなかった。

　桃子が、二人の住まいのインテリアをほめ、珠がいれたコーヒーの味がいい、とほめ、卓也からしょっちゅう、珠の話を聞いているから初めて会ったとは思えない、想像していた通りチャーミングな方なのね、などと世馴《よな》れたふうの世辞を言い、それらを珠は羞《は》じらったふりをしながら聞いていたが、桃子がいったい何を企《たく》んで、ここにやって来たのか、という疑問は去らなかった。

　ジェフ・ベックのギターの音色が、そんな珠の疑問に答えようとするかのように、切々と流れていて、そんなメロディーを聴いていると、死んだ武男がふいに懐かしくなり、珠は胸がしめつけられるような思いにかられた。

　珠が大学院で何を専攻しているのか、といった質問を型通り終え、型通りの答えを得てから、桃子は待ってましたとばかりに、腕時計をちらりと覗《のぞ》き見た。「あら、いけない。もうこんな時間。そろそろ、失礼しなくちゃ」

「ゆっくりなさってってくださいよ」と卓也が言った。「うちは全然、かまいませんから」

「いただいたケーキですけど、これ、召し上がっていきませんか」と珠も卓也に合わせて言った。「コーヒー、お替わりはいかがでしょう。ワインもあります。ね、タク、赤ワインがあるよ。お出ししましょうか」

「うん、めちゃくちゃ安いワインで、桃子さんに出すには申し訳ないけど。でもけっこう、イケるんですよ」

「いいのいいの、そんなに気をつかわなくても」と桃子は笑顔で辞退した。「本当にもう、行かなくちゃ。珠さん、コーヒー、ごちそうさまでした。今度はぜひ、卓也君とうちにも遊びにいらしてね」

「ありがとうございます」と珠は言った。「ぜひ、そうさせていただきます」

「じゃ、僕、お送りします」と卓也が言って立ち上がった。

ハンガーにかけた桃子のコートを手に取り、彼はそれを桃子に着せかけてやった。手慣れた仕草だった。それを受ける桃子の仕草もまた、優雅だった。

そんなことを自分以外の女性にしている卓也を見るのは、初めてだった。いつも桃子にはそうやっているのだろうか、と珠は思った。自分にはしてくれたことがない。

「卓也君のような若い人が、近くに住んでてくれて、本当に助かるわ」と桃子は玄関の三和土《たたき》でショートブーツをはきながら言った。「私、こう見えて、実はすごく小心ものだから。近くによく知ってる人が誰もいないと、何かあった時、どうしようか、って不安になっちゃうの」

「誰も桃子さんのこと、小心ものだなんて、思ってないと思いますけど」と卓也が茶化した。

「あら、そう？ それは、誰も私のことをよく知らないからよ」

「そうかなあ。桃子さんは、知ってる人間なんか誰もいないところでも、たくましく生きていける感じ、するけど。……だよね？　珠。珠もそう思うよね？」

珠は黙ったまま、わずかに微笑を返し、わざと皮肉をこめて両方の眉《まゆ》を大きく上げてみせた。

桃子に見られないように、そうやったつもりだったのだが、卓也よりも先にそれに気づいたのは桃子のほうだった。

桃子は珠に向かって愛想よく笑いかけた。「それにしても、今日は珠さんとも、こうやってお会いできてよかった。これからも、ご近所のよしみで、どうかよろしくね。今度、三人でお食事でもしましょうよ。したいわ」

珠は曖昧《あいまい》にうなずき、「ありがとうございます。嬉《うれ》しいです」と言った。

にこにこしている桃子の横に、卓也が立った。そうやって並んでいると、珠の目に二人は似合いのカップルに見えた。

桃子は明らかに、卓也よりも相当、年齢が上で、しかもそれは十やそこらの年の差ではないとわかる。だが、だからといって、そこに際立った不自然さは感じられなかった。

恋人同士だと言われれば、誰もが納得するかもしれなかった。年の離れた女性を恋い慕っている若い男と、そんな男を愛し、大切に思っている女。突っ走るような熱情にかられたものではないが、何とはなしに寄り添い、打ちとけ合い、互いが離れられない、かけがえのない存在になっている。この二人もそんなふうに見える……。

珠は自分自身に、強い苛立《いらだ》ちを覚えた。

それは重度の、病的と言ってもいい妄想だった。妄想ほど愚かしいものはない。結局、壊す必要のない自分を壊してしまうのは、妄想なのだ。

桃子と卓也の後ろ姿が、マンションの冷たく暗い、リノリウムの床の向こうに遠ざかって行く。珠が見送っていることに気づかずにいたのか、二人とも、一度も振り返らなかった。

階段口のあたりで、桃子の笑い声が響いた。卓也の笑い声がそれに重なった。二種類の足音が遠くなっていった。

玄関のドアを閉じ、珠は大きなため息をついた。

こんな妄想にかられるようになったのは、やはり、文学的・哲学的尾行を始めたせいなのだろうか。他者の人生、他者の秘密をその必要もないのに、知ってしまった。そのせいで、自分の身の回りのことも、似通った基準で眺める癖がついてしまったのか。たぶん、そうなのだろう、と冷静さを装って分析しながらも、珠はいたたまれなくなって、窓辺に走った。

外気温は下がっているようだった。窓ガラスは冷えきっていた。

カーテンを細く開け、下を覗いた。マンションの出入り口から、卓也と桃子が連れ立って出て来るのが見えた。

もちろん、手をつないでいるわけでもなく、卓也が桃子の腰に手をまわしているわけでもない。二人は互いの間に一定の間隔を空けて歩いている。二人の身体は、どこも触れ合ってはいない。

だが、彼らはしきりと、何かを楽しげにしゃべっている。何をしゃべっているのかはわからないが、上から見ていても、彼らが会話を弾ませているのはよくわかる。

卓也が上を振り仰ぎ、珠が窓から見ているかどうか、確かめるかもしれない、と思った。珠は急いでカーテンの蔭《かげ》に隠れた。

だが、会話に夢中の様子の彼は、そんなことはしなかった。二人の姿は、まもなく暗がりにのまれて見えなくなった。珠の吐く息で、窓ガラスが白く曇った。

珠が、手の甲を使って、それをこすり取ろうとした時だった。卓也たちと入れ代わるようにして、右手方向から人影が現れた。一定の速度でこちらに向かって歩いて来る。

誰だかわからない。しかし、今まさに、卓也と桃子は、あの通行人とすれ違ったのだ、と思うと、珠は腹立たしくなった。

通行人の目に映った卓也と桃子を想像した。二人は、冬の夜道を肩寄せて歩く、仲のいい恋人同士に見えたに違いなかった。

道路を隔てた向かい側に並ぶ、三軒の家の門灯を受け、人影がはっきり見えてきた。石坂史郎だった。紺色なのか、黒なのか、夜の闇に溶けてわからなくなってしまうような色の、ごくありふれた色合いのコートを着ている。

いつものように、P駅で下車してから、市営バスを利用して帰って来たようだった。石坂が歩きながら、右手をコートの内ポケットに入れ、何かを取り出すのが見えた。

携帯電話だった。

歩調が一瞬、遅くなった。開かれた携帯の、待受画面の明かりが、暗がりをぱっと照らした。

何も着信が入っていなかったのか、あるいは、時刻を確かめただけなのか。彼はただちに携帯を閉じ、内ポケットに戻した。再び歩調が元に戻った。

彼は姿勢よく自宅の門の前に立ち、ちょうど彼の腰の高さほどの門扉の掛け金に手を置きながら、門柱についているインタホンを押した。そして、門扉を開け、中に入り、再び門扉の掛け金をおろした。

玄関までのアプローチには、玄関灯の明かりが伸びていた。蜂蜜《はちみつ》のような色の、とろりとした明かりだった。

石坂史郎はその明かりの中を進み、玄関ドアの手前で立ち止まった。誰かが中から、鍵《かぎ》を開けてくれるのを待っている様子だった。

だが、ドアは開けられなかった。石坂の家のインタホンは、門扉の脇にしかついていない。石坂が後ろを振り返り、再び前を向き、首を伸ばして、右横のリビングルームのあたりの窓を覗きこもうとするのが珠の目に映った。

珠は固唾《かたず》をのんで、その様子を窺《うかが》った。閉め出されたのか。それとも、単に、中にいるであろう石坂の妻や娘に、インタホンの音が聞こえなかっただけなのか。

石坂は、玄関ドアをこぶしで叩《たた》いた。それでもドアが開けられないので、不安にかられたらしい。彼は大股《おおまた》で玄関前のアプローチを横切り、庭に入った。

玄関灯の光の中、石坂の黒いシルエットが動き回った。彼はリビングルームの窓ガラスを叩き始めた。

その音が聞きたくなって、珠は窓の鍵を外し、細く開けてみた。

石坂がガラスを叩く音が、かすかに聞こえた。同時に、彼の声も聞こえてきた。

大声で何か言っている。「どうした」「大丈夫か」などと言っているのが聞きとれた。

自宅玄関の鍵は、持ち歩いていないようだった。

そうこうするうちに、石坂の家の玄関ドアが開けられた。奥は薄暗くて、よく見えなかったが、玄関口に立っているのが石坂の妻であることは、判別できた。

石坂が慌てた素振りで庭を出て、玄関に戻った。

石坂の妻は、玄関ドアから離れ、奥に引っ込んだ。石坂が後を追うようにして、ドアの向こうに消えていった。

ドアが閉められた。珠はしばらくの間、石坂の家を見つめていた。何も起こらなかった。

外気が冷たく感じられた。珠は窓を閉じ、カーテンを元に戻した。

桃子の車を運転し、桃子の家に向かった卓也は、もう、桃子の家に着いただろうか。

車から桃子をおろし、車をガレージに駐車させ、自分のバイクに乗り換えているところだろうか。

ちょっと寄っていかない？　などと桃子から誘われてはいないだろうか。誘われて、断りきれずに桃子の家に入り、暗がりの中、抱擁し合ってはいないだろうか。抱擁するだけではない、キスし合い、互いの身体をまさぐり合い、あげく、理性が吹き飛んでしまった卓也から、もう少ししたら、携帯に電話がかかってくるのではないだろうか。

「珠、ごめん。今、桃子さんに急な仕事が入っちゃってさ。これから撮影所までひとっ走り、桃子さんを送らなくちゃいけなくなった」などという、誰にでもわかるような嘘をつく卓也に、「わかった。気をつけてね」などと答えている自分を想像し、珠は胸が悪くなった。

テーブルの上の、空のコーヒーカップやマグカップをキッチンに戻した。桃子からもらったケーキをフォークで少しすくい上げ、味見してみた。品のいい甘さの、いかにも上等そうで美味なケーキだった。

もうひと口、大きくすくってケーキを食べ、今日はこれで二個目のケーキになってしまうと自戒しつつ、そんなことはもう、どうでもいいようにも思えた。

ケーキを箱ごと冷蔵庫に入れ、流しでコーヒーカップなどを洗った。布巾《ふきん》で拭《ふ》いて食器棚にしまい、あたりを拭き清めた。

トイレを使い、鏡に自分の顔を映してみた。桃子とはまったく異なる、成長途上にある小娘の顔がそこにあった。若い、ということだけが取り柄であるのは、何とつまらないことか、と珠は思った。

卓也はきっと、桃子のことが女として好きなのだ、と決めつけた。何故、確信をこめて、そんなふうに思ってしまうのか、わからなくなった。具体的な理由など、何もないことはよく承知していた。

自分が、石坂の妻になってしまったような気がした。だが、石坂の妻は、夫が不貞を働いている、ということの具体的な証拠を握っているに違いなかった。その意味で、石坂の妻と自分とはまったく異なる。異なるのだが、どう考えても、珠には、今、この瞬間の自分が、石坂の妻と同じ境遇にあるようにしか思えなかった。

卓也が桃子を送るために部屋を出て行ってから、三十分ほど経過していた。珠の住まいのマンションから、桃子の自宅まで、車を使えば五分程度。有料駐車場まで歩く時間が五分としても、合計十分。往復、二十分もあれば、戻って来られるはずだった。まして、帰路はバイクなのだから、もっと早くてもおかしくない。

卓也の携帯に電話してみたくなった。バイクの運転中だったら、携帯には出られないだろうが、それならそれで、こちらに向かっていることがわかる。

珠は自分の携帯を手に取った。だが、勇んで卓也を呼び出そうとした指先は、力なく宙に浮いたままになった。

なんで、今日に限って、電話なんかかけてきたの、と卓也に訊《き》かれたら、答えようがなかった。嘘の言い訳を考えてみた。まだこっちに向かってる最中なら、コンビニに寄って牛乳買って来てもらいたかったの……。

うまい言い訳には違いなかったが、冷蔵庫の中には、昨日買ったばかりの牛乳が入っていた。コンビニで買える他のものは、咄嗟《とっさ》には思いつかなかった。

携帯を手にしたまま、珠は再び窓辺に立った。カーテンを半分開け、窓を細めに開けて、通りを見下ろした。

十二月の夜の、冷たい空気が肺の中を一巡していった。耳をすませた。遠くを行き交う車の音がかすかに流れてくるだけで、近づいてくるバイクの音は聞こえなかった。

あと五分、と珠は思った。いや、あと十分待って、卓也が戻って来なかったら、携帯に電話をかけよう。そのくらい待った後ならば、帰りがあまりに遅いので心配になり電話した、という言い訳もきく。

携帯電話で時刻を確かめ、大きなため息をつき、窓辺から離れようとした時だった。珠はふと、石坂の家の異変に気づいた。

石坂の家の玄関ドアがいきなり開き、人が飛び出して来た。石坂の妻、美保子だった。デニムに黒っぽいフェイクファーのように見える、ショート丈のコートを着ていた。足元はサンダル履きだった。

美保子は小走りにアプローチを駆け抜け、門扉に手をかけた。髪の毛を振り乱している。般若《はんにゃ》のような顔になっている。門灯の黄ばんだ明かりの中、鬼気せまる形相が浮き上がった。

真の怒りに震えているのか、絶望しているのか、それともそういう芝居を打とうとしているだけなのか。美保子は遠目からもはっきりそれとわかるほど、全身をわなわなと震わせながら門扉を開け、通りに出てカーポートに向かった。

手に握りしめていたらしいキイを勢いよく車体に向け、ドアロックを外し、美保子が倒れこむようにして運転席に座った時、玄関から石坂が出て来た。今しがた珠が目にしたコートは脱いでいたが、着替えはしておらず、スーツ姿のままだった。

石坂の顔はひどくこわばっていた。速くもなく遅くもない、しかし、明らかに困惑と不安に満ちた足どりで、彼は外の通りに出て来た。

車のエンジンがかけられた。闇を切り裂くように、二つのヘッドライトが点灯した。あたりが明るく照らされた分だけ、運転席にいる美保子の表情は、ほとんど判別できなくなった。

石坂がカーポートに向かって走り出した。だが、石坂に追いつかれまいとしたのか、美保子はただちに車を発進させた。カーポートから出た車はすぐにスピードをあげ、タイヤを鳴らしながら走り去った。

石坂は路上に立ったまま、呆然《ぼうぜん》とそれを見送っていたが、やがて踵《きびす》を返したかと思うと、妙に決然とした足どりで敷地内に戻って行った。門扉を抜け、玄関に向かい、中に入った。玄関ドアは開いたままだった。

奥の様子はよくわからなかった。石坂が帰宅した時と異なり、玄関ホールのあたりには煌々《こうこう》と明かりが灯《とも》っていた。

再び石坂が出て来た。手にした携帯電話を耳に押し当てたまま、あたりを左右に窺《うかが》いながら、アプローチに立った。携帯を見つめ、もう一度、耳にあてがった。

玄関先に、娘の美奈が現れた。不安げに父親の様子を窺っている。桃色のパジャマの上下を着ている。はっきりとはわからないが、泣いているようにも見えた。

石坂は携帯を手にしたまま、諦《あきら》めたように玄関に戻り、娘の頭を撫《な》で、その肩を抱き寄せた。親子の姿はやがて玄関の向こうに消えていった。扉が閉じられた。

美保子が運転する車が戻って来る気配はなかった。どこかで犬が吠《ほ》えていた。

先月は、妻と喧嘩《けんか》をした後、石坂のほうが車で出て行った。今度は妻のほうだった。行くあてがあって出て行ったとは思えない。しかもサンダル履きである。運転免許証を携帯していたのかどうかも、怪しいものだった。

門灯の中に浮かび上がった美保子の、般若のような顔つきが印象的だった。夫婦の間で、よほどの諍《いさか》いがあったに違いなかった。

ほどなくして、遠くからバイクの音が聞こえてきた。珠がいつも聞き慣れている卓也のバイクの音だった。

珠は反射的に壁掛け時計を見た。彼が三ツ木桃子を送って行ってから、きっかり四十五分経過していた。

窓を閉め、カーテンを引き、元通りにしてから、珠はリモコンを使ってテレビをつけた。流れてきたのは報道番組だった。

月曜から金曜まで、毎晩出演しているキャスターの男が、アシスタントの女性アナウンサーと共にクリスマス商戦について話していた。続いて画面に、銀座の百貨店の壁いちめんに灯された、色とりどりのクリスマスイルミネーションが映し出された。

珠は、クリスマスに少し早い、十二月二十二日の晩、都内のホテルに一泊する約束をしていた石坂と、澤村しのぶのことを思い出した。さっきの夫婦喧嘩は、そのことと何か深い関係があるのかもしれなかった。

しのぶに関することで、美保子が錯乱したのだとすれば、何の罪もないと思われる彼女のことが、珠には哀れに思えた。どれだけ苦しいだろう、と思うと、他人事《ひとごと》ではないような気もした。

かといって、夫である石坂のことも、事情を知っている以上、やみくもに責める気持ちにはなれなかった。澤村しのぶとの秘密の恋を育《はぐく》んでいる石坂には、このような形での妻の錯乱は痛手だろう。

表参道のカフェで会っていた二人が、「ただの遊び」や「いっときの快楽」のために関係を続けているのではないのだとしたら、今後、石坂の両肩にのしかかってくる重荷は、珠にも充分、想像できた。それはうんざりするほどの責め苦であるに違いなかった。

万事、そうそう都合よくものごとが運ばれることはめったにない。秘密は様々な形で、ある日ある時、暴露されていく。死ぬまで封印していくつもりでいたはずの感情の数々もまた、その必要もないのに、あふれ出し、止まらなくなることがある。そしてその都度、人は混乱し、苦しみ、同時に他者を傷つけ、八方塞《ふさ》がりになって絶望するのである。

珠がテレビ画面に熱心に見入っているふりをしていると、卓也が帰って来た。珠は彼のほうをちらりと見て、「おかえりなさい」と言った。

彼は着ていたブルゾンを脱ぎ、「ただいま」と言った。冷たい冬の空気の中をバイクで走って来たせいか、頰が少し紅潮していた。

言わずにおこうと思っていた。だが、「遅かったんだね」という言葉がつい、珠の口からすべり出てきた。

「そうかな? 遅かった?」

「うん。……何してたの?」

「何、って別に何もしてないよ。桃子さんを送って、自分のバイクで帰って来ただけだよ」

「道、混んでたの?」

皮肉のつもりで訊いたのだが、卓也はいともまじめな答えを返してきた。「まさか。住宅地で渋滞するって、まずないよね。しかも夜に」

「だよね」と珠は言い、リモコンを手にテレビを消した。室内が静かになった。

珠は卓也に向かって微笑みかけた。「桃子さんからもらったケーキ、食べる?」

「いや、僕はいい」

「何かごちそうになってきたの?」

「え？」

「桃子さんのところで」

卓也は噴き出すようにして笑った。ぎこちない、不自然な笑い方だった。「急にどうしたの。ごちそうになんか、なるわけないじゃない。桃子さんのうちには確かにちょっと上がったけど。新しく買うつもりでいるソファーを置く場所、僕に見てほしいって言われてさ。でもそれだけだよ」

「じゃあ、やっぱり上がったんじゃない、桃子さんちに」

「だから、ちょっとだけだってば」

「そう」と珠は言った。

「なんか、怒ってる？」

「別に」

「いや、怒ってるよ。何か気に入らないこと、あった？　なんでも聞くよ」

「別になんにもないってば」

卓也は少し疲れたように、「そっか」と言った。「だったらいいけど」

こんなことを訊《き》いてはいけない、と思うのだが、難しかった。卓也の背に向かい、珠は「ねえ」と訊《たず》ねた。「なんで、腰に手をまわしたりしたの？」

キッチンの流しで、水道の蛇口を開け、ハンドソープの泡を出して手を洗い始めた卓也は、珠を振り返り、「はあ？」と訊いた。「それ、何の話？」

「桃子さんの腰よ。ウェストのあたり。さっき、そうしてたじゃない、ここで。この玄関で。桃子さんのこと、抱き寄せてたじゃない」

「何言ってんだよ」と卓也は言った。呆《あき》れたような物言いだった。「変だよ、今日。どうしたの」

「事実を話してるだけでしょ。全然、変じゃないわよ。いつもああいうこと、してるの？　桃子さんを優しく抱き寄せてあげたりしてるの？　コートだって着せてあげて、すごく優しいのね」

はあっ、と卓也は深いため息をつき、ソースの染みのついたハンドタオルで手を拭《ふ》くと、珠に近づいて来て、珠の両肩に手を置いた。「あのさ、コート着せてあげるのは男の役目。僕だって男だし、カッコつけたいし。珠には何か照れくさくてしてやったことないけど、他人にはカッコつけたいじゃん。でさ、よろけた桃子さんが倒れないように支えてあげるのは、別に男としての役目だけじゃないよ。アルバイトとして雇われてる僕の役目。それと、人道上の問題もある。わかる？」

珠はくちびるの片端を少し上げてみせた。「へえ、そうなんだ」

「あったりまえだよ。それ以上、何の意味もないよ。他に何があるの」

「私に訊かれてもわかんないわ」

卓也は大きく息を吸った。「ああ、珠。珠に、桃子さんのことでやきもち妬《や》かれるとは思ってなかったよ。でもさ、こんな言い方、おかしいかもしれないけど、なんだかちょっと嬉《うれ》しいよ。やきもち妬いてくれるなんて……」

珠は最後まで聞かずに言った。「ごまかさないでくれる？　そういう話をしてるわけじゃないんだから」

本気で怒っているつもりではなかったのに、怒気をふくめたそんな物言いをしてみると、偽物なのか本物なのかわかりかねる怒りが、にわかに珠の中にこみあげてきた。「やきもちとかなんとか、そういう話にすり替えないでよ」

「じゃあ、何なんだよ。何怒ってるの」

珠は肩を大きく揺すって、そこに掛けられていた卓也の手を邪険に外した。「タクは桃子さんのこと、好きだったんだって、初めてわかった。ああ、そうだったんだ、って。これまでは、いくらなんでも、あんなお母さんみたいな年齢の人、まさかと思ってたけど、考えてみれば、そうなったとしても全然、不思議じゃないよね。あんなに魅力的できれいで可愛い人だ、ってこと、今日、初めて知ったよ。もっとおばさんだと思ってたから。それにすごく、感じがよくていい人そうだし。ずっと年が離れてたって、ああいう素敵な大人の女の人と、仕事と称して一日中、一緒にいたり、車の運転してあげたりしてたら、タクなら、守ってあげたい、っていう気持ちになるよね。男と女、っていう気分にもなるよね」

卓也は険のある表情で珠を見た。「やめてほしいな、そういう言い方。珠らしくないよ」

「だから、ごまかさないで、って言ってるの。なんで今日、桃子さんはわざわざケーキなんか持ってうちに来たの。タクとの関係を私に見せつけたかったからじゃないの？タクも同じよ。私に見せびらかしたかったのよ。違う？」

「ああ、やめろよ、珠」と卓也は言い、珠から離れてソファーにどかりと腰をおろした。

「桃子さんはただ単に、仕事でもないのに、休みの日に僕を使って、珠に申し訳ないと思ってくれたからこそ、ケーキを……」

「そういう、もっともらしい言い訳がいやなのよ。もっと堂々としてればいいじゃない。なんかこそこそ、私の顔色窺《うかが》ってるみたいで、すごくいや。タクのこと、好きなら、私から奪えばいいのよ。いい年した社会的地位もある女の人に、こんなまわりくどいこと、されたくないよ。一番いやな、卑怯《ひきょう》なやり方だよ。それに、そういうことを黙って見てるタクのやり方もいやだよ」

　自分という人間が勝手に暴走して、思ってもいなかったような言葉を吐いている、と珠は思った。思ってもいなかった言葉なのに、しかし、ひとたび口にしてみると、その通りだったような気もして、余計に苛立《いらだ》ちがつのった。気持ちが千々に乱れ、収拾がつかなくなりそうになった。

「もういいよ。わかったよ」と卓也は言った。冷たく吐き捨てるような言い方だった。

　言い争いになりそうな時いつもそうなるように、彼が自分のまわりに、沈黙という名の透明なバリヤを張り始めているのがわかった。珠は余計にいきりたった。

「逃げないでよ。何がわかったのよ。なんにもわかってなんか、ないじゃない」

「いや、わかったよ。だから、ほんと、もういいよ。そんなくだらない話、もう聞きたくないよ」

感情がどんどんふくらみ、破裂しそうになっていた。卓也相手にこんなふうになったのは、初めてだった。度し難く醜い猿芝居を演じているうちに、本気になって怒りの渦の中に巻き込まれてしまったような感じがした。

帰宅したばかりの夫に感情の石つぶてを投げつけ、口論のあげく、家を飛び出して車でどこかに走り去った石坂の妻、美保子になってしまったような気分だった。いや、それどころか、自分は美保子とまるで同じではないか、と珠は思った。

狭い2DKの室内には、一人になるための場所もない。トイレに駆け込み、中から鍵《かぎ》をかけてしまってもよかったが、そんなことをしても、朝までそうやっているわけにもいかないのだから、その種の子供じみた馬鹿げた抵抗はやめるべきだった。

いっそ、美保子同様、外に飛び出してしまおうか、とも考えた。だが、十二月の寒空の下、車を持っていて運転できるのならまだしも、それができないとなれば、ただ、冷えきった夜道をうろうろするだけのことになるのは、目に見えていた。

かといって財布片手に飛び出して、終バスにも乗れないまま、徒歩で駅まで行ったとして、この時刻、駅周辺で気軽に入れるのは居酒屋かスナックしかなかった。地元の人間ばかりが集まっている閉鎖的な空間に入って行って、一人、酒をあおったとしても、みじめになるだけだった。

何人かの、比較的親しくしている学校の女友達の顔が浮かんだ。だが、その誰とも本当に親しいわけではないことは、珠自身がよく知っていた。

夜更けてから携帯にメールを送ったり電話をかけたりし、同棲《どうせい》相手と喧嘩《けんか》したから、泊めてほしい、と頼める相手、話を聞いてもらえる相手など、一人もいなかった。

あれこれ考えながらキッチンの流しの前に立ち、意味もなく水道の蛇口をひねって水を流しながら、うつむいていると、思いがけず、珠の目に涙があふれてきた。あふれた涙は、ぽたぽたと音をたてて流しに滴った。

自分が泣いている、とわかると、余計に馬鹿馬鹿しく、悲しくなった。

鼻水をすすり上げ、小さく嗚咽《おえつ》した。三ツ木桃子と卓也に嫉妬《しっと》し、激したための涙であることは間違いなかったが、それほど激さねばならないようなことではない、ということは珠自身もよくわかっていた。

嫉妬は大半が妄想から始まる。自分は桃子と卓也に関してつまらない妄想を抱き、そのことを口にして、卓也を傷つけ、自分も傷つけているのだ、と珠は思った。まったく、手に負えない状態に自分を追いこんだのは、自分自身なのだ。

背後に気配を感じた。卓也の手が静かに伸びてきて、蛇口から流れ出ていた水を止めた。水音が消えた。

卓也が後ろから珠をそっと抱き寄せてきた。珠は身体を硬くしながらも、それを受けた。

　卓也は、どんな状況であれ、珠と喧嘩を続けることができない男だった。珠が機嫌を損ね、ちょっとした言い争いが始まるたびに、結局、彼のほうから先に、このような形で和解を申し出てくるのが常だった。例外はなかった。ただの一度も。

　卓也はもとより、三ッ木桃子もまた、卓也のことが本当に好きなのかもしれない、と珠は思った。あの年齢の女性は、人生に堅実であろうとすればするほど、寂しさをまぎらわせる方法を編み出すのがうまいものだ。桃子が、卓也のように気の合う若い男をそばにおいておきたい、と願うのは自然なりゆきであり、そうこうするうちに、卓也に向けて男女の感情を抱くようになったとしても、別段、不思議ではないような気もした。

　卓也は美男とは言いがたいが、いかつさのない、静かに整った、好もしい、清潔な顔立ちをしている。彼は決して女性を支配しようとしない。依存もしない。過剰さのない、しかし、温かな愛情表現。万事において適切な気配り。均衡のとれた人柄。突出した個性はなくても、誰もが安心して寄り添える男である。

　だから自分も好きになったのだ。だからこうして、今もこの人と暮らしていられるのだ……。

「あのさ」と前を向いたまま、卓也の背後からの抱擁を受けながら珠は言った。

「ん、何？」

「最後に一つだけ、質問させてくれる？」

「桃子さんのうちまで送って行って、ちょっと中に上がった、ってさっき言ったでしょ?」

「うん、いいよ」

「うん、言った」

「なんで中に上がったの?」

「ソファーを」と卓也は言い、珠の長い髪の毛をかきわけてから、耳の裏にくちびるをやわらかく押しつけた。「ソファーを買った時、どこに置くか、その場所を見せたい、って言われたから。さっきも同じこと、言ったよ。聞いてなかった?」

「聞いたような気もする」

小さな、ついばむような湿ったキスを耳の裏からこめかみのあたりに感じた。珠は性的な感覚が起こらないよう、少し身をよじって、その部分に意識を集中させないように懸命に努力した。

「それで、タクはその場所を見に行って、何をしたの?」

「何もしてないよ。ほんとに見に行っただけだよ」

卓也の温かな息が珠の耳をくすぐった。やわらかなくちびるが珠の耳朶《みみたぶ》を愛撫《あいぶ》し始めた。「窓の位置とか、カーテンの色とか、そういうものを見せたい、って桃子さんが言うから。部屋を見せておけば、どんなソファーを選べばいいか、僕の意見も聞ける、って」

「どのくらいの時間、そこにいたの」

「二、三分だよ、せいぜい」

「じゃあ、なんにもしなかった？」

「しなかった、って、たとえば、こういうこと？」

卓也は珠の乳房に手を這《は》わせ、やわらかくもみしだき始めた。

珠は腰を突き出し、「やめてよ」と言って、さらに大きく身をよじらせてみせたが、本気にはなれなかった。「なんで、そういういやらしいこと、言うの？」

「いやらしい？　そうかな。僕は珠にしか、こういうこと、しないんだよ。できないよ」

「ほんとかな」

「ほんとだよ。他でこんなこと、考えられないよ」

「ねえ」と珠は言った。

「何？」

「また、ソファー、買いに行く時、桃子さんにつきあうことになるんだよね」

卓也のくちびるが、珠のこめかみから、まぶたのほうに移された。珠は顔を上げ、目を閉じてそれを受けた。

卓也は珠の背に胸を押しつけ、珠の乳房に掌《てのひら》を這わせながら、囁《ささや》くように言った。

「珠がいやだったら、断るから」

「いいよ、そんなことしなくて」と珠は言った。「だって、もう、約束して……」

全部、言い終わらないうちに、卓也が後ろから珠のくちびるを求めてきた。珠は顔を上げ、片手をまわして彼の頭をおさえながら、それを受けた。ひどく性的な感じのする、なじみのあるくちづけを交わしながら、珠は全身の力が抜けていくのを感じた。

いつもこうだ、と深まっていくキスを交わしながら珠は思う。

自分が男に不満を抱き、不機嫌になり、喧嘩をふっかけ、本当に言いたいことなのか、それともさして言いたいとは思っていないのか、わからないようなことを矢継ぎ早に口にし、相手が憤り、自分もまた、それ以上に憤るようなことになると、最後には、決まって相手がこうやって、仲直りのための性的な表現をしてくる。

身体のどこかに触れたり、キスしたり、それ以上のことを求めたりしてきて、抗《あらが》おうとしても最後には本能が反応し、受け入れてしまう。そして、一通りの行為が終われば、やがて何事もなかったかのように、再び振り出しに戻り、現実が始まって、時が流れていくのである。

武男の時もそうだった。武男から、こういうことをされたいがために、つまらないことでいちいち疑ったり、頬をふくらませてすねてみせたりしていたのではないか、とさえ思われることもあった。

これはいったい、何なのだろう。本当には何も解決していないし、解決の方法もない、という時にも、男と女はこんなふうになる。そしていっとき、すべてを忘れる。忘れたふりができる。

石坂夫妻、そして、石坂としのぶもまた、同じなのだろうか、と想像をめぐらせた時、卓也の手によって、着ていたセーターが脱がされて、やがて気がついた時はベッドの上で、ぎしぎし鳴るスプリングの音を耳にしながら、珠は彼を身体の奥深く、まるで闇の奥の奥に招じ入れるかのようにして受け入れていた。


【報告書】

2010年12月13日　月曜日

二十二時十分。対象者、帰宅。自宅に入る直前、路上で携帯を確認。

対象者の自宅、すべて鍵《かぎ》をかけられていたもよう。対象者、インタホンを鳴らし続け、次いで庭に入ってガラス窓を叩《たた》く。

妻が玄関ドアを開ける。中の様子、不明。対象者、中に入り、ドアを閉める。

二十二時五十五分。対象者の妻、自宅玄関から飛び出して来る。黒のコート、デニム、サンダル履き姿。怒りに震えている形相でカーポートまで走り、車に乗り込み、発進させる。

対象者、同様に玄関から出て来て、妻を追いかけようとするも、間に合わず。

その後、対象者はいったん家の中に引き返し、携帯を手に再び外に出て来る。どこかに電話をかけながら（おそらくは妻の携帯に）、あたりを見回す。

対象者の娘、パジャマ姿で現れる。対象者、娘を抱き寄せながら、家に戻る。

妻が運転する車が戻ったのがいつだったのか、正確な時刻は不明。翌十四日早朝、カーポートに車が戻されているのを確認。

以上。

8

その翌週、十二月二十二日に、珠は予定していた通り、恵比寿にあるWホテルまで出向くことにした。

初めて石坂を尾行した日、表参道の地下にある「カフェ・ドゥ・メトロ」で、彼としのぶは、この日を「二人のプレ・クリスマスイブにする」という話をしていた。ひと晩、二人で過ごす、という約束を交わし、二人とも、その日がくるのを心待ちにしている様子だった。

とはいえ、石坂の家の様子から察するに、石坂の家庭内で、しのぶを原因とする諍《いさか》いが続き、とてもこの時期、ホテルに一泊できそうになくなって、直前になってキャンセルしたことも考えられた。出張で一泊、家をあけるという言い訳を用意していた石坂が、妻に嘘がばれ、その日、ホテルどころか、どこにも出られなくなる可能性もあった。

だが、たとえ、そうであったとしても、石坂は万難を排してしのぶに会いに行こうとするだろう、と珠は考えた。

「カフェ・ドゥ・メトロ」でしのぶを前にした石坂は、あれほど相好を崩していた。目に入るのは、目の前の彼女だけ、といった面持ちだった。

カフェを出た後の二人も、男女の蜜月《みつげつ》の頂点をきわめている、といった様子だった。たとえ家庭内で何か途方もなく厄介な問題が進行しているにせよ、石坂がこの、せっかくのチャンスをふいにする、ということはまず考えられなかった。

自分がしのぶの立場だったら、と珠は想像してみた。自分の存在を妻に感づかれ、家庭内に刺々《とげとげ》しい空気が漂い、時に妻の猜疑《さいぎ》心や怒りが爆発してしまう、という状況にあったとしても、どんなに苦しい立場に追いこまれていたとしても、それらの問題をとりあえず後回しにして、何よりもまず、自分に会いに来てくれる男を望むだろう、と思った。恋愛関係にあるのなら、そうするのが当然ではないか。

同時に、もし、自分が美保子の立場だったら、ということも想像してみた。その想像の中で、珠は美保子であり、卓也が石坂、三ッ木桃子がしのぶだった。

桃子の撮影のため、地方のロケ地まで行き、一泊してこなくてはならなくなった、と卓也が言ったとしたら？　信用したふりをしていろいろと調べたところ、それが事実ではなさそうで、卓也と桃子の蜜月の小旅行だったとしたら？

自分は美保子よりももっと、暴れるだろうか。それとも知らんぷりを決めて送り出し、卓也が留守の間に、他のマンションを探し、荷物をまとめてさっさと引っ越しをすませてしまうだろうか。あるいは、桃子に連絡し、会いに行き、卓也を奪わないでよ、と涙ながらに訴えるのだろうか。

いくら考えても、珠は自分が、結局はどの方法もとらないような気がした。

もしかすると、そうなった場合、自分は彼らを静かに尾行するかもしれなかった。卓也と桃子を徹頭徹尾、冷静に理性的に尾行する。丹念に報告書をしたためる。

そして、さらに、その報告書を篠原に見せるのだ。考えたこと、感じたこと、自分の中でまとめたことを篠原に語るのだ。あたかも尾行の依頼人が篠原教授だったかのように。

篠原がその時、どんな目をして、どんな声で、どんな表情で自分の話を聞いてくれるか、珠には鮮明に想像をめぐらせることができた。篠原に聞いてもらって初めて、腹立たしい、醜い、自分でも処理しきれなかった感情の数々が、きれいさっぱり、排水口の中に流されていく汚水のごとく消えていくことだろう、と思った。

かつて篠原ゼミで読んだソフィ・カル『本当の話』の中で、ジャン・ボードリヤールは書いていた。

『他者の網の目は、あなた自身が不在になるための手段として利用される。あなたは他者の足跡のうちにしか存在しないのだが、ただし向こうは気づいていない。実際のところ、あなたはほとんど自分でも気づかぬうちに、あなた自身の足跡を追っているのかもしれない』

このような考察方法、思索のかたちは、珠を今も勇気づけてくれた。感情の処理は他人任せにはできない。何があっても、最後は自分で処理しなくてはならない。

したがって、どこかで聞きかじってきたような、ごく当たり前の通念のような考え方は初めから無視すべきだった。独自の言葉を使って表現できるような考え方をしていかなくてはならない。人と似通った考え方をする必要はなかった。むしろ、してはならなかった。

そんなことを珠に教えてくれたのも、篠原だった。

珠の中に、篠原の声が甦《よみがえ》った。落ちついた、ゆっくりとしたしゃべり方。低すぎず、高すぎない美しい声。まるでテキストに書かれた文章を読み上げているかのような、正確無比な表現力。

篠原に会いたい、と珠は思った。

義弟が、武男と同じスキルス性の胃癌に苦しんでいる、と聞いたが、その後、どうなっただろう。大学院やその周辺でもすれ違うことがなくなってしまった。そろそろ冬休みに入るのをいいことに、早くから休暇をとり、妻と共に、義弟の看病に努めているのだろうか。

　十二月二十二日当日、電車を乗り継ぎ、恵比寿のWホテルに行くまでの間、珠はそんなことをぼんやりと考え続けていた。ホテルに着いたのは夕方五時ころで、すでに短い冬の太陽は沈み、あたりはとっぷりと暮れていた。

　朝から曇りがちの天候で、今にも雪が舞い始めそうな寒さだったが、その時分になると、北風も吹き、気温はいっそう下がりつつあった。駅から徒歩でたどり着いたホテルロビーに入ると、暖房のぬくもりが心地よく感じられた。クリスマスシーズン、という季節柄か、ロビー付近を行き交う客は多く、その半数近くが観光で来ているらしき外国人だった。

　ロビーのはずれに、一列に並んでいる肘掛《ひじか》け椅子があった。ほとんどが塞《ふさ》がっていたが、中の一つが空いているのを見つけ、珠は早足で歩いて行って、そこに腰をおろした。

　ちょうど、エレベーターホールを見渡せる場所だった。しかも、エントランスから入って来た人の顔も、遠目ながら、なんとか判別することができた。恵比寿駅から地下商店街を抜け、ホテルまでまっすぐ上がって来ることのできるエスカレーターは、肘掛け椅子の列の真後ろにあった。どちらの方角から石坂たちが現れても、抜かりなく見つけることのできる唯一の場所と言えた。

　とはいえ、石坂としのぶが、いったい何時にこのホテルで落ち合う約束をしたのか、珠には何もわかっていなかった。どこかで待ち合わせてから、共にタクシーを使ってやって来るつもりなのか。それとも、石坂が先にチェックインし、しのぶが後から来る予定でいるのか。その逆なのか。

「二人のプレ・クリスマスイブ」を祝うというのだから、到着が遅い時間になるとは思えなかったが、それとて確証があるわけではなかった。

だが、予定通り、この日、落ち合って一泊することにしているのなら、このホテルを予約していると考えて間違いなさそうだった。思い切ってここのスイートルームを取ろうか、などといった会話も交わされていたのだから、他のホテルに変えたとは思えない。

二人で夕食を共にしてから、部屋に戻る前に、ホテル内のバーかどこかで一杯飲みたい、と言っていたのは石坂だった。オープンスペースになったところで、二人でいるところを不特定多数の人間に見せびらかしたい、というのがその理由だった。

しのぶがそれを受け入れたのかどうかは、定かではない。だが、夕食をとってから部屋に戻る前に、バーに行く可能性は大きかった。

となれば、万一、ホテル内で二人の姿を見つけることができなかったとしても、最終的にこのホテルのバー付近で待ち構えていれば、あの二人を見つけ出すことができる。珠はそう考えた。

むろん、それは希望的観測にすぎず、二人は部屋で落ち合って、食事をとるために外出することが面倒になり、ルームサービスを頼むかもしれなかった。また、食事を外でとることになったとしても、早く二人きりになりたくて、バーには立ち寄らず、そのまま部屋に直行してしまうかもしれなかった。

そうなったら、尾行者としてやるべきことはほとんど何もなくなる。同じホテルに部屋をとるのは予算の都合上、不可能だった。まして、いったん帰宅して、翌朝また出直してきたとしても、二人が人の目を気にし、ばらばらに部屋から出て来て、ばらばらに帰るだけだとしたら、報告書を書くほどのことではなくなって、せっかくの尾行も内容の薄いものにしかならなくなる。

だが、案じていても仕方がなかった。ともあれ、ここで待ってみよう、と珠は決めた。

小道具としても活用できる文庫本を携えてきたが、本のページに目を落としていたら、目の前を通る石坂やしのぶを見失ってしまうかもしれなかった。珠は人待ち顔を装いながら、着ていた黒のショートコートを脱ぎ、畳んで膝《ひざ》に置いて、肘掛け椅子に深々と身を委《ゆだ》ねた。

行き交うホテルの従業員たちが、見ないふりをしながらも、自分の存在を目にとめ、記憶の片隅に刻みこんでいるのが感じられた。一流ホテルともなると、セキュリティの関係でチェックは厳しくなる。一つ場所に、若い女が長い間、何をするでもなく座っているとなれば、ホテル側とて、関心を抱かないわけにはいかなくなるだろう。

時折、携帯を取り出してメールチェックしているふりをしたり、iＰｏｄのイヤホンを耳にしたまま、バッグの中をかきまわし、何か探しているふりをしたりした。手帳を取り出し、眺めた。する必要もないのに、財布の中のコインの数を数えた。

そうしながらも、エレベーターから降りて来る人々、エントランスから入って来て、ロビーに佇《たたず》む人、カフェに入って行く人、フロントに向かう人……一人残らず視界の片隅で確認した。

ホテル内は静かで、人々の話し声も、遠いところで羽ばたく蜂の羽音のようにしか聞こえない。大理石の床にあたって響く靴音も、四方八方に吸い込まれ、優雅なざわめきと化して消えていく。

時間が過ぎるのが、とてつもなく遅く感じられた。午後六時半をまわった。石坂もしのぶも姿を現さない。

馬鹿げた尾行、失敗した尾行になるかもしれない、という思いが珠の頭をかすめた。だが、そうなったらなったで、仕方のないことだった。

尾行する者は、対象者が常に目の前に現れるとは限らない場所で、時間をやりくりしながら、尾行を続けなければならない。予定調和的にすべてが都合よく用意されている、などということはめったにないのである。

成田からやって来た大型バスが、エントランス前の車寄せにつけられた。開いたドアから、大勢の白人の団体客が降り立って来る。ホテルマンたちが、音をたてず、しかし速やかにそちらのほうに向かい始めた。

太った大柄の、初老とおぼしき白人客ばかりの団体だった。寒いのに、半袖《はんそで》ポロシャツのままの男も見える。バスの荷物口から、次々に取り出されてくる大型スーツケースやボストンバッグを、ホテルマンたちが手際よく荷物キャリーに積み上げていく。車寄せに拡がる蜂蜜《はちみつ》色の明かりの下、大勢の白人男女が集うように群がり、やがて彼らはエントランスを抜けて三々五々、中に入って来た。珠のいる場所からも、彼らの話し声が天井高く響きわたるのが聞きとれた。英語のようだった。

黒い大理石で覆われたエントランスホールは、間接照明のみで彩られていて、微熱の中で味わう風景のように、ぼんやりとして見える。いくら目をこらしていても、大勢の外国人にまぎれて現れた人間は、見落としてしまう可能性がある。

その時だった。白人団体観光客の中に交ざって、危うく彼らの蔭《かげ》に隠れてしまいそうになりながらも、澤村しのぶが急ぎ足で中に入って来るのが見えた。珠がしのぶをなんとか見分けることができたのは、彼女が着ていた茶色い、光沢のあるロングコートのおかげだった。

すらりとした体形のしのぶは、しのぶ自身が、というよりも、その身にまとっている、てらてらと光る素材のコートのせいで、白人観光客の中にいるだけで際立って見えた。別の言い方をすれば、ひどく異質な感じすら与えた。

首にぐるぐると、白っぽいマフラーを巻きつけている。長い髪の毛の下半分は、巻きつけられたマフラーで隠れている。

小ぶりのショルダーバッグを肩に、もう一方の手に小型のレザーボストンを提げている。目を大きく見開いているのだが、人目を避けるように、終始、うつむき加減になっているため、アイメイクを施した目の部分が影に覆われてしまっているように見える。しのぶはフロントには見向きもしなかった。そのまままっすぐ歩いて来て、珠の座っている肘掛け椅子の近くまで来ると、左に折れ、エレベーターホールに向かった。若いカップルがその時、エレベーターホールでエレベーターが下りて来るのを待っていた。珠は迷わず、しのぶの後を追った。

ずいぶん前から、石坂はホテルに着いていたのかもしれなかった。先にチェックインを済ませ、部屋でしのぶが来るのを待っていたのだろう。しのぶは仕事か何かで遅れたのか。あるいは初めからこのような予定でいたのか。あらかじめ石坂から部屋番号を聞いていて、これからまっすぐ、彼の待つ部屋に向かおうとしていることだけは間違いなかった。

澄んだ鐘のような音がしたと思うと、エレベーターが一基、下りて来た。扉が開いた。中には誰も乗っていなかった。

しのぶが足早にエレベーターに乗った。続いて若いカップルが乗り込んだ。しのぶが何階のボタンを押したのか、確認することは難しかった。

珠は別のエレベーターを待っているふりをしながら、背中を向けた。しのぶが乗ったエレベーターの扉が静かに閉まる気配があった。

デジタル式に赤い数字で示されるフロアナンバーが、音もなく変わっていった。5、6、7……と進んでいき、8の数字でいったん、エレベーターが止まった。しのぶが降りたのか。それとも降りたのは、あのカップルか。いや、降りたとは限らない。誰かが乗って来ただけかもしれない。

まもなくエレベーターは再び動き出した。15、16、17……。なめらかに推移していく数字が23になった。エレベーターはそこで停止した。人の乗り降りがあったのは明らかだった。

珠の背後で、一階に到着した別のエレベーターの扉が開く気配があった。中年の男と女、若い女の三人連れが降りて来た。交わされているのは中国語だった。

珠は迷わず、空になったエレベーターに乗り込み、23の数字ボタンを押した。ボタンパネルには、二十三階と二十四階の部分に「エグゼクティブ・フロア」と示されていた。スイートルームなど、宿泊料が高額になる特別な部屋ばかりが揃えられているフロアのようだった。

間違いない、と珠は思った。二十三階で降りたのはしのぶだ。二人はスイートを予約する、という話をしていた。

エレベーターが二十三階に到着した。客、もしくはホテルの従業員がエレベーターホールにいたら、間違えたふりをしてそのまま下に降りてしまおうと珠は身構えたが、開いた扉の向こうには誰もいなかった。

おそるおそる降りてみた。エレベーターの扉が音もなく閉まった。耳が痛くなるほどの静寂が珠を包みこんだ。

エレベーターホールのすぐ左横に、厚手のガラスの自動ドアがあった。その向こうに、間接照明の灯《とも》された、瀟洒《しょうしゃ》な仄暗《ほのぐら》い廊下が左右に延びているのが見えた。ドアは、このフロアの宿泊者専用のものらしかった。カードキイをさしこまないと、開閉できないシステムになっている。

しのぶはここまで来て、先にチェックインしていた石坂にドアを開けてもらったのだろう、と珠は想像した。石坂はしのぶの到着を知っていて、あらかじめドアの向こう側で待機していたのかもしれない。

あたりは静まり返っており、人の気配はしなかった。耳をすまさなければ聞こえないほど小さく、品よく、クラシック音楽が流れているだけだった。空調がほどよく効いていて、暑くもなく寒くもなく、漂う空気は人工的だが、清潔な香りに満ちていた。

ここまで来れば、もうこのフロアに用はなかった。下りのエレベーターボタンを押し、珠はフロアランプを見上げた。

そうしているうちに、急激に生々しい既視感のようなものに襲われた。珠は狼狽《ろうばい》した。死んだ武男と、初めて結ばれた時のことが甦《よみがえ》ったのだった。

ここほど高級ではなかったが、それでも、まだ二十一かそこらだった珠がふだん決して足を踏み入れることのない、気後れのするほど豪華なシティホテルだった。

部屋番号はあらかじめ、武男から教えられていた。約束時刻は夜の八時半。武男の仕事が忙しく、ゆっくり会えるとしても、どうしてもその時刻になってしまうような日が続いていたころのことだった。お腹がすくだろうから、夕食は適当にすませておいてほしい、と武男から言われていたが、珠は何も食べていなかった。食べられなかった。

ホテルの中は広すぎて、どこにエレベーターがあるのか、すぐにはわからなかった。誰かに訊《き》くのも憚《はばか》られた。珠は早足でホテル内を歩き回り、顔を隠すようにしながらエレベーターに乗った。

朝から緊張していたが、そのころになると、緊張のあまり、気分が悪くなりそうになっていた。その晩、ホテルの一室で二人の間に何が起こるか、珠はよく知っていた。門前仲町の武男のマンションには、武男と会った帰りに、よく立ち寄るようになっていた。初めて部屋に上がった時は、コーヒーをごちそうになり、帰りがけ、武男にごく自然に抱き寄せられて、キスを交わし合った。

それが武男との最初の触れ合いだった。武男にがつがつとしたものは何も感じられず、珠にはそれが嬉《うれ》しかった。獲物を待ち伏せて食らいつこうとしている狼のような、ぎらぎらしたものが少しでもあったら、武男に向けていた強い想いは、その瞬間、別のものに変わってしまったかもしれなかった。

武男は大きな身体に似合わず、静かに穏やかに珠を包み、そのくちびるにくちびるを寄せてきただけだった。

その後、珠は何度か、武男の自室に上がりこんだり、自分から訪ねて行ったりするようになった。武男は時々、簡単な料理を作ってふるまってくれた。一緒に肩を並べてスーパーに買い物に行ったり、食事を終えて、部屋で並んでDVDを観たりすることもあった。

武男は、自室で珠と二人きりになっても、キス以上のものは求めてこなかった。珠にはそれがひどく不満だった。自分は子供のように扱われているのかもしれない、と思った。そうに違いない、という想いが珠をかえって頑《かたく》なにした。

珠はわざと、武男の前でふざけてみせることが多くなった。色気のない小娘を演じているほうが、傷つかずにすむからだった。

そんな武男から、「ホテルに部屋をとったよ」と言われたのは、三日前だった。

珠は思わず「どうして」と訊き返した。

「理由を言うのは、いくらなんでも野暮じゃないかな」と武男は言い、小さく笑った。

「都合悪い？」

「悪くないけど」

「気が乗らないなら、正直に言っていいんだよ」

「そんなことない」

「朝まで珠と一緒にいようと思って。ここんとこ、ずっと忙しくて、ゆっくり会えなかったし」

におい で」

「ともかく、僕はその日、八時にはホテルに入るようにするから、珠は八時半くらいにおいで」

珠が黙っていると、武男は「なんで黙ってるの？」と訊いた。

「なんでもない」と珠は言った。「ちょっと緊張するかな、って思って」

ふっ、と武男は短く笑い、「僕だってさ」と言った。「同じだよ」

「嘘」

「嘘じゃないよ。でも、珠と一緒にいたいと思う気持ちのほうが強い。ゆっくりしようね」

電話を終えてから、珠は胃の底のほうに、かすかな震えを感じた。武男からこのようにして誘われることを烈しく待ち望んでいたはずだったのに、珠は喜ぶどころか、恐怖心に苛《さいな》まれていた。

武男との関係が、これで文字通り、禁忌のものになってしまう、と思うと、気持ちの収拾がつかなくなった。武男という、父親と呼んでもさしつかえないほど年の離れた、別居中とはいえ、妻子のある男に否応《いやおう》なしに惹《ひ》かれ、決して後戻りできなくなってしまった自分を認めるのは何よりも恐ろしかった。

武男の待つホテルの部屋に向かう途中、珠はめまぐるしくいろいろなことを考えた。このまま、理由をつけて帰ってしまうことができたらどんなにいいか、とも思った。箇単だった。急に体調が悪くなった、と言うだけでいいのだ。

だが、そう考える一方で、そんなことをして武男との濃密なひとときに背を向けるのは、ひどく子供じみた行為ではないか、とも思った。自分が何を怖がっているのか、よくわからなくなった。

恐れずに突き進むこと。欲望に忠実になろうとする自分を恥じないこと。どんなふうになっても、言い訳をしないこと。それができなくて、どうして武男に愛される大人の女になれるだろう。

あの時も、ホテルのそこかしこに低くクラシック音楽が流れていた。廊下に敷きつめられたカーペットはやわらかく、はやる想いとは裏腹に、今にも引き返してしまいそうになる珠の、ためらいがちな足音を吸い込んだ。

あたりは清潔な空気で充《み》たされていた。よそよそしいほどだった。

武男のいる部屋の外に立ち、ドアチャイムに指を伸ばした。その瞬間、珠はぐらりと頭が揺れるのを感じた。度を越した緊張のせいだった。

ドアが内側から開かれた。武男がゆったりとした笑顔で珠を迎えた。珠はくちびるの端を不器用にねじ曲げ、怒ったような顔をして、ずんずんと大股《おおまた》で室内に入って行った。

背後から、「どうした」とからかうような武男の声が追いかけてきた。「なんか、怖い顔してるなあ」

「別に」と珠は言い、手にしていたバッグを肘《ひじ》掛け椅子の上に置くと、勝気な表情で武男を振り返った。武男は噴き出しそうな顔をしながらも、珠にいつもの無邪気な笑顔を向けた。

「ね、こっちにおいでよ、見てごらん。きれいだよ」と武男が言った。言いながら、珠の存在など歯牙《しが》にもかけていない、といった仕草で、ゆるりと窓辺に近づき、外を眺め始めた。「昔だったら、こういうのを百万ドルの夜景、って言ったんだろうな」

珠はおそるおそる人に近づいていく野良猫のように、警戒心をあらわにした足どりで武男のそばまで行った。しばらくの間、二人は並んで窓の外を眺めていた。

窓の向こうには、瞬く東京の夜景が拡がっていた。あれが霞《かすみ》が関《せき》ビル、あっちが銀座、あっちが東京湾だよ……などと武男が指さし教えてくれた。

初秋の雨が降っていて、街の灯《ひ》は水の中で煙っているように見えた。眼下をひっきりなしに行き交う車のヘッドライトの光が、うねうねとした光の筋を幾重にも作っていた。室内のテレビからは、デジタル放送のフュージョン系BGMが流れていた。

「抱っこしてあげるよ」とふいに武男が言った。

珠は黙ったまま、前を向いていた。「なんで？」

「珠を抱っこして、このきれいな夜景を見せてやりたくなったから」

珠は彼を見上げた。彼は軽く微笑みかけてきた。

「じゃあ」と珠は言った。声が少し掠《かす》れていた。「抱っこしてください」

武男はまた微笑み、次いで珠のほうを向き、腕を差し出してきた。「どっこいしょ」

という威勢のいい掛け声があがった。彼は珠の身体を軽々と抱き上げた。はずみで珠がはいていたミュールの片方が脱げ落ちた。床にはみっしりと絨毯《じゅうたん》が敷きつめられていて、転がるミュールの音は聞こえなかった。

「いい匂いだ」と彼は珠を両腕で抱き上げた姿勢のまま、珠の長く伸ばした髪の毛の中に鼻をうずめた。

ひどく恥ずかしくなり、珠も一緒になって、自分の髪の毛の中に顔を隠した。やわらかな自分の髪の毛の奥深くで、やがて、くちびるとくちびるが重なった。

ついばみ合うような軽い触れ合いだったが、珠は急に、ふくれあがる想いに抗しきれなくなった。烈しい緊張が隠蔽《いんぺい》していたものが、一気に噴き出してきたような感じがした。

珠が自分から武男の首に両手をまわすと、武男もまた、珠を強く抱きしめてきた。珠の胸が武男の胸に押しつけられた。

どこも愛撫《あいぶ》などされていないというのに、下腹が熱くなった。自分がどんな状態に置かれているのか、正しく把握しようとするのだが、できなくなった。

やがて、珠の中で時が止まった。雨に濡《ぬ》れた摩天楼が目の前に拡がっていた。珠は怖いものから逃れるようにして、武男にしがみついた。

……記憶の断片は残酷だ。二度と戻らないというのに、実際に味わった感覚よりもずっと濃密に甦《よみがえ》ってくる。今まさに、武男の腕の中にいるような錯覚すら抱いてしまう。

思いがけず、記憶の只中《ただなか》に身を置いてしまったことを珠は深く後悔した。こんなことを克明に思い出して何になる。武男は死んだ。武男との時間も消え去ったのだ。

エレベーターが上がってきた。

石坂としのぶの尾行中に、対象者の関係性を自分の過去の関係性とすり替え、すでにこの世にいなくなった恋しい人のことをありありと甦らせて切なくなるなど、文学的・哲学的尾行を遂行している人間のやることではない。

そう考えて、珠は目の前で音もなく開いたエレベーターに、決然とした表情で足を踏み入れた。

途中、十九階でホテルの制服を着た女性従業員が乗り込んで来た。従業員は伏し目がちに「失礼いたします」と言った。彼女は手にしたメモ書きのようなものを一心にチェックしていて、珠の顔を見ようとする素振りはなかった。

一階に到着してから、珠は化粧室を探した。貴重な秘密の逢瀬《おうせ》の始まりを慈しんでいるであろう二人が、この後すぐに部屋から出て来るとは思えなかった。今のうちに用を足しておくべきだった。

一階ロビー奥の化粧室に入った。よくしゃべる中年の女二人が、並んで化粧直しをしていた。唾《つば》を飛ばさんばかりの勢いで二人が話していたのは、ほうれい線の消し方についてだった。

一人が「一度できたほうれい線は消せない」と言い張り、もう一人は「フェイスエクササイズでほうれい線を目立たなくさせた友達」について話し続けていた。

珠がトイレから出て来ると、二人は鏡に向かって、くちびるを曲げたり、尖《とが》らせたりしながらフェイスエクササイズを実行していたが、珠に気兼ねしてか、まもなく笑い声を残して化粧室から出て行った。

手を洗い、紙タオルを使って拭《ふ》きながら、珠は誰もいない化粧室の大きな丸鏡の中に映る自分の顔をぼんやり眺めた。

とぼけた少女のような顔だ、と思った。童顔、と言えば聞こえはいいが、年をとっても幼さだけが消えずに残ってしまうような、哀れな顔のようにも思えた。自分の顔が、珠はあまり好きではなかった。

化粧映えする顔立ちではないことがわかっているので、メイクらしいメイクはほとんどしたことがなかった。せいぜいが、眉《まゆ》を整え、マスカラを使って睫毛《まつげ》を長く見せる程度だった。流行《はや》りのメイクを楽しみ、くちびるを色つきグロスでぎらぎら光らせたり、アイラインでくっきり目のまわりを縁取ったりしないのも、人工的に顔を作るのがいやだからではなく、ただ単に、自分の顔にはまったく不釣り合いであることがわかっているからだった。

武男に恋をしていたころと、さほど変わらぬ顔が鏡の中にあった。あれほど武男を失ったことを嘆き、文字通り、涙が涸《か》れ果てるまで泣き続け、ほとんど飲まず食わず、眠らずに過ごし、やつれ、衰え、精神を無残にも荒廃させ、死んでしまうかもしれない、と思うほどの時を経てきたというのに、その痕跡は少なくとも外見上、どこにもみられなかった。

自分はちっとも変わっていない、と珠は思った。地獄の底を覗《のぞ》きこんだつもりになっているのに、身体の何ひとつ、顔の何ひとつ、変わらずにいるのは、何かとてつもなく不遜《ふそん》なことのように思えた。

別に泣いたわけでもないのに、透明な鼻水が出てきた。珠は濡《ぬ》れてやわらかくなった紙タオルで鼻をかみ、ウサギのようにくんくんと小鼻を震わせ、ぶるんと髪の毛を揺すった。

脱いだコートとバッグを手に、化粧室から出た。さっきまで座っていたロビーの椅子は塞《ふさ》がってしまっていた。濃紺のスーツを着た会社員ふうの中年男が、椅子に深々と腰をおろし、新聞を拡げていた。

仕方なくどこか他に空いている椅子はないか、と探そうとした時だった。珠はバッグの中で携帯が震えているのに気づいた。

慌ててバッグを開けて携帯を取り出し、ディスプレイを直視した。卓也からの電話だった。珠は怪訝《けげん》な想いにかられながら、応対した。

「もしもし？　珠、今、どこ？」

「えっと、都内だけど」

その日の予定は、卓也に詳しくは伝えていなかった。そうだとしても、いくらなんでも、都内、という言い方は不自然だった。

珠は慌てて、「これから院生の忘年会なのよ」と言い添えた。「遅れて参加、って感じ。タクは？　どこにいるの？」

それには応《こた》えず、タクは「いや、ちょっと大変なことになっちゃって」と言った。

「どうしたの」

「うん。淳平《じゅんぺい》さんが……あ、桃子さんの息子さんなんだけど、その淳平さんが事故にあっちゃってさ。救急車で病院に運ばれたんだよ。ちょっとヤバいみたいでさ。これから緊急手術だって」

「えーっ」と珠は大きな声を張り上げた。新聞を読んでいた中年男が、新聞から目を上げ、非難めいた目つきで珠を見た。珠は男に背を向けた。

「事故、ってどこで？　交通事故なの？」

「バイクに乗って横須賀《よこすか》走ってて、乗用車と接触してはね飛ばされたんだって。ほら、もともと引きこもりだから、ほとんど外出してなかったんだけど、バイクだけは好きで、たまにこっそり乗り回してたらしいんだよ。桃子さんはいつもすっごく心配して、用もないのにバイクになんか乗るな、って言ってたんだけどさ。コンクリートの路面で思いっきり頭打ったんだって。それで、コーマクガイ血腫《けっしゅ》とかいうのになって……」

「何それ」

卓也はコーマクガイ、というのが「硬膜外」のことだと珠に教え、「ほっとくと、生命にかかわるみたいだよ」と言葉をつないだ。「だから、これから桃子さんを病院に連れて行かなくちゃいけない。桃子さん、動転しちゃって、貧血起こしたみたいになっちゃって、気の毒でさ。見てらんない」

「そりゃそうだよね。心配だよね」と珠は卓也の興奮状態に合わせるようにして言った。

「病院ってどこの？」

「本牧《ほんもく》」

「じゃあ、これから本牧まで？」

「うん」

「タクは今、どこにいるのよ」

「広尾のスタジオ。桃子さんの女性誌用の撮影があったんだけど、それどこじゃなくなって。まだ全部終わってなかったんだけど、延期してもらったんだ」

広尾ならすぐ近くだ、と珠は思った。もしかすると、歩いても行けるところに卓也はいるのかもしれなかった。それほど近くにいながら、これほどまでにやっていること、やろうとしていること、考えていることが異なるのは不思議としか言いようがなかった。

「だからさ」と卓也は続けた。「僕、今日は帰るのが、もしかするとものすごく遅くなるかもしれない。状態によっては、いろいろしなくちゃいけないことも出てくるだろうし」

「状態って？」

「たとえば、淳平さんが危篤状態になったとか、そういうこと。今、そんなことまで考えちゃいけないんだろうけど、こういうことって、何がどうなるか、わからないもんね」

「大変なことになったね」

「そうなんだよ。だから、もし帰りが遅くなっても心配しないように、って言いたくて電話したんだ。病院の中は携帯通じないからさ。珠から電話とかメールもらっても、すぐには出られないと思う。でも、様子をみて、また連絡を入れるよ」

そういうことか、と珠は思ったが、一切、口には出さなかった。「タク、運転気をつけてね。タクまで事故ったら大変だよ」

「わかってる。珠のほうは？　忘年会、遅くなりそう？」

取ってつけたような、儀礼的な訊《き》き方のように感じられた。まるで興味もないのに、そういう質問をしなければいけない人が口にした言葉のように、それは何の温かみもふくんでいなかった。

珠は「ううん、そうでもない」とあっさり言った。「今夜は適当に切り上げて帰るつもり」

「わかった。じゃね、そろそろ行くよ」

「うん。ほんとに気をつけて。桃子さんによろしく」

それには応えず、卓也は慌ただしげに通話を切った。

携帯を閉じ、振り向くと、さっきまで新聞を読んでいた中年男の姿は消えていた。椅子が空いたので、珠は迷わずそこに腰をおろした。

淳平、などという名を耳にしたのは初めてだった。桃子の息子の話は以前、卓也から聞いたことがあったが、名前は知らなかった。知りたいとも別に思わなかったので、聞き出そうとしたこともない。桃子の息子の話題など、卓也との間で一度か二度、出たに過ぎないから、ほとんど何も知らないに等しい。

典型的な引きこもりの息子、という括《くく》られ方をされていたが、わざわざ横須賀まで行ってバイクを乗り回すくらいなのだから、たいした引きこもりではないのだろう、と珠は思った。ただの、労働意欲に欠けたパラサイト息子だ。

両親が離婚しただけではなく、母親が女優をやっていて、ふつうの母子生活を築けないまま成人したのだから、何かの歪《ゆが》みが生まれても不思議ではない。だが、いい年をして仕事につこうともせず、引きこもってばかりいる息子を黙認してしまう桃子にも、責任の一端があるのではないか。

そしてそうした家庭の不幸話を、悲劇のヒロインにでもなったかのように、卓也に向かって語っている桃子を想像すると、珠はいきおい、はらわたが煮えくりかえるのを覚えた。

卓也は桃子の話をなんでも聞いてやっているのだろう。的確なアドバイスができているとはとても思えないが、桃子は卓也のような若い男に我が身の不幸を語って聞かせることに、至福の喜びを感じているのだろうし、卓也は卓也で、年上の女性から相談ごとめいた打ち明け話をされるのは、名誉なことと思っているに相違ない。

息子が事故にあったのは気の毒だが、何故、その息子の病院にまで卓也がつきあわねばならないのか。桃子は真っ当な事務所に属しているのだし、正式なマネージャーもいる。事務所のスタッフもいる。このような非常時には、他の誰かが桃子に付き添えば、それでいいではないか。所属俳優の家族の生き死にの問題にかかわることは、一介のアルバイトスタッフが負うべき役目ではない。

本牧の病院で緊急手術を受けている息子の生還を祈りながら、薄暗い廊下の片隅で互いに手を握り合ったり、不安に泣きくずれる桃子の肩を卓也が抱き寄せたりしている様を想像した。

病院内では携帯の電源をオフにしておかねばならない。それをいいことに彼らは今夜、二人きりで、誰にも邪魔されず、手に手を取り合い、肩寄せ合って、身内の生き死にを前にした責め苦と闘うのだ。その不幸な喜びがどれだけ二人を強く結びつけることになるか、考えただけで、珠は全身に鳥肌がたつほどの嫉妬《しっと》を感じた。

物思いに耽《ふけ》っていたせいか、周囲を確認するのが少し遅れた。珠は、つと気配を感じて顔を上げ、今まさに自分の目の前を通り過ぎて行こうとしている石坂としのぶの姿を見つけて、慌てて椅子から立ち上がった。

はずみで膝《ひざ》に載せていたコートとバッグが、同時に床に落ちた。珠は急いでそれを拾い上げ、二人の後を追った。

尾行するにふさわしい精神状態ではなかったが、致し方なかった。今はともかく、二人の後を追わねばならない。

尾行に集中することにより、卓也によって乱された気分も落ちつきを取り戻していくかもしれなかった。何より、久しぶりに目にする石坂としのぶの姿は、それを目にしたとたん、珠に瞬時にして、勇気のようなものを与えた。

秘密に塗り固められているであろう二人の生活。一歩も前に進めず、かといって解消することはもちろん、後退することもできず、とりあえずはプレ・クリスマスイブと銘打って、このような形で忍び会うことしかできない二人である。そしてそんな二人を知っているのは、珠だけなのである。

二人は今夜、何を話すのか。どんな気持ちで互いを見つめるのか。

二人が立たされている状況を少なからず知っている珠には、いくらでも想像できたし、仮定してみることもできた。

だが、珠はあえて具体的な想像をたくましくするのはやめよう、と思った。あくまでも見たもの聞いたものがすべてだった。

尾行者は、いたずらに対象者の胸の内を詮索《せんさく》すべきではない。よくある詮索を始めたとたん、対象者は一転して「通俗」の薄汚れた風景の中の一こまと化してしまう。通俗から離れ、高みを目ざし、ものごとを形而上学的《けいじじょうてき》にとらえようと努力すること。

尾行という行為そのものを哲学すること。対象者のとっている行動を、真実の愛だの恋だの、不倫だの正義だの、といった手垢《てあか》のついた言葉を使って、現世の倫理の中に押し込めていくことは極力、避けねばならない。

ホテルのエントランスから出て行った二人は、遅くもなく速くもない足どりで、とっぷりと日が暮れた冬の夜の街を歩き始めた。ホテルに出入りする客や通行人たちに交《ま》ざって、つかず離れずの距離を保ちつつ、珠は後を追った。

石坂は黒い、オーソドックスな感じのするオーバーコート姿だった。茄子紺《なすこん》よりも少し明るめの青い、洒落《しやれ》たニットマフラーを首に無造作に巻いている。しのぶはさっき珠が見たのと同じ、光沢のある茶色のロングコートを着ている。首にぐるぐる巻きにされた白いマフラーも同じだが、巻き方はさっきよりもさらに深い。髪型を隠し、顔の下半分を見えなくしようとしているかのようである。

紫色のショルダーバッグを肩にかけ、足元は焦げ茶色のロングブーツである。しばらく歩いたところで、少し人通りが少なくなった。しのぶは、やや歩調をゆるめたかと思うと、隣を歩く石坂のほうににじり寄って行った。

しのぶが右手を伸ばし、石坂の手をまさぐるようにした。石坂はすかさずその手を握りしめた。二人は手をつなぎながら、束の間、目と目を見交わした。

しのぶが石坂の肩に軽く頭を乗せる仕草をした。石坂はつないでいた手を離し、しのぶの腰を強く抱き寄せた。

ら離れた。

細い道の角を曲がって、四人のOLふうのグループが現れた。石坂はすぐにしのぶかいだ。手と手がしっかりと絡み合っているのが珠の目にはっきり映った。

四人連れが笑いさざめき合いつつ遠のいていくのを確認すると、再び二人は手をつなように背筋を伸ばし、歩き方も美しい。どこから見ても似合いのカップルである。

たくましい体形をしている石坂に、すらりと背の高いしのぶ。二人とも示し合わせた

美保子さん、かわいそうに、と珠はふと思った。同情というのではなかった。憐憫《れんびん》というのでもなかった。何か言葉にならない、虚《むな》しさにも似た感情だった。

そして、そんなふうに思うそばから、珠はこれが現実であることを強く自分に言い聞かせた。第三者がどう感じようが、誰がどれほど深い絶望のどん底に落とされようが、現実は無慈悲にも、このように進行しているのだった。

何者も、神ですら、その現実を妨害したり、破壊したりすることはできない。男と女のやることとは、常に誰かを傷つけずにはいられず、たとえ世界中から糾弾されたとしても、男と女はそれをすることをやめはしないのだ。

やがて、比較的交通量の少ない車道に出た。横断歩道はあるが、信号はついていない。渡った先には、イベントスペースやミニシアター、百貨店などの複合施設の入った、大きなビルが建っている。ビルの壁面には、巨大なクリスマスツリーをかたどった緑色のネオンが輝いている。敷石道の葉を落とした木々には、青いイルミネーションが灯《とも》され

て幻想的である。

カップルを中心に、人通りは多かったが、イルミネーションもふくめ、あたりの照明が仄暗《ほのぐら》いせいで、行き交う人の顔は定かには判別できなかった。二人はこの界隈《かいわい》の仄暗さを知っていて、だからこそ、今夜、この近辺にあるホテルを予約し、そこから徒歩でも行くことのできる店を予約したのかもしれなかった。

青いイルミネーションを見上げながら歩いていた二人は、やがてビルの一階にあるレストランに入って行った。横に長く延びている店で、全面ガラス張りのため、中の様子がひと目でわかる。

店内の照明は明るかった。その飴《あめ》色の光が外にまでもれていて、いかにも陽気な、気のおけない感じのする店なのだが、天井が高いせいもあってか、落ちついた雰囲気を漂わせていた。食事をしている客たちも、全員、例外なく大人だった。女性同士のグループもいたが、大半がカップルだった。

一見、さほどの高級店でもなさそうだったが、客の年齢層から想像すると、それなりに値段の張るところなのかもしれない、と珠は思った。しかし、たとえ、珠でも入れるような庶民的な店だったとしても、その晩は、予約なしに中に入ることはできそうになかった。クリスマスが近いせいか、すでに満席で、どのテーブルも食事を楽しんでいる人々で埋め尽くされていた。

店の外には小さな広場があった。木立に沿うようにして、スチール製の黒いベンチが三つ、置かれていた。白っぽいブルゾンを着た若い男が、足を組みながらベンチで携帯を使い、話している以外、座っている者は誰もいなかった。

その位置から見ると、店内がよく見渡せる。珠は空いているベンチに座り、ガラスの向こうの店の中を見つめた。石坂としのぶは、店の左手一番奥の、店内ではもっとも落ちつけると思えるテーブル席に案内されていた。

テーブルの背後には、巨大な、壁いちめんのつや消しの鏡があった。鏡を背にして座ったのがしのぶで、石坂はしのぶと対面する形で腰をおろした。二人ともコートは着ていなかった。店の入り口で脱いで、預けたようだった。

しのぶは淡いラベンダー色の、薄手ニットと思われるワンピース姿だった。襟ぐりがV字形に深く開いている。ネックレスやペンダントは下げていない。

さっきホテルの部屋に着いた時に、石坂との抱擁の邪魔になるからと外してしまい、そのままになったのか。それとも、初めから何もアクセサリーはつけてこなかったのか。

一方、石坂はいつもと変わらぬスーツ姿だった。妻に出張と偽ってきた手前、仕事用のスーツ以外のものを着て出て来ることはできなかったのかもしれない。

やがて、ギャルソンが二人に近づいていき、笑顔でメニューを手渡した。石坂が年若いギャルソンに何か言った。ギャルソンは大きくうなずき、去って行った。

石坂は少し身体を前のめりにさせるような姿勢をとりながら、テーブルの上で手を握り合わせ、しのぶをじっと見つめた。しのぶも彼から視線を外さない。

今にも、めらめらと官能のほむらが燃えたつような視線が交わされた。店内の誰も、二人のことは見ていない。見ているのは珠だけだ。

珠のいる場所よりも、店内のほうが遥《はる》かに明るかった。そのため、中からは外にいる珠は見分けにくいだろうと思われた。

注意を払う必要はほとんどなさそうだった。珠はコートの襟を合わせ、持ってきた薄茶色の革の手袋をはめて、楽な姿勢をとりながら、無遠慮に二人を観察し始めた。

グラスシャンペンらしきものが運ばれてきた。二人はグラスを軽く合わせ、飲み、また、じっと互いを見つめ合った。

何かあったのだろうか、とふと珠は思った。しのぶの、石坂を見つめる目に、敵を威嚇する小動物のような鋭さが感じられた。それは、互いの存在に酔っているだけの目ではなかった。

先にメニューを眺め始めたのは石坂のほうだった。しのぶに何を食べるか、訊《き》いている。しのぶはどこかしら投げやりな感じで、石坂に微笑みかけた。

ギャルソンに料理のオーダーをすませ、ほどなくして、次々に皿がテーブルに並べられていった。赤ワインがグラスに注がれた。二人はまた、軽くグラスを触れ合わせた。

食事を始める段になり、やっとしのぶの目から、危ういような鋭さが消えていった。笑顔がしのぶを輝かせた。

しのぶの後ろの鏡に、石坂の顔が映っている。鏡が黒っぽいつや消しになっているため、珠のいる場所からは、はっきりとその表情を見極めることができない。だが、彼にはいつもの闊達《かったつ》さが感じられた。おそらくしのぶ相手に、楽しい話題を繰り広げ、笑わせ、しゃべり続けているのだろうと思われた。

しのぶが時々、フォーク片手に笑った。ワイングラスを手にしながら、肩を揺すって笑った。

だが、その笑顔も長続きしなかった。何の話題が始まったのか、しのぶの表情に隠しようのない翳《かげ》りが浮かび始めたかと思うと、やがて二人はほとんど会話を交わさなくなった。

ギャルソンがやって来て、二人に何か話しかけた。石坂は首を横に振った。ギャルソンはデキャンタに入れられた赤ワインを二人のグラスに注ぎ入れてから去って行った。

石坂がしのぶに何か声をかけた。しのぶがうなずいた。石坂はナプキンを椅子の上に載せ、席を立った。化粧室に行くらしかった。

細長い店内を石坂が押し黙ったまま大股《おおまた》で歩き、化粧室に入って行く姿が見えた。その表情には困惑と軽い苛立《いらだ》ちのようなものが垣間《かいま》見えた。

一人残されたしのぶは、ややあってバッグを開け、中から携帯を取り出した。着信やメールのチェックをするためのようだったが、何も来ていなかったと見え、すぐにしのぶは携帯を元あったバッグの中に戻した。グラスの赤ワインを飲み、水を飲み、食欲が失《う》せたよう落ちつかなげな表情だった。

に目の前の皿の中のものをフォークの先でつつきながら、じっと正面を見据えた。

しのぶたちのテーブルの、すぐ手前にあたる席で食事を続けていた、四十代とおぼしきカップルが、帰り支度を始めた。すでに会計は済んでいるようだった。

女は白いナプキンをテーブルの上で丁寧に畳み、バッグを手に立ち上がった。夫婦なのか、恋人同士なのか。ただの友達同士には見えなかった。男は女の背に軽く手をあてがい、優雅にエスコートしながら出口に向かった。

チャンスだ、と珠は思った。今、店に入れば、もしかするとあのテーブル席に座ることができるかもしれない。

四十代カップルはギャルソンが着せかけてくれるコートにそれぞれ腕を通し、連れ立って外に出て来た。珠はベンチから離れ、カップルと入れ代わるようにして店内に入った。

「いらっしゃいませ」と、いくらか年かさに見えるギャルソンに声をかけられた。店長のようだった。「ご予約のお客様でしょうか」

「いえ」と珠は言った。「予約はしてないんですけど。今、あそこの席、空きましたよね。いいですか」

次の予約が入っている、と言われたら、引き下がるしかなかった。だが、ギャルソンは、手元の予約リストに素早く目を走らせただけで、「どうぞ、お入りください」と愛想よく言った。「よろしければコートをお預かりいたします」

珠はうなずき、黒いショートコートを脱いだ。はめていた手袋を外し、コートのポケットに入れた。そして、ギャルソンにコートを手渡そうとした時だった。すぐ近くの化粧室から石坂が出て来るのが見えた。

目と目が合った。それはどう考えても偶然のことに過ぎなかった。石坂は、そこに珠がいたから珠を凝視したわけではなく、ただ単に、化粧室から出て、最初に目に入ったものに目をとめ、束の間、見つめたに過ぎない。

だが、それにしては、石坂の視線が自分に向けられていた時間が長いように思われた。珠は自分から目をそらした。石坂が、珠の横を通り過ぎ、テーブルに戻って行った。

「ただいますぐ、テーブルのほうをセッティングいたします。少し、こちらでお待ちいただくことになりますが、よろしいでしょうか」

店長に言われ、珠はうなずいた。小さな待合ベンチがあり、座るようにと勧められた。珠はそこに腰をおろし、石坂としのぶのほうを盗み見た。

二人は、再び向かい合わせになってテーブルを囲んでいた。珠のいる場所からは少し遠く、表情まではわからなかった。

二分ほどたって、先程の店長が笑顔で近づいて来た。用意ができたので案内する、と言う。

細長い店内の向かって右側の、セミオープンになった厨房《ちゅうぼう》スペースには、大勢の料理人が忙しそうに動き回っているのが見えた。ガーリックや香辛料、チーズやパンの香りがあたりいちめん漂っていた。店内はほどよく賑《にぎ》やかで、しかし、決して騒々しいほどではなく、流れている静かで甘ったるいイタリアンポップスのメロディーも、よく聞きとることができた。

石坂としのぶの、すぐ手前の席には、テーブルをはさんでそれぞれ二つずつ、四つの椅子があった。ギャルソンに伴われて近づいていくと、正面の巨大な鏡の中で、再び石坂と目が合った。

鏡を背にした席を勧められたが、珠はそれを無視し、黙ったまま、鏡に向かう席に腰をおろした。しのぶがちらりと珠を見た。珠はかまわずに、手渡されたメニューを開いた。

いくらなんでも、あまりにも大胆すぎるだろうか、と珠はメニューに目を落としながら、早くも内心、後悔し始めた。これほどの至近距離に居合わせるのは、避けるべきだったかもしれない。

外から見ている限り、このテーブルと彼らのテーブルとの間には適度な距離があり、さほど近づき過ぎているようにも見えなかった。だが、実際に座ってみると、彼らとのテーブルの位置は近く、しかも鏡を正面にしていれば、鏡を背にして座っているしのぶの顔はむろんのこと、しのぶの正面にいる石坂の顔、仕草、その何もかもを手にとるように見渡すことができるのだった。

そのうえ、テーブルが近いせいで、よほど小さな声で話さない限り、会話も筒抜けになる。こちらが一人客であるため、彼らが警戒して、何も話さなくなってしまうかもしれない、という危惧《きぐ》が珠の中に生まれた。

ただ一つ、救いだったのは、女が一人で食事をしていても、まったく違和感のない店である、ということだった。

トラットリアほどくだけてはおらず、それなりの高級感もあったが、店に漂う雰囲気はあくまでも気さくだった。堂々としてさえいれば、石坂たちからも何ら怪しまれずにすむはずだった。

珠はオーダーを取りに来たギャルソンを前に、緊張を押し殺しつつ、メニューを開いた。空腹感などなかったというのに、店内に漂うチーズの香りに刺激され、思わずパスタを注文しそうになって自制した。

石坂としのぶは、思ったよりも早く店から出てしまうかもしれない。そうなったら、せっかくオーダーしたパスタも、ゆっくり味わって食べられなくなる。

かといって、飲み物だけですませるわけにもいかなかった。これだけの至近距離にいれば、コーヒーなどをすすって、ちんまりと一人、座っているだけの若い女に、彼らが警戒心を抱かないとも限らなかった。何よりも店側から奇異に思われかねない。

考えたあげく、結局、珠は鮮魚のカルパッチョと白のグラスワインを注文した。その程度なら、たとえ半分残さねばならなくなったとしても、恰好《かっこう》はつく。

「パスタやリゾットなど、お食事のほうもございますが、いかがなさいますか」

若いのに、早くも額のあたりが薄くなっている痩《や》せぎすのギャルソンが、オーダー用のメモ用紙を手に笑顔で語りかけてきた。業務用の質問事項、というのではなく、機嫌のいい人間が、機嫌のいい相手に訊《たず》ねる時のような、いかにも無邪気な訊《き》き方だったので、「いりません」とも言えなくなった。

珠は笑顔を作り、「後でまた考えますので」と答えながらメニューを返した。ギャルソンは、笑みをくずさぬまま、「かしこまりました」と言って去って行った。

珠の左側、天井の高さまであるガラスの向こうには、冬の夜が拡がっていた。今しがたまで珠が座っていたベンチは、店からもれている飴《あめ》色の明かりが届かない場所にあり、よく見えなかった。ベンチの向こうの冬枯れた木立も、闇にとけこんで輪郭を失っていた。

大判の白いペーパーナプキンを膝《ひざ》に拡げ、なるべく正面のつや消しになった巨大な鏡を見ないですむよう、珠はうつむき加減のまま、隣の席に置いたバッグの中をかきまわした。せっせと探し物をしているふりをしながら、そっと石坂たちの様子を窺《うかが》った。

石坂としのぶは、視線を獰猛《どうもう》な蔦《つた》のように絡ませ合いながら、ひそひそと低い声でしゃべり続けている。他が目に入らない、といった様子なのは、以前、表参道の地下のカフェで見た時と寸分も変わらない。だが、何かが違っていた。

二人は、二人だけの秘密の繭の中に入っているのではなかった。恋人同士の甘ったるさは希薄で、むしろ、ふとした加減で言い争いに発展しそうになるのを、互いに必死で抑えているように見える。

鏡の壁を背にしたしのぶは、見ようと思えば露骨に細部を観察できるほど、珠の近くにいた。しのぶの正面に座っている石坂の表情もまた、そのすべてが鏡に映し出されていた。あまりに間近に、明瞭《めいりょう》に見えるので、彼らはまるで、珠という、たった一人の観客のために、芝居の見せ場を熱演してくれている役者のようにも感じられた。

全神経を相手の言葉に集中させているようでいて、やはり、すぐ近くにいる珠の存在が気になっているらしいのは、二人が異様とも思えるほど声を落として話し続けている様子からも明らかだった。

したがって話の内容はよく聞きとれなかった。時折、耳に入って来る言葉は、「でも」とか「違う」とか「誤解」といったような単語に過ぎなかった。それらの間に、苛立《いらだ》たしさのこめられたため息や、わざとらしい不自然なふくみ笑いが混ざった。

白ワインと鮮魚のカルパッチョが運ばれてきた。生え際が薄くなった若いギャルソンは、「ごゆっくり」と言って珠に微笑みかけた。

「どうも」と珠がうなずいた直後、正面の鏡の中の石坂と目が合った。珠はさりげなさを装って視線を外し、ワイングラスを手にした。

今夜、石坂が珠と目を合わせたのは、これで三度目だった。意味があることなのか、ただの偶然、自分の考えすぎなのか、わからなかった。

ワインはよく冷えていて、酸味も少なく、癖がなかった。珠はフォークとナイフを手に、カルパッチョをゆっくりと食べ始めた。

少し胸がどきどきしていた。石坂が時折、自分のほうに視線を移し、正体を見抜こうとしているような気がしたからだった。

カルパッチョをひと口食べて、珠はフォークとナイフをテーブルに戻し、隣の席のバッグに手を差し入れて携帯を取り出した。

食事中に、iPodを聴いているふりをするのはいかにも不自然だったが、携帯なら、いじりまわしていても、周囲に違和感は与えないだろうと思った。それに、卓也から何か連絡が入っているのではないか、という淡い期待もあった。

珠は携帯を開き、メールが入っているかどうか確かめた。どこからもメールや着信はなかった。

桃子を車の助手席に乗せ、桃子を励まし、慰めながら本牧に向かって車を運転しているであろう卓也が、珠の携帯にメールを送ってくる可能性はきわめて低かった。それでも珠には、何の連絡もよこさないことがひどく腹立たしく感じられた。

携帯を手にしたまま、珠はフォークを片手に皿の中のカルパッチョをつつきまわした。ケーパーとチャービルの香りがきつく立ち上った。

今の卓也の頭の中には、きっと桃子のことしかないのだ、と珠は思った。

いつからこんなふうになったのか。彼はいつ、どんな時から、桃子を仕事上のつきあいのある女優としてではなく、一人の女性、恋しい女としてとらえるようになったのか。

気づいたらそうなっていた、ということなのか。

もしそうだとしたら、彼はそのことをどのように考えているのか。関係を進展させようなどということは考えておらず、あわよくば、桃子を性の対象にしてみたい、と企《たくら》んでいるだけなのか。いや、それどころか、珠と別れて、桃子の正式な恋人になりたいとまで思っているのか。

秘密をもっている人間は、それを知られてはならないとする相手の前で、当然のことながら、可能な限りの、涙ぐましい演技を続ける。笑いたくないのに笑い、しゃべりたくないのにしゃべり、相手の話に熱心に相槌《あいづち》をうつふりをし、辻褄《つじつま》の合う嘘をつくために全神経を集中させる。間違っても、何か怪訝《けげん》に思われるような言動はとらないよう、睡眠を削ってでも、ものごとに細心の注意を払う。

へとへとに疲れても、連日連夜、そうしたたゆまぬ演技は続けられるのだ。まさしく、今ここにいる石坂が自宅でそうやってきたように。

ある意味では、自分もまた、同じ穴のむじななのだろう、と珠は思う。卓也には決して打ち明けることのできない秘密の行動をとっている。趣味の問題だと言われてしまえばそれまでだとしても、自分はこの、一種異様な行動を卓也には説明することができない。する気もない。もし打ち明ける相手がいるとしたら、篠原しか考えられない。

誰も彼もが秘密をもって生きているような気がした。石坂も、しのぶも、自分も。死んだ最愛の男、武男もそうだった。この世に、隠し事なしで生きている人間が、どのくらいいるのだろうか。自分自身を全開にし、どこを切り刻んでも嘘や秘密が、かけらも出てこない人間が、果たして存在するのだろうか。

そう考えるまでもなく、卓也だけが、一点の曇りもない澄み渡った心をもって生きている、などとは決して言えないような気がした。嘘をつかずに生きることだけを心がけ、どこを叩《たた》いても埃《ほこり》の出ない、まったく嘘偽りのない、秘密の翳《かげ》りもない生活を営んでいる人間など、世界のどこを探しても、いるわけがないのだ。

どの角度から見ても、清らかさしか見えてこないような人間。ぼろ切れのように醜い、ひしゃげた感情の断片とは無縁で生きていられる人間。もしそんな人間がいたとしたら、かえって不気味ではないか。

卓也が桃子に対し、珠に知られたくない気持ちの揺らぎを感じていても不思議ではなかった。そうした感情を彼が抱くのは、きわめて自然なことだと考えるべきかもしれなかった。

彼に関して、客観的に俯瞰《ふかん》したことは、素直に受け入れたい、受け入れなければならない、と珠は思った。彼に猜疑《さいぎ》心を抱いている、ということは、決して告白してはならなかった。

むきになって否定されれば、余計に腹が立つ。言わなくてもいいような言葉を吐いて、関係を悪化させてしまう可能性もある。このまま、何も口にせず、疑っている素振りも見せずに、知らぬ存ぜぬを突き通したほうがいいに決まっていた。

万事、ものごとはいつしか、好むと好まざるとにかかわらず、あるべき形におさまっていく。じたばたするのは見苦しく、卑しく、結果、自分自身を傷つけてしまいかねない。

じっとしていられなくなって、あるのかないのかわからない真実とやらを引きずりだそうとし、暴きたて、心の中をよぎった些細《ささい》なことを言葉にしてわめきちらし、騒ぎ立てれば騒ぎ立てるほど、茨《いばら》の道はいっそう険しくなる。下手をすれば、二度と引き返すことができなくなる。

本当に気がかりなことには、軽々しく触れようとしないこと。確かな時機がくるまで、知らないふり、気づいていないふりをし続けること。感情のおもむくままに言葉を発して、むやみと相手を責めたりしないこと。自分もふくめて、この世に聖人君子など、一人もいないということを認め、納得すること……。

しかし、自分にそんなことができるのか。珠は慌ただしく自問しながら、せかせかと白ワインを飲んだ。論理的な思考を組み立てることはできても、それを実行に移せる自信はまったくと言っていいほどなかった。

物思いに耽《ふけ》っていたのは、数秒のことに過ぎなかった。だが、ふと我に返ってみれば、ずいぶん長い時間がたってしまったようにも思われた。

慌てた珠が前方に目を移すと、そこには先程とは打って変わって沈黙している、しのぶと石坂の姿があった。

しのぶは無表情に石坂を凝視している。アイラインが引かれた黒目がちの目の奥に、怒りとも憎しみとも軽蔑《けいべつ》ともつかぬ光が、暗がりでくすぶるおき火のように揺らめいている。

きつく結んだくちびるは真一文字というよりも、への字に近い。ラベンダー色のワンピースの肩と胸のあたりが、小刻みに上下している。感情を昂《たかぶ》らせるあまり、荒い呼吸を繰り返しているらしい。

対する石坂は、そんなしのぶをじっと見据えている。冷やかさはないが、温かみのまるでない、目の前で繰り広げられている出来事をじっと見つめているだけ、といったよそよそしい、他人が他人を見るような面差しである。

座席の背に深くもたれ、テーブルの上にこぶしを握った右手を載せている。何かに強く苛立っているように、握ったこぶしは、こつこつと骨の音をたてながら、テーブルを細かく叩《たた》き続けている。

何が起こったのか、わからなかった。いよいよ二人の間に、決定的な、どうすることもできない感情の亀裂《きれつ》が走ったようだった。

珠は視界の片隅に二人の姿を確認しつつ、皿の中のものをもそもそと食べ続けた。ワインを飲み、水を飲み、全神経を研ぎ澄ませながら携帯に視線を落としているふりをした。

「俺は別に嘘を言ったわけじゃないよ」

石坂の低い声が珠の耳に届いた。珠は鏡に目を向けないよう、フォークの動きを止めないよう注意しながら、耳をそばだてた。

「なんでこんな簡単なことが、わかってもらえないんだよ。うちでのこと、全部を伝える必要がどこにある？　そんなことする意味が、どこにある？　俺がしのぶの立場だったら、絶対に聞きたいとは思わないけどね。いちいち聞かされたところで、不愉快なだけだろう」

「どうして、話をそんなふうにまとめるのよ」

しのぶがさらに低い声で応酬している。珠はナプキンで口もとを拭《ぬぐ》いながら、ちらりとしのぶを見た。しのぶの大きく見開いた両目は潤んで見えたが、それは明らかに烈しい怒りのせいだった。

「何度言ったらわかってくれるのよ。私はあなたから家庭で起こったこと全部を聞きたい、知りたいだなんて、一度も言ってないでしょ。私はただ、こういう状態にあることが不安でたまらない、って言ってるだけよ。それを、あなたはいつも、そうやってごまかすのよ」

「ごまかす？　俺がいつごまかした」

「私の話を別のほうに持っていこうとするじゃない。家庭の話になると、いつもそう。そこまでして、家を守りたいんだな、ってことが、よくわかるわ。守りたいから、ごまかすしかなくなるのよ」

「ああ、もう、やめてくれないか。一方的に責められてる気がする」

「責められるのがそんなにいや？」

「いやだね。当たり前だろう」

「当たり前、って、よくそんなふうにはっきり言えるわね。結局、自分勝手なエゴイストなのよ、あなたって」

「……かもしれないな」

「認めるのね」

「やめろよ、くだらない言葉の遊びは」

「やめないわよ。こんな……」

その先のしのぶの言葉は、低く呻《うめ》くように語られたため、珠には聞きとれなかった。

いかにも刺々《とげとげ》しい沈黙が流れた。石坂の深い、苛立《いらだ》たしげなため息が聞こえた。

彼はこらえきれなくなったか、背筋を牛のように鈍重に伸ばすと、いきなり声を荒らげた。「せっかくの二人の晩なのに、これじゃ、台無しだな」

沈黙が始まった。珠ははらはらしながら、なりゆきを見守った。

「その通りよ」と、ややあってしのぶが言った。「台無し。悪いけど、もう私、一緒にいたくないから」

しのぶはバッグをわしづかみにすると、いきなり勢いよく席から立ち上がった。ガタン、という音がした。

鬼の形相になっている。しのぶの目は気の毒なほど潤み、今にも決壊しそうだ。

彼女は石坂と向かっていたテーブルの横をすり抜け、珠の脇を通り過ぎ、早足で出口に向かって去って行った。

石坂は引き止めなかった。振り返りもしなかった。振り返らずとも、鏡にすべてが映し出されていたからだろうが、自身の中の怒りが暴発しそうになっているのか、彼は鏡すらも見ていないような感じがした。

鏡の中に、出口付近で、ギャルソンからコートを渡されているしのぶの姿が遠目に認められた。

珠は、必死になって携帯メールを打ち続けているふりをした。顔を上げれば、鏡の中で石坂と視線を合わせてしまうことがわかっていた。それは何よりも恐ろしいことのように感じられた。

石坂は卓上のガラス罎《びん》の中に丸められていた会計伝票を勢いよく抜き出したかと思うと、席を立った。ふわりと風がまきおこった。

鏡の中で、珠は彼の後ろ姿を追った。大股《おおまた》で出入り口のレジに向かう彼の背は、怒りに硬直しているように見えた。

クレジットカードでの会計を頼んだ石坂は、伝票にサインする直前、苛立ったように店の外に目を投げた。珠も一緒になって、ガラス窓の外を見た。暗がりの中、しのぶの姿は早くも見えなくなっていた。

二人がどうするのか、急ぎ、確認する必要があった。

ホテルに部屋をとっているのだから、いったん部屋に戻るのかもしれなかった。諍《いさか》いの続きは部屋でもできる。もしかすると、部屋で互いの身体に触れ合っているうちに、性的な気分が高揚し、どうということもなく、この男女のつまらぬ感情の齟齬《そご》は、ただちに修復されてしまうのかもしれない。

万一、解決がつかなければ、石坂だけ宿泊していくか、もしくは早々にチェックアウトして、互いに別々のところに帰るか、いずれかになるだろう。どちらにしても、いったんチェックインしている以上、二人一緒か、もしくは石坂だけでも、ホテルに戻る必要があるのは確かだった。

珠はペーパーナプキンを畳んでテーブルに置き、バッグを手に立ち上がった。石坂はすでに会計を終えて、外に出ていた。

レジ付近にいた男に声をかけ、会計を頼んだ。白ワイン一杯と鮮魚のカルパッチョのみの値段は、珠が時折、駅の近くの店で卓也と一緒に食べる、二人分のパスタ料理の値段よりも安かった。珠は現金で支払って、レシートを受け取った。

「ありがとうございました。またお越しくださいませ」という丁重な挨拶《あいさつ》を背に、着せかけてもらったコートの前ボタンをはめつつ、珠は急ぎ足で店を出た。

外は気温がいっそう下がっていて、吐く息が白かった。素早くあたりを見渡してみたが、石坂の姿は見えなくなっていた。

ホテルに戻ったのか。しのぶが立ち寄りそうな場所を探しまわっているのか。あるいは、怒りにまかせて、どこかに飲みに出たということも考えられた。

しかし、あれだけしのぶに溺《おぼ》れ、妻に知られるまでに至った石坂が、いくら烈しい諍いをしてしまったのだとしても、このまましのぶを無視した行動をとるとは思えなかった。怒りに震えるあまり、どこか別の場所で強い酒を流しこむことは考えられたが、いったん気持ちを落ちつかせれば、改めてしのぶに連絡したくなるのではないか。その前に、しのぶのほうから彼に連絡する可能性もある。

いずれにしても、石坂がこのままホテルに戻らずに姿をくらますことは考えられなかった。しのぶの化粧道具や二人のちょっとした着替えなども、ホテルの部屋に置いてきたはずである。ホテルで待ってみようと、珠は決めた。

年の瀬を控えて、冷たい冬の夜気の中、ショーウィンドウや飲食店のネオンが鮮やかだった。人通りも少なくなかったが、その界隈《かいわい》の照明が暗いせいか、騒々しい印象は希薄だった。

モノトーンの薄明の中を人々がぼそぼそと語らいながら行き過ぎていく。それは古い映画の中の、どこか物哀しい大都会の風景を思わせた。

ホテルに戻ってはみたものの、しのぶはもちろん、石坂の姿も見えなかった。エレベーターに乗って二十三階に行ってみようかとも思ったが、すぐに考え直した。行ったところで、宿泊者専用のカードキイを持っているのならいざ知らず、どうすることもできずに、開かずのドアの前で突っ立っていても意味がなかった。第一、そんなことをしていたら、ホテルの監視カメラでチェックされ、不審人物だと思われてしまう。

珠は一階ラウンジ奥にある、バーを覗《のぞ》いてみた。もしかすると、以前、二人が言い交わしていた通り、仲直りのためにバーで飲んでいるのかもしれない、と思ったからだ。

店内には何組かの客がいたが、バーカウンターにも、ボックス席にも、二人の姿はなかった。

諦《あきら》めてバーから出て来た珠は、なすすべがなくなったことを知った。しばらくの間、ロビーの椅子に座って、どちらかが戻って来るまで待っていてもよかったが、そこまでのエネルギーは失《う》せてしまった感じがした。珠の中には、どうにもやりきれないような思いばかりが渦巻いていた。

呆《あっ》気《け》ない幕切れのように感じられてならなかった。想像もしていなかった動きがあって、報告書も意外性に富んだものになりそうだが、それにしては、何か尻切《しりき》れとんぼのような、どこか腑《ふ》に落ちないものが残る。心が妙にざわついて仕方がない。

卓也と桃子のことが、珠の中で不快な発酵臭を漂わせる澱《おり》のようになりながら溜《た》まっていた。自分たちの問題と、石坂の問題とを一緒に考えること自体、何の意味もないし、まして、石坂たちの影響を受ける必要はさらさらない、とわかっていながら、珠はひどく落ちつかない気分にかられた。

バッグから携帯を取り出し、覗いてみた。相変わらず、卓也からのメールはなく、着信履歴も残っていない。

何を待っているのか、何がほしいのか、珠には自分でもよくわからなくなった。

卓也から連絡があり、桃子など、どうだってよくなったから、これから一緒に帰ろう、二人でどこかで飲み直そうよ、などと言われるのを待ち望んでいるのか。そして、卓也の口から、桃子のことで猜疑心《さいぎ》を抱いている珠を笑い飛ばしてくれるような言葉が、幾百幾千も迸《ほとばし》ってくれることを願っているのか。

いや、違う、と珠は思った。

自分が今待ち望んでいるのは、卓也からの連絡ではなく、石坂からのそれではないのか。そう考えたとたん、珠は背筋が寒くなるような感覚にとらわれた。

一方的にしか知らない男だった。こちらはよく知っているが、相手は自分のことなど何ひとつ知らない。そんな男から、今、まさに、手にしている携帯にメール着信があり、「石坂です。ご存じの通り、連れと気まずくなりました。どうにも気分が滅入《めい》って仕方がないので、きみと飲みたいと思っています。これからホテルのバーに来ませんか。きみが僕と同じホテルにいること、僕は知っているんですよ」などと書かれてあったら、と珠は妄想した。

「僕は知っているんですよ」の後につけられている絵文字は何だろう。ニコニコマークか。Vサインマークか。それともドクロマーク？

頭がおかしくなってしまったような気がした。何故、そんな突拍子もないことを考えついたのか。

石坂から珠の携帯に連絡があるなど、あり得ない話だった。卓也と桃子の関係を石坂としのぶの関係に重ね合わせてみようとするあまり、妄想としか言いようのない世界のまぼろしを見るようになってしまった。バカバカしさを通り越して、気味が悪い。白ワインをグラス一杯も飲み干さなかったというのに、いやな酔いがまわってしまったような気もした。

珠は携帯をバッグに戻し、大きく息を吸った。店を出たころから感じ始めていた尿意が少し強くなった。

トイレに入っている間に、石坂もしくはしのぶがホテルに戻って来たら、見失うことになってしまう。珠はロビーの、空いている椅子に座り、正面玄関から入って来る人間を見落とさないよう、注意していたが、そのうち尿意をこらえきれなくなった。

時刻は九時半をまわったところだった。化粧室は一階にある。この時間、混んでいるとは思えないから、急いで行って出てくれば、三分ほどしかからないだろう。珠はコートを着たまま、バッグを手に立ち上がり、化粧室に向かった。

重厚なドアを開け、中に入った。ほどよい明かりの中、静かな化粧室の、一列に並ぶ洗面台の右端に、鏡に向かう形でしのぶが立っているのが目に入った。光沢のある茶色のコートを着て、ホテルに来た時同様、首にマフラーを巻きつけ、携帯を耳にあてがっている。

鏡の中で、目が合った。しのぶの目は赤く、腫《は》れていた。顔色が悪く、そのくちびるには血の気がないように見えた。

珠は思わず、「あ」と言いそうになったが、なんとかこらえた。しのぶが珠から顔をそむけるようにして、姿勢を変え、目を伏せた。

珠はそのまま、何食わぬ顔を装って目をそらした。すたすたと歩いて一番手前のトイレに入り、鍵《かぎ》を閉めた。

心臓がどくどくと烈しく鼓動し続けていた。他人事《ひとごと》とは思えなかった。珠は用を足しながら、耳をすませた。

化粧室に他に利用客はおらず、中にいるのは自分としのぶだけのようだった。しのぶが低い声で話し続けている。話している相手は間違いなく石坂である。

石坂から電話をかけたのか。しのぶからかけたのか。しのぶの声は低いだけではなく、震えているようでもある。

「自分で自分をどうすることもできなくなってるの」と言う声が聞こえる。短い嗚咽《おえつ》が混ざる。「自分でもよくわからないのよ。どうしたらいいのか」

洟《はな》をすすり上げる音が混じる。珠は便器に座ったまま息を殺し、じっとしている。

「だから」としのぶが言う。「そのことは悪かったと思ってる。ごめんなさい。ほんとに私が悪かったのよ。ひどいこと言ったわ。ううん、ほんとにそう思ってるから。でも、悲しいね。悲しすぎる。こんなに好きなのに、こんなに愛してるのに。心の底から悲しくて、私、時々、生きてくのがいやになることがあって。だらしないね」

あまりに長い間、こちらが沈黙しているのも不自然だと思い、珠はトイレットペーパーをわざと大きな音をたてて引っ張り出した。水を流すと、しのぶの話し声が聞こえなくなるか、と思ったが、何もしないでこのままでいれば、しのぶは電話での会話を盗み聞きされていることに気づくかもしれなかった。

珠は水を流し、身繕いをし、水流の音が消えるまで待った。待ちながら、バッグからｉＰｏｄを取り出し、イヤホンを耳に装着した。せめてこうやっていれば、しのぶは警戒心を解くだろうと思った。

トイレのドアの鍵を開け、外に出た。しのぶのほうは見ないようにして、一番左端の、しのぶからもっとも遠い洗面台に向かって立った。水道を勢いよく流し、手を洗った。備えつけられている紙タオルで手を拭《ふ》き、鏡に向かって化粧直しを始めた。

化粧直しといっても、ふだん、メイク道具は口紅とリップクリーム、ヘアブラシ程度しか持ち歩いていない。珠は鏡に向かって口紅をうすく引き直し、その上から時間をかけてリップクリームを塗った。携帯用のヘアブラシで長い髪の毛を梳《す》いた。ブラシに付着した抜け毛を丁寧につまみあげ、ダストボックスに捨てた。

ｉＰｏｄのイヤホンをつけているのが見えるせいか、しのぶが珠を警戒している様子はなかった。鏡をまっすぐに凝視しながら、しゃべり続けている。諍《いさか》いは終わったようで、表情にいくらかやわらかみが戻ってきた。

「すぐ近くよ」としのぶが言った。「ううん、違う。このホテルのトイレ。一階の。え？　うん、そう。そうなのよ。……うん、わかった。行く。もちろん」

珠はイヤホンをつけたiPodを手に、曲を選んでいるふりをしながら、そのまま同じ場所に佇《たたず》んでいた。鏡の中で、しのぶが自分を気にしながら、ちらちらと視線を投げてくるのを感じた。

その必要もないのに、珠はiPodをコートのポケットに戻し、もう一度、水道の水で手を洗った。いかにも不自然な動きだったが、やってしまったものはどうしようもなかった。

しのぶの、珠を見る目に訝《いぶか》しげな光が放たれた。しのぶは携帯を手に「わかった。今からすぐね。詳しくは後で」と言うなり、通話を終え、携帯をバッグに戻した。そして、鏡に向かって両手で頰を持ち上げる仕草をし、バッグを開けて、フェイスパウダーを取り出した。

顔にパフをすべらせ、頰紅で赤みをつけ、ビューラーを使って睫毛《まつげ》を上げてから、しのぶはバッグの中にメイク道具を戻した。そして、吐息をついてから、もう一度、珠のほうを見た。警戒するような、怒っているような視線が珠を射貫《いぬ》いた。

珠は慌てて目をそらし、iPodではなく、携帯を取り出して、メールチェックをしているふりをした。

「さっき、同じお店にいた方ですよね」

いきなりしのぶに話しかけられて、珠は思わず、手にした携帯を洗面台に落としそうになった。

珠がしのぶのほうを振り返ると、しのぶはまっすぐに背筋を伸ばして珠を見つめ、不思議な微笑を浮かべてみせた。

「さっき、あそこの店で、すぐ近くの席にいらした方ですよね。白ワインと前菜でお食事されていましたよね」

認めるべきか、それとも、何を言われているのかわからないという顔をすべきか、珠は烈しく迷った。

答えが出なかったので、咄嗟《とっさ》に「え？　さっきですか？」とおうむ返しに訊《き》いた。

「それって、何か……」

しのぶの顔から、笑みが消えた。「偶然ここに？」

「どういう意味ですか」

「こんな訊き方、すごく失礼だとわかってるんですけど、もしも間違っていたら許してね。あなた、もしかして、私の後をつけてるんじゃない？」

「まさか」と珠は言った。「なんでそんなこと」

「夕方……っていうか、六時半ころも、このホテルにいたでしょ。ロビーの椅子に」

珠はおずおずとうなずいた。「いましたけど。それが何か？」

「その後、おんなじお店に入って来て、私が店を出てこのトイレに入ったら、またあなたが現れて。後をつけられてるみたいですよね」

「私、ただ、帰りの電車に乗る前にトイレがしたくなって、ここに入っただけです」と珠は毅然《きぜん》として言った。「それに夕方、ホテルにいたのは、彼氏と待ち合わせてたからです。彼氏に急用が入って、会えなくなって、仕方なく一人であのイタリアンに行って。一人で食事するのも味気ないから、すぐに出てきて……。それだけですけど」

通りすがりの人間からとんでもない、いいがかりをつけられ、怒り心頭に発している、という芝居をしたつもりだったが、それは成功したようだった。

しのぶは、ふっと詰めていた息を吐くようにして顔を歪《ゆが》ませ、眉《まゆ》を八の字にして口をすぼめた。全身がひとまわり小さくなったように見えた。細めた目が、心からの謝罪を物語っていた。

「ごめんなさい。そうだったんですか。私、どうかしてました。ごめんなさい。怒らないでくださいね」

珠は憮然《ぶぜん》とした顔を作り、「いえ、別に」と言った。

「私たちの喧嘩《けんか》、耳に入ってしまったと思うけど」としのぶが言った。せかせかとした口調だった。「ちょっと神経過敏になってたもので、つい、変な妄想、働かせちゃったみたい。許してください」

どんな言葉を返そうかと思いながら、珠が迷っていると、しのぶはバッグを肩にかけ、深々と頭を下げた。「本当に申し訳ありません」

珠の顔は見ずに、しのぶが身体を起こしかけた時、化粧室のドアが開き、若い女の三人連れが入って来た。がやがやとした笑い声と、彼女たちがつけているらしいパフュームの甘い香りが化粧室を充《み》たした。しのぶは踵《きびす》を返すと、三人連れとすれ違うようにして、化粧室から足早に出て行った。

9

その晩、珠がマンションに帰ったのは、十一時過ぎだった。石坂の家は静まり返っていたが、いつものように門灯が灯《とも》されており、カーポートにも車が駐車してあった。石坂の妻はどんな想いで夜を過ごしているのか、と珠は想像をめぐらせた。

出張、と偽って出かけて行った夫が、外泊するための嘘をついたことはわかっているに違いなかった。

確証などなくても、勘が働くのは女の常だと世間では言われているが、正しく言えば、それは「勘」なのではない、と珠は思っていた。

はっきりした理由、強い疑惑をもっていなければ、いくらなんでも、「勘」は働かない。理由なく生じる「勘」は、場合によっては「妄想」と言い替えたほうがいいものに過ぎないのだ。

本物の「勘」は、何か些細《ささい》な、しかし、きわめて具体的な理由のもとに発生する。石坂の妻、美保子は、おそらく石坂が想像する以上に、具体的な事実をつかんでいて、そこからあらん限りの力を発揮しつつ、日々、勘を働かせて生きているはずだった。

それにしても、と珠はマンションの窓から見える、夜の石坂邸を覗《のぞ》き見ながら、美保子に深い憐《あわ》れを覚えた。

秘密を抱えて生きている夫の、その秘密の内容を具体的に知っていながら、耐えてこらえて、日常生活を営むことには限度があるだろう。抑えきれなくなった時だけ、感情を爆発させて、夫を慌てさせたとしても、結局は自分が家を飛び出したり、結婚生活を終わらせたりしない限り、この情況は続くのだ。

何かが変わるのを待っているのだろうか。しかし、待ち続けることに耐えられるほど、人の精神は強靭《きょうじん》ではないのではないか。

とはいえ、他人のことは言っていられなかった。珠はいよいよ、卓也と桃子のことが不安になった。

卓也からは相変わらず何の連絡もなかった。病院にいる間は、携帯の電源をオフにしておかねばならないとはいえ、外に出れば電話もできるし、メールも送ることができる。いざとなれば、病院内の公衆電話も使えるのだ。

事故にあって搬送されたという桃子の息子が、のっぴきならない事態に陥っていたのだとしても、卓也が自分に何も言ってこない、というのは、意味もなく不当な扱いを受けているようで、面白くなかった。桃子がそばにいようが、何がどうなろうが、どのような状態になっているか、いつごろ帰れるのか、報告してくるべきではないのか。共に暮らしている珠に何の連絡もしてこない、ということ自体、どこか意図的な印象すら受ける。

今夜の石坂としのぶの尾行の報告書を書いておこう、といつものノートを取り出したものの、日付を書いただけで、珠は後を続ける気力が失《う》せた。

ひどく疲れたような感じがした。あまりにもいろいろなことが重なった、と思う。最後には、澤村しのぶ自身に「私の後をつけているのではないか」と話しかけられる始末だった。

突発的な危機的場面も、うまく切り抜けることができた。自分をほめてやるべきだ、と思いながら、ほめる、などという前向きな気分にはなれず、珠はひたすら、その日起こったいくつかの出来事が象徴する何かについて考え続けた。

何がこんなに気持ちをざわめかせるのか。人の秘密を知り、後をつけ、淡々と記録し続けてきただけのことなのに、澄み渡っていたはずの水に、どす黒いインクが流しこまれてしまったような気がする。

他人の秘密が、いつのまにか自分自身の私生活の秘密と重なって見えてくる。他人の孤独が見えてくる。翻って、自分自身の孤独にも気づかされる。

渺々《びょうびょう》と拡がる、いちめんの砂漠を見ているような思いがあった。どこを見渡しても砂しかないような世界に、人々がそれぞれ、ぽつねんと立っている。互いが手を伸ばし合い、求め合おうとするのだが、時折、見当はずれな方向に手を伸ばすものだから、つながれる手と手は、常に同じとは限らなくなる。

様々な手がつながれたり、離されたり、また別のところでつなげられたりして、そこにはいつも、乾いた砂をふくむ風が吹いている。風の音しか聞こえないのである。

その晩、卓也がマンションに戻って来たのは、午前三時半だった。いつものバイクの音を耳がとらえ、眠りにおちかかっていた珠がベッドに起き上がって少したってから、そっと玄関ドアの鍵《かぎ》が開けられた。

「ごめん。起こしちゃったね」

ベッドサイドの小さなライトを灯した珠に、卓也が部屋の戸口から声をかけた。

「おかえり」と珠は言った。

「ただいま」と卓也は言った。

「大変だったね」

「うん」

質問を投げかけようとしたが、卓也はそれを遮るようにして、薄暗がりの中、着ていたライダーズジャケットを脱ぎ、いつものように玄関脇のフックに掛けた。

自分のところにすぐに来てほしい、何があったか、すぐに教えてほしい、という珠の願いも虚《むな》しく、彼は珠の寝ている部屋ではなく、バスルームに入って行った。トイレを使う音、流す音、手を洗う音、次いで歯を磨く気配があった。

どうして先に歯を磨くのか、と珠は訝《いぶか》った。桃子と車の中で、キスをしてきたからではないのか。軽い、挨拶《あいさつ》程度のキスではなく、濃厚な、口の中をかきまわし合うようなキスを。桃子のつけていた口紅やリップクリームの香りを消そうとして、歯を磨いているのではないのか。

だが、そうした、埒《らち》もないような猜疑《さいぎ》心をそのままぶつけることは絶対にしてはならない、と珠は必死になって自分を戒めた。

歯を磨き終えた卓也が、バスルームから出て来た。珠は迷わず起き上がり、モヘアの白いビッグカーディガンに袖《そで》を通しながら、キッチンに出て行った。

「なんかあったかいもの、飲む？　つきあうよ」

「ビールにする。喉《のど》、渇いてるから」

言いながら、彼は冷蔵庫を開け、缶ビールを取り出した。疲れがにじみ出たような顔をしていたが、目には光があった。何かの大仕事を成し遂げた後のような光だった。

「あ、珠もビール、ほしい？」

「ううん、私はいい」

「寒いね。エアコンつけようか」

卓也は居間として使っている部屋のエアコンをつけに行き、そのままソファーに腰をおろした。珠は髪の毛をかき上げ、カーディガンの前を合わせて、卓也の隣に浅く座った。

卓也はごくごくと喉を鳴らしてビールを飲み、げふっ、と小さなげっぷをもらした。

「疲れたでしょ」

「さすがにね」

「桃子さんの息子さん……えっと、ごめん、名前忘れちゃった」

「淳平さん」

「あ、そうそう。淳平さん、どうなった？」

「うん。手術は無事に終わった。僕たちが病院出て来る時は、まだ意識がはっきり戻ってなかったけど」

僕たち、という言い方は不適切であるような気がした。僕たち、というのは自分と卓也ではなかったのか。

「頭の手術だったんでしょ？」

「そう。硬膜外血腫《けっしゅ》っていうんだよ。頭を強く打ったんで、硬膜外ってとこに血のかたまりができたんだって。それを取り除くための手術。他にもあちこち打撲だの骨折だの、かなりヤバかったみたいだよ」

珠は眉《まゆ》をひそめた。「あちこち、って？　そんなにたくさん、骨が折れてたの？」

卓也は軽く肩をすくめた。「骨折は、肩とあばら骨だったと思う。あ、腰椎もだったかな。でも、骨折はいくらひどくても、必ず治るし、まだ若いからあんまり問題ないんだって。問題は頭のほうだから」

「ああ、そうよね」

「頭の脇んとこ、てっぺんから耳にかけて、二十針くらい縫ったんだよ。大きなホチキスで留めてた」

「ホチキス？」

「医療用のね」と卓也は淡々と言い、またビールを飲んだ。

「タク、それ、見たの？」

「見た」

「家族じゃないのに見せてもらえるもんなの？」

「桃子さんが、ふつうの精神状態じゃなかったからね。誰かが付き添ってなくちゃ、どうにもならなかったから。病院側だって、付き添いが家族かどうか、なんてどうでもよかったんだと思うよ。思ってた通り、手術室から出てきた淳平さんを見て、桃子さん、気を失いそうになっちゃってさ」

気を失いかけて、倒れそうになった桃子を慌てて支え、抱き寄せ、安心させ、励ましていたのは卓也なのだ、と珠は暗い気持ちで想像した。

今夜、この人は、あの、母親ほど年の離れた女優の身体に、いったい幾度、触れたのか。腕を支え、肩を支え、腰を支え……。そして、その最後のしめくくりが、今しがたのキスだったのではないだろうか。

珠の中ではすでに、卓也が桃子を自宅に送り届けた時、二人がキスを交わした、という妄想が現実の出来事として定着しつつあった。

「そんなに」と珠は言った。「そんなに動転してたんだ、桃子さん」

「うん。かなりね」

「息子さんが亡くなったのなら、そういう反応も当然だけど、生命は助かったんじゃない。こういう時、もっとしっかりした冷静な反応をする人みたいな感じがしてた。だから、そんなになっちゃうなんて、ちょっと意外」

思わず冷淡な口調になってしまったのを慌てて取り消そうとしたのだが、遅かった。卓也は、珠を諭すように軽くにらみつけると、「あれだけの大怪我をしたんだよ。しかも自分の息子が、だよ。ふつう、動転するんじゃないのかな」と言った。「冷静でいられる人のほうがおかしいよ」

「そうだよね」と珠は素直に謝った。「タクの言う通りだと思う。ごめん」

「いや」と卓也は言い、前を向いた。手にした缶ビールの表面には水滴がつき始めていて、彼はそれを指先でいたずらに拭《ぬぐ》う仕草をした。「別に謝らなくたっていいよ」

遠くの道を救急車が走り抜けていく音がした。エアコンから暖かな風が噴き出してきた。卓也はまたビールを飲んだ。

珠が何時ころ戻ったのか、とか、院生との忘年会はどんな様子だったのか、などといった、珠に関する質問はひと言も卓也の口からは発せられなかった。桃子との関係に向けた猜疑心と共に、自分に対する卓也の無関心が腹立たしく、さびしく感じられたが、珠はかろうじてそれを口にするのをこらえた。

代わりに珠は、卓也が手にしている缶ビールをそっと指さし、「それ」と言った。「ひと口、飲みたいな。いい？」

「いいけど。ちゃんと飲めばいいよ。新しいの、持って来てあげようか」

「ううん、いいの。ちょっとでいいの。おしっこに起きるの、いやだから」

卓也が缶ビールを珠に手渡した。ビールはまだ三分の一ほど、残っていた。珠はひと口、ごくりと飲み、手の甲でくちびるを拭ってから、再び缶を彼に戻した。苦みだけが口の中に残された。

「桃子さん、これからが大変よね」

「そうだね」

「仕事、キャンセルとかできないんでしょ？」

「本人が病気になったとか、入院したとか、っていうんだったら別だけど、ふつうは身内の怪我程度でキャンセルはできないよ。大勢の人に迷惑かけるから。それに、桃子さんは、何があってもそういうことはしない人だし」

大きく息を吸ってから、珠は「でも」と言った。桃子の代わりに自分が女優になって、演技をしているように感じられた。疑心暗鬼を隠し通すためなら、なんでもやれる、やってみせる、と自分に強く言い聞かせた。「淳平さんが、生命に別状なくて、よかった。大変な怪我だったけど、死なずにすんだんだもん。それだけで最高じゃない。ほんと、よかったよね」

「そうだね」と卓也はぼんやりした口調で言った。

沈黙が流れた。珠はそっとソファーから立ち上がった。「まだここにいる？」

「うん、もう少し。これ飲んだら、シャワー浴びたいし」

「じゃ、私、先に寝るね」

「うん。あとから行くよ」

珠はうなずいた。卓也が珠に向かってわずかに微笑んだ。それはいつもの卓也らしい、静かな優しさにあふれた微笑だったが、珠には見知らぬ男の微笑のように感じられた。

うとうとしながら、卓也がシャワーを浴びている気配を遠くに感じつつ、ベッドに横になっていた珠は、それから小一時間ほどたって、ふと目を覚ました。何をやっているのか、卓也はまだ寝室にはいなかった。

起き上がり、部屋の外に出てみた。いつもパジャマとして使っている、紺色のジャージーの上下に着替えた卓也が、ソファーに座ったままの姿勢で、慌てたように携帯を閉じるのが見えた。

「まだ寝ないの？」

「うん、なんか目が冴《さ》えちゃって」

「誰かとメールしてたんだね」

厳しく探るような口調にならずにすんだのは、寝起きで頭がぼんやりしていたおかげだった。珠はほっとした。

卓也は「してた、ってわけじゃなくて」とだるそうに言った。「たぶん、シャワー浴びてる間だったんだろうと思うけど、桃子さんからメールがきてたんだ。今、気づいて返信したとこ」

「……桃子さん、なんて言ってきたの？　もしかして、淳平さんに何かあったの？」

「違う違う。そんなんじゃなくて、なんか、気分がざわざわして眠れない、って書いてきただけ」

「そっか」と珠はため息まじりに言った。「一人じゃ不安なんだね。なんでもいいからタクに聞いてもらいたいんだよ」

「そうかも」

珠はしみじみとした口調を取り繕って言った。「無理もないよね。こういう時は」

「でも僕は眠くなってきた」と卓也は言い、携帯をテーブルの上に置いてソファーから立ち上がった。「さ、寝ようかな。寝るぞ、珠」

「桃子さん、またメールしてくるかもしれないよ」

「かもしれないけど、僕の返信がなかったら、そのうち桃子さんも寝るよ。珠、さすがに疲れたよ。珠におんぶしてもらおう」

ふざけて、わざとぐったり、珠の肩に身体を預けてくる卓也を抱えてやりながら、珠は短い笑い声をあげた。どちらがどちらを支えているのかわからないような姿勢で絡まり合いながら、二人は隣室に行き、ベッドの上に音をたてて寝ころがった。安物のマットのスプリングが、ぎしぎしと鳴った。

卓也は、珠を仰向《あおむ》けにさせ、その顔に何度か、小鳥が嘴《くちばし》でついばむような軽いキスを繰り返した。だが、数秒もたたないうちに、その動きは止まった。ぐったりとうつぶせになった卓也の口もとから、まもなく深い寝息が聞こえてきた。

珠は布団を引きずり上げ、卓也の身体と自分の身体の上にかけた。

冬の夜明けが始まろうとしていたが、カーテンの向こうの窓はまだ真夜中のように暗かった。近所で犬が一、二度、短く吠《ほ》えた。

桃子は「眠れない」と卓也に訴えてくる。石坂の妻、美保子は眠っているだろうか、と珠は思った。ホテルのベッドで抱き合いながら寝ているであろう、石坂としのぶはどうだろう。互いに眠ったふりをしているだけなのではないだろうか。

自分の隣で、卓也だけが無邪気に眠りについている、ということが、珠を不思議なほど安堵《あんど》させた。

眠りがすべてを忘れさせる。人間が、睡眠をとる必要がない生き物として誕生していたとしたら、どうだっただろう。珠は眠りにおちようとしながら、そんなことを意識の底のほうでぼんやりと考えた。

もしそうだとしたら、人生は地獄と化していたことだろう。休む間もなく脳を酷使し、感情の波にもまれ、苦しみ、嘆き、疲れ果て、悶《もだ》えているというのに、なお脳はいっときの休みもなく、働き続けて止まらなくなっているとしたら。

生まれ落ちたその瞬間から、脳を休ませることなく生きることを宿命づけられた者は、或《あ》る時、発狂するに違いない。絶えざる脳の動きを止めるには、発狂してしまう以外、たぶん、他に方法がないのだ。

そうなったら、世界中に狂人があふれかえる。狂ったまま、世界が成立し、人々は狂ったまま、息絶える。一切から解き放たれるための死を迎えるたびに、人々は歓喜の叫びをあげる。死は人生最後に訪れる、最初にして最後の喜び、寿《ことほ》ぐべき安寧の一瞬になる……。

寒さのしみわたった闇の中、卓也の湿ったいびきが聞こえてきた。リスが餌をかじる時のような、ごく小さな歯ぎしりの音がそれに混ざる。

その音を耳にしつつ、まもなく珠も、生ぬるい砂に潜っていくかのような、不快な眠りの中におちていった。

10

珠と共に暮らすようになってからはもちろん、それ以前から、卓也は、札幌に住んでいる親のもとにはめったに帰ろうとしなかった。

年末年始、ゴールデンウィーク、夏休み……世間の人々がこぞって生まれ故郷と往復するような時期になっても、彼は郷里に向けて足を運ぼうという素振りすら見せなかった。継父との関係が悪い、という話だった。

卓也が中学二年の時に、父親が脳出血で倒れ、急逝した。卓也と卓也の妹は、父の分まで母に愛されながら育てられたが、彼が大学入学後まもなく、母親が再婚した。

母親よりも三つ年下の再婚相手は、私立高校で物理を教える教師だった。初婚で、身なりにはかまわないが、物静かで優しい、温厚な性格の男だった。卓也の妹は継父にすぐに懐いたが、どうした加減か、卓也は継父と出会った瞬間から、生理的な嫌悪感が先立った。以来、そりが合わなくなってしまったのだという。

「それって、お母さんを盗《と》られた、っていう感覚がタクの中に根強くあって、それが相手に伝わったもんだから、相手もタクのことを素直に見られなくなって、互いによそよそしくなっちゃった、っていうことなのかもしれないね」

珠はそんなふうに分析してみたこともある。卓也は肯定も否定もしなかった。ただ黙って、ふふ、と小さく、退屈そうに笑い、「どっちみち、もう、そんなことはどうだっていいんだけどね」と言っただけだった。

親のもとに帰ろうとしない卓也と、父親が外国にいて、別の女と暮らしているため、帰る場所を失っている自分とは、その一点において他の誰よりも強くつながっているのかもしれない、と珠は思うことがあった。

とりわけ、年末年始の、誰もが家族や血縁関係を意識するようになる時期には、その想いが強まった。卓也と自分には、帰る場所がなかった。そして、帰る場所がない、ということを格別さびしいことだとも思っていない。成育環境や性格は異なっていても、卓也と自分とは、双生児のようによく似ている、という思いは、あえて彼には表現せずとも、珠の中に常に静かに息づいていた。

暮れが押し迫っていたが、卓也は連日、本牧の病院まで桃子に付き添いながら、車の送迎を続けていた。

桃子の息子、淳平の容態は日に日に落ちつきを取り戻している様子だった。年が明けたら、桃子の自宅からも近い病院に転院させる心づもりがあるらしく、桃子はその相談も卓也にもちかけていて、卓也は暇さえあれば、インターネットで近隣の病院を検索していた。

桃子が所属する事務所は、二十八日から年末年始の休みに入った。事務所が休みになれば、桃子の生活全般に関して、気軽に相談に乗ったり、支えてくれたりする人間は誰もいなくなる。そのせいもあってか、桃子は些細《ささい》なことでも卓也を必要とし、卓也もまた、それに応《こた》えるべく奮闘して、二人の関係はいっそう濃密になったかのように珠には感じられた。

とはいえ、卓也の珠に対する言動には、さしたる変化は見られなかった。どこか上の空のような状態に陥ることは確かにあったが、珠に向かって不自然に優しくなったり、不自然に沈黙したり、不自然に饒舌《じょうぜつ》になったりすることはなかった。

過剰な観察は妄想しか生まない。珠はそのことをよく知っていた。そのため、なるべく見ないよう、かかわらないよう、努めていたものの、それでも卓也のいない時は、つまらない妄想が拡がって、いたたまれなくなった。

妄想の中で、卓也はいつも桃子の肩を抱いたり、腰に手をまわしていたり、かと思えば、桃子が卓也の首に両腕を巻きつけて、キスをせがんでいたりした。

さらにひどくなると、仰向けになった桃子の両足首を持ち、高く掲げ、烈しく腰を使っている卓也の恍惚《こうこつ》とした表情が見えてくる始末だった。

そのたびに珠は渾身《こんしん》の想いで、その忌まわしい想像を打ち消した。だが、打ち消そうとすればするほど、あたかも現実に、目の前で起こったことのように、それらの風景は記憶の中に焼きつけられた。

自分は少しおかしくなっているのだ、と珠は思った。以前の自分……論理的にものごとを解釈し、雑多な感情を素早く整理していくことができたころの自分に戻ろうと努力するのだが、なかなかうまくいかなかった。

石坂の家は、年末だというのに、妙にひっそりと静まり返っていた。夫妻がどうなったのか、しのぶとの関係に変化があったのか、何もわからなかった。

何時間でも石坂邸の様子を窺《うかが》っていたい、という気持ちが強まる時があったが、それもすぐに薄れた。何よりも、珠には卓也と桃子のことが気がかりだった。気になり出すと容赦がなくなって、今、尾行すべき相手は卓也であり、今すぐにでも、桃子の息子が入院している本牧の病院に行くべきなのではないか、と思うこともあった。

文学的・哲学的尾行は、珠の中で少しずつ、別のものに形を変えていきつつあった。何の目的も持たずに……つまり、探偵や刑事、ストーカーのごとく、確固たる目的を持って相手を尾行するのではなく……尾行者の側に文学性と哲学性を持たせて行われるはずだった尾行は、翻って珠自身の実存をおびやかし始めていた。

理由は珠にもよくわかっていた。真の哲学的・文学的尾行たらんとするためには、対象者を追うための目的があってはならない。無目的のまま、もくもくと一人の人間の後をつけることにより、尾行者は自分自身から解き放たれる、という喜びを得るのである。しかし、珠はもはや、恐ろしいほどの「目的」を持ってしまっているのだった。

石坂としのぶの今後を知りたい、と珠が強く思うのは、卓也と桃子の関係に二人の関係を重ね合わせているからだった。だから、彼らがこの先、どうなっていくのか、知りたいと願うのだった。一方、石坂の妻、美保子の動向にこれだけ注目しているのは、いつ、自分自身が、美保子の立場に置かれるかわからない、という暗い予感に怯《おび》えているせいだった。

そのように、ごく個人的な「目的」を持った瞬間から、珠の書く調査報告書は間違になっていった。書いたとしても、それが果たして真実の報告書なのかどうか、わからなくなることもあった。自分の幻影を追い続けながら報告書をしたためているだけのような気がして、怖くなることもあった。

かといって、ひとたび始めてしまったことをそう簡単にやめるつもりはなかった。何よりも、今、ここでやめてしまったら、かえって気持ちが乱され、いたずらに未知の世界に放り出されてしまうような気がして恐ろしかった。

冬はどんどん深まっていき、年はどんどん暮れていった。翌日が大晦日《おおみそか》、という時になっても、卓也は桃子に付き添って、昼過ぎから本牧の病院に出かけて行った。

一人になって、とりたててやることもなかった。誰かと約束しているわけでもなく、買いたいものがあったわけでもない。しかし、じっと部屋にこもっていることに耐えられなくなって、珠はその日、午後になって渋谷まで出かけることにした。

渋谷の街は年末の買い物客で賑《にぎ》わっていた。道玄坂《どうげんざか》にある１０９のビルに入り、いくつかの店をひやかして、ふと目についた白いマフラーを買い求めた。前の週、恵比寿で尾行した澤村しのぶが、首に巻いていたのとよく似た素材のマフラーだった。長さも、裾《すそ》についているフリンジも、同じものかと思われるほどそっくりだった。

おそらくはしのぶが巻いていたマフラーはカシミヤで、珠が目をとめたのは数回着用しただけで毛羽立ちが目立ってしまうような安物だったが、珠は鏡の前で、しのぶがしていたように、長い髪の毛と一緒にマフラーをぐるぐると首に巻きつけてみて、これがほしい、と強烈に思ったのだった。

支払いを済ませてすぐ、「今から巻いていきたいので」と断って、店員にタグを切り離してもらった。その場で、鏡を覗《のぞ》きこみながら、しのぶの真似をし、マフラーを首に巻いた。

長く伸ばした髪の毛も一緒に無造作に巻きつけてしまうのがコツだった。そんなふうに巻きつけてみると、自分がしのぶになったような気がして、妙な心持ちがした。

パープルのダウンジャケットに、ぐるぐる巻きにした白いマフラー姿で、珠は街を歩きまわった。目的は何もなかった。会いたいと思う人間もいない。目についた輸入雑貨の店に入り、口紅やマニキュアを試し塗りしたり、新しく発売されたというオー・ド・トワレやシャンプーの香りを嗅《か》いだりしてみても、これがほしい、とは思えず、他の商品にもさしたる興味を持てぬまま、再び店を出てしまう。

大学院は長い冬休みに入っていた。同級生たちの動向はよくわからなかった。それ以上に、篠原教授がどこで何をしているか、わかるはずもなかった。

今、もっとも会いたいのは、篠原であるような気がした。篠原を相手に、自らの胸の内に渦巻く奇怪なもの……それがどのようにして始まったか、どのようにして意識されてきたか、そういったことをあえて言葉にしてみたかった。篠原が喜んでくれるよう、できる限り哲学的に。文学的に。

それを話せるのは篠原しかいなかった。聞いてくれる相手も篠原以外、思いつかなかった。

買い物客でごった返している街で、珠の目につくのは、大半が若い世代の男女だった。自分と似たようなファッションに身を包み、自分と似たような表情を浮かべている若い女。その隣には、必ずと言っていいほど、卓也と似たような背恰好《せかっこう》の、似たような佇《たたず》まいの若い男が寄り添っている。

年の瀬の、日暮れていく街に早くも灯《とも》りだしたネオンの中で彼らを眺めていると、千人の自分と千人の卓也がうろうろ、意味もなく笑顔をふりまきつつ、あてどなく歩いているような感じがした。珠は軽いめまいを覚えた。

歩き疲れ、どこかでコーヒーを飲みながら休もうとして、渋谷センター街に入った時だった。喧騒《けんそう》の中、ダウンジャケットのポケットに入れていた携帯が震え始めた。

卓也からだ、と思ったが、その淡い期待はすぐに立ち消えた。珠は拍子抜けしながら、「もしもし」と応じた。電話をかけてきたのは、ドレスデンにいる父だった。

「しばらくだね。元気？」と父は言った。

「元気よ」と珠は答えた。通りかかったゲームセンターから、大音量で音楽が流れてきた。父の声がいったん遠のいたが、父は諦《あきら》めずに話を続けた。

「やけに賑やかなところにいるんだね。どこ？」

「渋谷。買い物中なの」

「そうか。お正月の買い物ってわけだね」

「別にそういうわけじゃないんだけど。ぶらっ、と出て来ただけ。パパは？　変わりない？」

「おかげさまでね。加奈子も元気でいるよ」

加奈子が元気かどうか、どうだっていい、自分には関係ない、と言いたくなったが、珠はこらえた。それはいつものことで、父が加奈子の話題を口にするたびに、もやもやとしたものが喉元《のどもと》にこみあげてくる。

「いや、別に用はないんだけど」と父は言った。「もうすぐ一年が終わるし、珠の声が聞きたくなって。クリスマスにも電話したかったんだけどね。ウィーンまでオペラを聴きに行ってたもんだから、何かとバタバタしていてね」

「優雅だね、パパ。相変わらず」

「仕事がらみで行ったんだよ。オペラ好きのドイツ人夫婦の接待。加奈子も一緒だったんだけど、ウィーンは寒くてまいったよ。どう？　東京も寒くなったんじゃないのかな」

加奈子の名がまたしても出た。ウィーン。オペラ。加奈子。父の徹底して享楽的な暮らしぶりがしのばれた。

「うん、けっこう寒くなった」と珠は言った。すれ違う若い男女のグループの笑い声が轟《とどろ》いた。どの店からも、雑多な音楽が流れてきていて、通りは音で埋め尽くされていた。

「うるさいでしょ。私の声、聞こえる？」

「なんとかね」と言って父は笑った。「そっちは何時？」

「夕方の五時少し前。パパのところは？　ひょっとして朝？」

「うん。もうちょっとで九時。朝食も食べ終わったし、いい時間帯だから珠に電話しよう、と思ったんだよ。来年あたり、季節のいい時に、珠がこっちに来ないかと思ったりもしてる。ええっと、何だっけ。そうそう、卓也君だったね。彼と一緒に」

「そんなお金、ないよ」珠は苦笑した。「ホテル代はいらないにしても、二人分の飛行機代、いくらパパだって出せないでしょ」

「考えてみるよ」

「本気で言ってるの？」

「もちろん。で、彼は元気？」

「うん、元気」と珠は言った。元気で、年の離れた女優と恋愛ごっこを楽しんでるみたい、と胸の内でつぶやいた。

「一度も会ったことがない男が、自分の娘と同棲《どうせい》してる、というのは父親として問題だとさっき、ふと思ったんだ」

「馬鹿みたい」と珠は笑った。「何を今さら」

「仲良く元気でやってるのなら、安心だけどね」

「ふだん、そんなこと忘れてるくせに」

「そんなことはない。いつも考えてるよ。珠をこのままにしておいていいのか、って」

「嘘、嘘。パパはそういうこと、考えない人でしょ。パパほどのエピキュリアンは、世界中、どこ探したっていないんだから」

「ほう、エピキュリアンね」と父は言い、笑った。「面白いことを言うね、珠は。また電話するよ。今年も一年、珠が無事で元気でいてくれてよかった。身体に気をつけて、いい年を迎えるんだよ」

「うん。パパもね」

ひと呼吸おいて、「加奈子さんによろしく」と珠は言った。

決して口にしたくない言葉だったが、社交は社交だった。たとえ、相手が父親のいけすかない恋人だったとしても。

あたりがいっそう、騒々しくなったせいで、父が何と応《こた》えたのかは、よく聞きとれなかった。珠は携帯をポケットに戻し、しばらく歩いてから、目にとまったカフェに入った。

ホットココアを注文し、外の往来を眺めながら、あれこれといろいろなことを考えた。考えるそばから、まとまりがつかなくなった。思索は拡散していく一方だった。あとには収拾のつきそうにない、泥のように溜《た》まっていく感情だけが残された。

年が明け、大学院が始まったら、と珠は考えた。なんとかして篠原とコンタクトをとるのだ。篠原と個人的に会い、話をするのだ。

ばらばらに散乱し、わけがわからなくなってしまったものすべてを一刻も早く、はっきりとした「哲学的情況」に戻さねばならなかった。そのためには、しかるべき道案内が必要だった。

何より、珠は篠原と落ちついた店で、落ちついた雰囲気の中、コーヒーでもビールでもワインでもいい、何か飲み物を前にして、語り合いたかった。早くそうしないと、自分がまったく思ってもいなかった方向に流されていきそうな気がして怖かった。

カフェを出てから、デパートに立ち寄った。ワゴンの中で、新年の干支《えと》の小さなウサギの置物が売られていたので、それを買った。ついでに、和紙の袋にウサギの絵が描かれた祝い箸《ばし》も二膳《ぜん》。

元日だからといって、特別なことは何もしない。マンションから歩いて五分もかからないところにある、地元の氏神様を祀《まつ》った神社に、卓也と初詣《はつもうで》に行くくらいが関の山である。だが、干支のウサギを飾り、ウサギの絵のついた祝い箸を使って、卓也と二人、出来合いの黒豆を食べるくらいのことはしてもいいような気がした。

デパートを出てから、また街を少しうろつき、大型書店に入った。ジャン・ボードリヤールの著作の翻訳本がほしいと思ったのだが、探しても見あたらなかった。ネットで探してもいいし、大学院の図書館に行けばもっと早く見つかるかもしれなかった。それを口実に、篠原教授を呼び出してもいい、と思うと、にわかに心が浮き立った。

珠は書店では何も買わず、渋谷駅から地下鉄に乗ってP駅に戻った。

空腹を感じたので、ショッピングモールの中にある店で何か食べようと思っていた時、携帯が震えた。卓也からの電話だった。

「あれ、珠、どこ？」

「どこ、ってP駅前だけど。タク、どうしたの？」

「うちに帰ったら、珠がいないから、どこ行ったんだろうと思って」

「渋谷に出てたの」と珠は言った。温かなものが胸に拡がった。「早かったんだね、今日は」

「うん。珠、食事は？」

「まだ。お腹ぺこぺこだから、なんか食べてから帰ろうかと思ってたとこ」

「僕、今からそっち行こうか。それとも、何か出前をとる、って手もあるけど」

「出前もいいね。外は寒いし。たとえば何？」

「釜寅《かまとら》の釜飯とか」

「あ、それ、名案。そうしよう。じゃ、私、今からすぐバスに乗るね」

「釜寅、まだやってるかな。確か出前のラストオーダーは九時だったはずだよね。だったら大丈夫だよ。この時期、混んでて遅くなるかもしれないから、もう頼んじゃおうか」

「そうだね。タク、頼んでおいてくれる？」

「オッケー」

「あのね、後で見せるけど、さっき渋谷で干支のウサギ、買っちゃった」

「へえ、いいね」

「可愛いの、すっごく」

「そっか」

「じゃ、後でね」

「うん、待ってる」

いつもの卓也だった。何ひとつ変わらない。それでいいではないか、と珠は思いながら、早足でバスターミナルに向かった。

ちょうど定刻に発車する直前だったバスは、すでに買い物客で混雑していた。座れずに、立ったままでいなければならなかった珠の目に、その時、窓の外の、バスターミナルを横切っていく人影が映った。

あたりが薄暗くてはっきり見えなかったが、その後ろ姿は、石坂によく似ていた。黒っぽいコートを着て、少しうつむき加減に、急ぎ足で歩いていた。だが、彼が向かっているのは駅なのか、それとも駅に着いて、何かの用事をすませ、これからタクシーで自宅に帰ろうとしているところなのか、はっきりしなかった。

バスが発車した。石坂とおぼしき人影は、遠景の冬の薄闇の中にまぎれ、たちまち見えなくなってしまった。

11

バスの中から見かけたと思った石坂が、その後、自宅に帰ったのかどうか。彼はもともと家にいて、珠が石坂だと思った男の後ろ姿は、見間違いだったのか。それとも、やはり、見かけたのは彼で、彼は家に帰るところではなく、しのぶに会いに行こうとしているところだったのか。そのあたりのことは何もわからないまま、夜は更けていった。

出前で注文した釜飯を食べ、干支のウサギの置物をチェストの上に置いて正月らしい雰囲気を作った後、珠は卓也とソファーに並んで、DVDで映画を観た。

珠が好きなアメリカの映画監督、コーエン兄弟の監督した『ノーカントリー』だった。トミー・リー・ジョーンズと、ハビエル・バルデムが主演の、凶悪殺人鬼を描いたスリラー映画で、前から観たいと思っていたのを珠が、大学院の友人から借りたものだった。

その後、映画を観る、という気にならないことが多くなり、意識が別の方向に動き出して、時が流れてしまった。だが、それは年末年始の、様々な思惑に彩られながらも、とりあえずは平和にだらけた気分の中で卓也と二人、観るには最適な映画と言えた。コーヒーをいれ、キッチンに常備してあるスナック菓子を前に、珠は久しぶりにのんびりと、何も余計なことを考えないひとときを過ごした。

恐ろしい形相の殺人鬼と化したハビエル・バルデムが、不気味な表情で大写しになるたびに、固唾《かたず》をのんだ。間一髪で、殺人鬼の魔手から逃れていく男にひやひやして手に汗を握り、凄惨《せいさん》なシーンでは思わず卓也の腕にしがみついた。不穏で不吉でスリリングで、画面に釘《くぎ》づけにさせられる二時間という時間は、瞬く間に流れた。

救急車のサイレンの音が聞こえ、それが遠ざかっていくのではなく、どんどん近づいてきて、マンションの前あたりで止まったことに気づいたのは、映画を観終わった珠が、卓也と二人、ハビエル・バルデムという男優の怪物的な演技を絶賛している、まさにその時だった。

「ねえ、あの救急車、ひょっとしてうちの前で停まったんじゃない？」と珠が言うと、卓也は素早く立ち上がって、北側の窓のカーテンを開けた。

「なんだろう。このマンションの誰かが急病かな」

珠も急いで窓辺に走った。サイレンは鳴りやんでいたが、回転する赤いランプが冬の闇に明滅していて、いかにも不吉な感じがした。

通りをはさんだ向かい側の家々の窓が開いた。玄関から飛び出して来る人の姿も見えた。

「違う。マンションの人じゃないわ」と珠は言い、息をのんだ。

担架を手に、救急隊員たちが小走りに向かったのは石坂史郎の家だった。

石坂の家は、一見、いつもと変わらないように見えた。

門灯はふだん通りに灯《とも》されていた。一階リビングは暗かったが、二階の窓にはカーテン越しの明かりが確認できた。

何かが爆発したとか、火災になりかけたとか、そういった事故があった気配はなかった。事件が起こったのなら、救急車と共にパトカーが駆けつけるはずだが、パトカーが来ている様子もなかった。

「あそこってさ」と卓也が言った。「出版社に勤めてる人の家だよね」

珠はいたたまれなくなって、玄関に向かった。「私、ちょっと見てくる」

「野次馬だなあ。何もそんな……」

「タクも行こうよ」

「いいよ、別に。ここから見てるだけでわかるじゃん」

珠は、好奇心に逆らえないといった、無邪気な表情を作ってみせてから、「すぐ帰るから」と言い、買い物の時に愛用している、葡萄《ぶどう》色のフリースのパーカを手にとった。袖《そで》に腕を通し、階段を駆け降りながら、まず珠が想像をめぐらせたのは、石坂夫妻が刃傷沙汰《にんじようさた》を起こしたのではないか、ということだった。それは異様なほどリアルな映像となって、珠の脳裏に拡がった。

その日、珠がP駅前のバスターミナル付近で、石坂とおぼしき男を見かけたのは七時半過ぎである。その後、石坂が家に帰ったとして、何かのきっかけで妻と口論になり、あげくの果てに妻が逆上。包丁を持ち出し、石坂を刺したと考えれば、時間的な辻褄《つじつま》は合う。

血だらけのまま、担架に乗せられて出てくる石坂史郎の姿を想像した。美保子が刺したとしたら、どこを刺したのか。石坂の胸なのか。腹なのか。背中なのか。出血量はどのくらいなのか。石坂は助かるのか。

当然、逆のことも考えられた。刺したのは石坂で、刺された美保子は瀕死《ひんし》の状態にあるのかもしれない。石坂が妻からの攻撃に耐えられなくなって、発作的に首を絞めた、ということも考えられる。いや、石坂か美保子のどちらかが、子供を巻き添えにした無理心中を図り、片方が死にきれず、自分で一一九番通報したのか。

珠は身震いした。一階エントランスホールまで降りると、あまりよく磨かれていないガラス越しに、救急車の赤いライトがぐるぐるまわっているのが見えた。赤い光が、規則的に闇を貫いているのが不気味だった。

外にはすでに、何人かの人だかりができていた。挨拶《あいさつ》をしたことはないが、近所の見知った顔ばかりだった。

誰もが寒そうに身を縮めながら、好奇心たっぷりにひそひそと小声で話していた。その中に、大家の春日治江の姿もあった。治江はひと目で寝間着とわかる、クリーム色のネル地の上下を着て、上半身には色とりどりのパッチワークで作られた毛糸のショールを巻きつけていた。

石坂の家の玄関は開け放されていた。奥に煌々《こうこう》とした明かりが見えた。家の中では、犬が絶え間なく吠《ほ》え続けていて、合間に子供の泣き声が混ざった。美奈の泣き声のようだった。

救急隊員はなかなか出てこなかった。中でどこかと連絡を取り合ったり、事情を聞いたりしているのか。

珠はすぐさま春日治江に近づき、「どうも」と言って軽く頭を下げた。自分の吐く息が、白くふわりと顔にまとわりついた。

治江は珠を見て、寒そうにショールを前で合わせながら「まったくね」と言った。「明日《あした》、大晦日《おおみそか》だっていうのにね」

「石坂さんのお宅、何があったんですか」

治江は珠をちらりと見つめ、やおら片手を口にあてがうと、せわしなく珠の耳に囁《ささや》いた。「まだ、よくわかんないんだけどね。あたしの勘じゃ、自殺未遂したんじゃないか、って思うのよ」

心臓がどくんと鳴るのがわかった。珠はゆっくりと首をまわし、治江の顔をまじまじと見つめた。「ほんとですか」

「さっき、ここで救急隊員の人たちが、なんかそんなこと、しゃべってるの聞こえちゃったのよ。ほら、無線っていうの？　そういうのを使ってしゃべってたの。あ、携帯だったのかしら。よく覚えてないけど。搬送先の病院とやりとりしてたんじゃないかしらね。大きな声でしゃべってるもんだから、全部筒抜けよ」

「あの、春日さん、ちょっといいですか。あっちで話しませんか」

珠は治江の腕を強く引き、周囲の人間に聞き耳をたてられないよう、救急車の蔭《かげ》に隠れた。「それって、いったい、誰が……なんですか。自殺未遂したのって、石坂さんなんですか。それとも……」

「たぶん、奥さんよ。隊員の人が、女性、四十代とかなんとか言ってたもの」

「……もしかして、亡くなったとか……」

「だから、未遂よ。亡くなってはいないわよ。でも、いやよねえ、ほんとに。なんでまた、こんな時期にねえ。もうすぐお正月よ。あんなに幸せそうな家族だったのにねえ。絵に描いたような円満な家族としか思えなかったけどねえ。何があったんだか知らないけど、外からはわからないものよねえ」

珠は眉《まゆ》をひそめた。ひとしずくの冷たいものが、背中のあたりを勢いよく駆け降りていくのを感じた。

思いがけないことが起こったわけだが、こうなるのはずっと以前からわかっていたような気もした。わかっていたのに、ずっと知らぬふりをしていた自分……事態を把握しつつ、冷ややかに観察し続けていた自分にも、何らかの責任があるのかもしれない、とさえ思えてきた。落ちつかない気分が強まった。

「ちょっと。ほら、出てきたわよ」と治江が珠の腕に触れ、低い声で言った。外に群がっていた近所の人間たちが、一斉に数歩、後じさる気配があった。

石坂家の玄関から、救急隊員が三名、担架と共に出て来た。うち二人が担架を手にし、残る一人が野次馬たちを静かに追い払うようにしながら、担架を救急車内に誘導しようとしている。

担架の上に仰向《あおむ》けに横たわっていたのは、石坂の妻、美保子だった。首から下には飴《あめ》色の毛布がかけられていた。髪の毛がひどく乱れていたが、とりたてて顔色が悪いようにも見えなかった。意識はあるようで、大きく顔を歪《ゆが》め、眉間《みけん》にしわを寄せていた。

担架の後を追うようにして、石坂が姿を現した。娘の美奈の手を引いている。美奈は場違いなほど鮮やかな真紅のコートを着て、父親の太ももに顔を押しつけるようにしながら、泣いていた。

珠のそばにいた治江が、「かわいそうに」とつぶやいた。「どうする気なのかしら。あんなちっちゃな子をこんな時間、病院まで連れてくつもりなのかしら。しかもお母さんがこういう状態になってる、っていうのに」

見ていられない、といった様子で治江が間を置かず、石坂に向かって走り出した。石坂が治江を目にとめた。治江は石坂に向かって、何か話しだした。

石坂はうなずき、目を落とし、再び顔を上げた。彼は深く息を吸った。天を仰ごうとするような素振りだった。

視線が揺らいだ。そのせいか、ふとした加減で顔が珠のほうに向けられた。

深夜とはいえ、救急車のライトが照らされているせいで、あたりは明るかった。石坂の、メタルフレームの眼鏡をかけた目が、珠をとらえた。視線が張りついたようになった。

慌てて目をそらそうとしたのだが、できなくなった。珠は吸いよせられるようにして、石坂の目を見つめ返した。

彼がその瞬間、自分に気づいたことを珠は知った。彼の中では、すべてのジグソーパズルがいっぺんにぴたりと嵌《は》まったのだ。

治江が美奈の身体を抱きしめ、頭を撫《な》で、何かを一生懸命、石坂に向かって話しかけている。彼はそれに応《こた》えてはいるものの、まったくの上の空である。視線が何度か、珠のほうに向けられた。

どうすべきか、わからなかった。そっとこの場から離れて部屋に戻るべきか。それとも、このまま知らぬふりをして、事態のなりゆきを見守っているべきか。

珠がかろうじて、その場から離れずにいられたのは、石坂の表情に、怒りや憎しみ、軽蔑《けいべつ》のようなものを読み取ることができないせいだった。彼は明らかに烈しく動揺し、当惑していたが、少なくとも珠に向けて攻撃的になろうとしているようには見えなかった。

やがて、石坂が中腰になって美奈に何かを話しかけ、その背を軽く押した。治江は自分の羽織っていたショールを外し、美奈の肩を被《おお》ってやると、手を引きながら、珠のほうに戻って来た。

美奈はもう、泣いてはいなかった。恐怖と不安はとりあえずは去ったようだった。

今はただ、茫然《ぼうぜん》自失状態にあるらしい。しきりと自分に話しかけてくる治江に何も答えようとしないまま、美奈はぼんやりした目つきで母親が乗せられた救急車を見つめていた。

石坂が救急車に乗り込むと、車のドアが重々しく閉じられた。車上の赤いライトの明滅が烈しくなったように見えた。深夜のことゆえか、それとも、患者の容態が生死にかかわるほど重いものではなかったせいなのか、救急車はサイレンを鳴らさずに走り去った。あとには、野次馬だけが残された。

「よかったね」と治江が美奈に話しかけた。「ママは大丈夫だって。ちょっとお腹の具合が悪くなっただけで、病院でお医者さんの手当てを受ければ、すぐによくなるんだって。パパも朝になったら帰ってくるからね。心配しないで、今夜はおばさんのところで一緒に寝ようね」

美奈はうなずきもせずにいた。治江は美奈の頭をくしゃくしゃになるまで撫で、「大丈夫、大丈夫。心配いらない」と笑顔で繰り返した。

治江が珠に短く挨拶をし、素早く片手を口にあてがうと、珠の耳元で「ほんとになんともなかったみたい」と早口で囁いた。「薬、飲みすぎて意識朦朧《もうろう》になってただけらしいわ」

珠は、黙したままうなずいた。治江は「さあさ、寒いからおばさんち、行こうね」と明るく言い、美奈と手をつないで去って行った。

野次馬たちもそれぞれの家に戻って行った。張りつめた空気は消え去り、何事もなかったかのような年末の静けさがあたりを包んだ。

石坂の家の中では、相変わらず犬が吠えていた。遠吠えのように聞こえる、哀しげな鳴き声だった。二階の窓の明かりはつけっ放しだった。

珠はふと、マンションを見上げた。五階の、卓也と暮らしている部屋の窓のカーテンが、慌てたように閉じられ、わずかに揺れるカーテンの奥に、黒い人影が遠のいていくのが見えたような気がした。

12

治江が言っていた通り、美保子は大事には至らなかった様子だった。

いつ退院してきたのかは定かではなかったが、気がつけば、石坂の家の玄関ドアには例年通り、正月の小さな注連《しめ》飾りが掛けられ、朝になると窓という窓のカーテンが開き、夕べになると、それが閉じられて中に温かそうな明かりが灯《とも》されるようになった。

庭先で、飼い犬の毛のついた敷き布をはらっている美保子の姿を珠が見かけたのは、年が明けて四、五日たってからで、彼女はパジャマ姿ではなく、セーターにレギンスをはいており、遠目ではあるものの、決して病人のようには見えなかった。

そんな具合だったので、松の内が明けて人々が通常の暮らしに戻ったころには、もう、誰もが、年末に起こった救急車騒ぎのことなど忘れてしまったようにも感じられた。

珠が、P駅のショッピングモールで治江とばったり会ったのは一月も半ばを過ぎてからである。

治江は「あら、どうも。お買い物？」とにこやかに、屈託なく珠に話しかけてきた。

治江が石坂の娘を預かった時の話や、石坂の妻が何故、薬を飲みすぎたのかということ、その後の様子などについて詳しく知りたいと思った珠は、それとなく年末の騒ぎの話を持ち出してみた。だが、治江がその話題に乗ってくる気配はなかった。

治江が熱心に話し出したのは、高級和菓子店で豆大福のセールをやっていたから、まとめ買いしてしまった、という話や、新しくできた蕎麦《そば》屋で食べたきつねうどんが、びっくりするほどおいしかった、という話だけだった。

とりたてて、珠に隠しておかねばならないような石坂家の秘密を知っているようには見えなかった。薬を飲みすぎたといっても、単なる事故だったのかもしれず、これ以上、近所の人間の家庭の事情について、あれこれ話をするのは大人げない、と考えているようでもあった。

珠もそれ以上の詮索《せんさく》はせず、あたりさわりのない会話だけを交わして、その場から離れた。

近所には、ゴミを出しに来て、長々と立ち話に興じるような主婦たちは少なかった。だいたい、珠はそんな井戸端会議の輪の中に入ることができる性格ではない。

そのため、あの晩、野次馬として外に飛び出てきた人々が、その後、石坂の妻に関して、どんな情報を仕入れたかについては、何もわからないまま、時が過ぎていった。

卓也は年明け早々、桃子のために動き始めていた。淳平は、桃子の自宅から車で十五分ほどの総合病院に転院した。

転院先の病院で、淳平の容態が目に見えて安定してくると、桃子は自らの仕事を精力的に再開した。息子の事故のせいで、キャンセルせざるを得なかった仕事も、可能な限り引き受け直している、という話だった。

卓也はせっせと桃子のために出かけて行っては、どんなに時間がかかっても、桃子の仕事が終わるのをひたすら待ち続けた。そして、再び車の助手席に桃子を乗せて自宅まで送り届けたり、淳平の見舞いに行く桃子に付き添ったりしていた。

いそいそと出かけて行く卓也を見送り、何時に帰って来るのかもわからないまま、深夜を迎えるような毎日を送りながら、珠の中には次第に、焦りとも苛立《いらだ》ちともつかない気分が蔓延《まんえん》していった。

猜疑《さいぎ》心が、支えを失ったまま飽和状態になっていた。真実が見えてこないまま、宙ぶらりんの日常を送り続けるのは耐えがたく思われた。

今日は桃子とキスをしたのだろう、今日はもしかすると、それ以上の関係をもったのかもしれない、などと妄想をめぐらせるのもうんざりだった。洗濯機の中に押し込まれている卓也の下着の匂いを嗅《か》ぎ、桃子の匂いがついていないか、不審な染みはついていないか、探しまわっている自分は醜かった。

帰宅して珠に触れてくる卓也の、身体のすみずみまで匂いを嗅いで確かめたくなる。くちびるに桃子の口紅のあとがないかどうか、真っ白なティッシュで卓也の口を何度も何度も拭《ぬぐ》ってみたくなる。テレビや雑誌で桃子を見かければ、目をそらしたくなる反面、桃子の姿かたちの中に、なんとかして欠点を見つけ出そうと必死になる。

そんな思いにかられているくらいなら、卓也に正面きって問いただせばいいものの、そうとわかっていて、珠にはそれができなかった。

武男と死別してから、長い間、珠は「穏やかな暮らし」を求めてきた。

一人でいるのがさびしくて、誰かと共にいようとすると、決まってつまらないことで感情が乱される。決して心を乱されずにすむ相手、そこにいるだけで、あたりの空気がやわらぐような相手、いつまでも変わらぬ安寧を与えてくれる相手……そんな人間が存在するのなら、一人でいるよりもずっといいに違いない、と珠は思っていて、そんな中、卓也と出会い、共に暮らし始めたのだった。

卓也と分かち合う暮らしから生まれる穏やかさは、かけがえがなかった。せっかく手に入れることのできた、波風の立たない日常を、自らの感情の乱れのために、みすみす失ってしまうのは、どう考えても馬鹿げているように思えた。

第一、卓也が桃子と実際にどのような関係にあるのか、真相は不明なのだった。すべてが自分の妄想に過ぎない、ということもあり得たし、すべてが妄想以上のことになっている、ということも考えられた。

どのみち、自分と共にいない時、恋人や配偶者が誰と、どこで、どんな時間を過ごしているのか、把握したいと思っても、そんなことはできるわけもないのだった。真実を知ったら、絶叫しかねないようなことが、世間では日常茶飯に行われているはずで、しかもそれが「あいこ」であり「お互いさま」である以上、そうたびたび、一方的に相手を責めるわけにもいかない。

とどのつまりは、知らぬが仏、なのだが、知らないということは一方では恐ろしいことでもあった。その種の恐ろしさと不安にひとたびとらわれると、人は否応《いやおう》なしに蟻地獄にはまっていく。とらわれまいとすればするほど、妄想の堂々巡りが始まる。にっちもさっちも身動きがとれなくなる。

珠はそんなふうに自分のことを考えると同時に、頻繁に美保子のことを考えた。しのぶのことも考えた。その後、石坂の尾行はしていない。美保子はとりあえず自宅にいるようだが、しのぶがどうなったのかは、まったくわからずにいる。

石坂家の暮らしぶりに大きな変化が起こった様子は窺《うかが》えなかった。美保子が本当に自殺を試みたのかどうかも怪しかった。治江の勘違い、聞き違いだったのかもしれず、あの晩、石坂が救急車を呼んだのは、何かの急病で美保子が本当に苦しみ出したからかもしれなかった。

仮に自殺未遂が事実だったとしても、一、二日の入院で戻って来て、元通りの生活に戻ることができたのだから、たいしたことはしなかったに違いなかった。本気でやったのではなく、夫の気を引くための、ちょっとしたいやがらせ、と考えることもできた。

もしそうであるのなら余計に、石坂夫妻の間に決定的な亀裂《きれつ》が走ったとは思えない。

石坂が猛省し、しのぶとの関係を清算しようとすることはあっても、その逆は確率としては低いような気がした。

一方、石坂がしのぶに、妻の自殺未遂について何も教えていないとは考えにくかった。この窮地を打開する方法を何ももたずにいる石坂にとって、妻が自殺を図ったという現実を共に分かち合い、共に苦しみ、共に絶望できる相手はしのぶ以外、誰一人としていないのだ。

つらい気持ちを打ち明けて、石坂はしのぶにいっときの救いを求めるだろう。だが、救いを求められたしのぶは、そんな石坂の苦しみが自分と同じものだとはどうしても思えずに、石坂に対して強い違和感を覚え、石坂を烈しくなじるに違いなかった。

自分だったら、この場合、石坂を責めたてるだろう、と珠は思う。「あなたのせいよ」と言うだろう。「あなたがはっきりしないから、こういうことになるんじゃないの」と。そして、美保子に深く同情さえするかもしれない。

こんなことを繰り返しているうちに、しのぶと石坂との間にも、少しずつ溝が拡がっていくのだろうと珠は思った。そして、その溝は、自分と卓也との間にある溝、さらに言えば、自分と世界との間にある、埋めようのない溝と、どこか似ているような気がしないでもなかった。

思いがけない異変が起こったのは、珠がそうした堂々巡りの想いのさなかにあって、深く苦しみ始めた矢先であった。

一月も終わりに近づいていた。昼少し前だったが、珠が大学院に行くために、P駅の改札口を抜けた時だった。

背後に、急ぎ足で自分に近づいてくる人の気配……風のようなものを感じた。それは、何か落とし物をし、拾い上げてくれた人に追いかけられている時の感覚に似ていた。コートのポケットに入れておいた自宅の鍵《かぎ》を、何かのはずみで落としたのか、と思った。以前にも同じことがあった。珠は咄嗟《とっさ》にポケットに手を入れてみた。

「ちょっとすみません」と呼び止めてくる、男の声がした。

珠は振り返った。石坂史郎がそこにいた。

何が起こったのか、わからなかった。一瞬、落とした鍵を偶然、後ろから来た石坂が拾ってくれたのか、と思ったが、鍵はポケットの中にあった。

石坂は珠を前にして立ち止まり、「話したいことがあるんだけど」と言った。

決してぞんざいな口調ではなかったが、かといって丁寧な感じもしなかった。いつも珠が見かけていた、黒いコート姿だった。ほとんど無表情で、眼鏡の奥の目には何の感情も読み取れなかった。

改札口を行き来する乗降客で、あたりは混雑していた。人々が、立ち止まっている珠と石坂を避けながら歩いて行った。

「時間、あるかな」と石坂が訊《き》いた。「十分くらいでかまわないよ。そこらへんの喫茶店か何かで話したいんだけどね」

「何でしょうか」と珠はやっとの思いで訊き返した。不審者を見るような表情を作りたかったのだが、できなかった。それどころか、自分自身が不審者であることを認めるかのように、珠は逃げ出すための構えに入った。

「駅を出たところにケーキ屋があるでしょう。あそこで話をしないか」

「しないか」という言葉づかいが、珠を怯《ひる》ませた。恐ろしくなった。それは、初対面であるはずの相手に向かって言う言葉ではなかった。

「なんで話なんか……」と珠は言った。

声が小さかったせいか、石坂は「え？」と訊き返してきた。

「話すことなんか、何も」と珠は言った。

「そうかな」と言い、石坂はわずかに笑みのようなものを口もとに浮かべた。「じゃあ、ここではっきり言わせてもらうよ。きみは、ずっと僕の後をつけていたよね」

珠は黙っていた。すぐそばを中年女性のグループが賑《にぎ》やかに笑いながら通り過ぎて行った。

「去年からずっとだった。どうしてそんなことをしてくるのか、どうしても、その理由が知りたい」

答えられなかった。言葉を発したとたん、腕をつかまれて、そのまま警察に突き出されるのではないか、と思った。

落ちつけ、と珠は自分に言い聞かせた。文学的・哲学的尾行は犯罪ではない。そこらのストーカーがやっていることとは、まったく意味が異なるのだ。

珠は祈る思いで篠原のことを思い浮かべた。自分がやってきたことの抽象的な目的を、今、目の前にいるこの男が理解してくれるとはとても思えなかった。頭がおかしいと思われるに決まっている。

「きみは」と石坂は言い、すぐに「きみがもし」と言い替えた。「もし、僕に何か恨みを抱いていて、そのせいで僕の後をつけているのだとしたら、だよ。僕が、その理由を知りたいと思うのは自然なことだろう？」

「恨みなんかないです。そんなことあるわけ……」

「じゃあ、なんで僕の後をつけるのかな。なんで、こそこそ後をつけて、僕の周囲を嗅ぎまわるんだろうね」

珠は首を横に振った。ただ、ただ、振り続けることしかできなかった。

二人の間を五歳くらいの男の子が二人、じゃれあうような笑い声をあげながら、走り抜けて行った。一瞬の隙ができた。

珠は身を翻して駆け出した。すぐ目の前が、上り線のプラットホームに向かう階段だった。階段を駆け降りている途中、電車の発車のベルが鳴り響いているのが聞こえた。今にもつまずきそうになりながら、ホームに出て、閉まる寸前のドアから身をすべらせた。その直後、電車は動き出した。

窓の向こうに石坂の姿はなかった。追いかけて来たようにも思えなかった。

石坂はそのまま、諦《あきら》めて改札口を出て立ち去ったか、あるいはゆっくりと、プラットホームに出るための階段に向かっているところなのかもしれなかった。少なくとも同じ電車に乗ったとは考えられなかった。

車内は適度に空《す》いていた。空席があったので、珠は腰をおろした。胸の鼓動が烈しかった。寒い日だというのに、全身が汗ばんでいた。肩で息をしながら、いったい全体、何が起こったのか、考えてみた。

尾行していることに気づかれていたというのに、知らずにいたのは自分だけだったのかもしれない、とふと思った。だいたい、石坂としのぶがプレ・クリスマスイブを祝うためにホテルをとった時も、トイレでしのぶに同様のことを言われたのだ。レストランでは何度も、石坂と目が合っていたのだ。

しのぶが石坂に、ホテル一階のトイレでの出来事を語らずにいたとは思えない。しのぶは珠の外見を詳しく伝え、それを聞いた石坂は心あたりがあるばかりか、その若い女がずっと自分の後をつけていたことを再認識しただろう。

そして、暮れの救急車騒ぎの時に、野次馬の中に珠を見つけ、珠がごく近所に住んでいる人間であったことを初めて知ることになったのだ。

あの晩、石坂が娘の美奈を春日治江に預けたことが決定的だった。後になって石坂が、それとなく治江に珠について質問すれば、近所のよしみ、というので、治江は何の不審も抱かず、珠のことを詳しく彼に教えただろう。

大学院生であること。同棲中《どうせい》だが、事実婚そのものの生活をしており、〝夫〟は女優の運転手のアルバイトをしていること。珠の父親はドイツで暮らしているということ。いつから、あのマンションに住みついたのか、ということ。ついでに「とってもいい子ですよ」とか「気持ちのいいカップルですよ」などという世辞をつけ加えたかもしれない。

そして、珠についての情報を得た石坂は、計画を練ったのだ。自分の仕事との兼ね合いもあっただろうが、うまく都合がつけられる日を選び、今日、珠がマンションから出てくるのを家の窓から窺《うかが》っていたのか、あるいは、駅で待ち伏せていたか、したのだ。つまり、彼は珠を「尾行」してきたのである。珠は、これまでずっと自分の「対象者」であったはずの人間に、あろうことか、「尾行」されたのである。

おそるおそる、車内を見渡してみた。むろん、石坂の姿はなかった。

突然、その場から逃げ出した珠を、彼が追いかけようともしなかった理由は珠にもよくわかっていた。

いったん、巣穴の奥に追いつめた獲物は、どこに逃げようが、また巣穴に戻って来る。それを待ってさえいれば、獲物は必ず手に入るのである。

珠が帰る場所は、あのマンションであり、そこに帰って来る以上、珠を問い詰めるチャンスはいくらでもある……彼はそう信じているに違いなかったし、それは実際、途方もなく正しかった。

いてもたってもいられなくなった。石坂が何を企《たくら》んでいるのか、想像もつかなかった。呼び止め、詰問してきた彼の顔には、珠に対する怯《おび》えや不安など、一つも感じられなかった。彼はむしろ、悠然と勝ち誇ってでもいるかのようだった。あたかも、どうということのないいたずらをした小学生を前に、ありきたりの説教をしようと構えている教師のように。

何としてでも、篠原に会おう、と珠は覚悟を決めた。会わねばならない、と思った。篠原にしか、この話は打ち明けられなかった。いったい誰が、「文学的・哲学的尾行」を理解してくれるだろう。そうした尾行を現実に実行に移し、そこから生じたトラブルの話に真顔でつきあってくれる人間がどこにいるだろう。篠原を除いて一人もいない。

珠は肩にかけていたショルダーバッグを開け、リサとガスパールの絵のついている手帳を取り出した。裏表紙に大学仏文科の講義予定表がはさまっている。前年の暮れに、大学の総務部まで行き、誰でも持ち帰ることができるようになっている予定表を一枚、もらってきた。

その年の二月までの講義予定がプリントされているもので、篠原のみならず、他の教授や准教授たちの講義予定が、ひと目でわかるようになっている。むろん、あくまでも予定なので、直前になって変更されることもあり得るが、それはあらかじめ学生用の掲示板を確認すれば、簡単にわかることだったし、変更はそう頻繁にあることではなかった。

講義予定表の日付を指先で追った珠は、まさにその日、午後二時半から四時まで、篠原ゼミが行われていることを知り、内心、快哉《かいさい》を叫んだ。今から行って、大学院での講義に出席してからでも、充分間に合う。

ゼミが行われる教室は大学文学部であり、大学院の建物とは別の場所にあったが、自分が通っていた大学なのだから、構造はよくわかっていた。その教室の外、もしくは近くの廊下で待っていれば、ゼミを終えて教室から出て来た篠原と、必ず会うことができる。

篠原の姿を見つけたら、駆け寄って行って「先生」と声をかければいい。一礼をして、「ごぶさたしていました」と言えばいい。

そして、こう言うのだ。「緊急にご相談したいことがあるんですが、お時間、いただけますか」と。

「先生」と珠は言った。晴れやかな笑顔を作り、一礼した。「ごぶさたしていました」

「ああ、白石さんでしたか」と篠原は言い、微笑した。「珍しいですね。お元気でしたか」

「なんとか」

教室から、三々五々、出て来た学生たちの数は少なかった。二十数名、といったところで、男女の比率は半々だったが、彼らは銘々、スマートフォンを手にメールをチェックしたり、誰かと携帯で話したりしていたので、誰も珠と篠原のほうに目を向けなかった。

「私のころとゼミ生の数は変わらないみたいですね」と珠は遠ざかっていく学生たちの後ろ姿を見ながら言った。ひどく緊張していたのだが、そう思われてはいないだろう、という自信はあった。

篠原はうなずいた。「そうですね。ほとんど同じだろうと思いますね」

「篠原ゼミの学生には特権意識があるんです。だから、卒業生としても、今後もゼミ生の数が、あんまり増えてほしくないような気がします。今のまんまがちょうどいいです」

篠原は、ふふっ、と短く笑った。「単に小難しいテキストを使ってる、というだけで、特権意識なんてものが生まれますか？」

「生まれます。自慢できますもん」

「なるほど」と篠原は言い、目を細めて微笑んで珠を見つめた。「今日は大学のほうに用でも？」

「あの」と珠は姿勢を正した。「実は篠原先生にお会いしたくて来ました」

「ほう。何か僕に？」

「折入って、個人的な問題でご相談したいことがあるんです。少しでいいのですが、お時間、いただけないでしょうか」

「今から、という意味ですね」

「はい、できれば」

「かまいませんよ」と言いながら、篠原は左腕の袖口《そでぐち》を少しめくり、紺色のジャケットの下の腕時計を、あまり意味もなさそうに覗《のぞ》いた。「まったく問題ありません」

「よかった。ありがとうございます」

昼間はよく晴れていたが、すでに外では日暮れが始まりかけていた。古い教室の外の廊下は、蛍光灯の青白い光の中にあった。

篠原は手にしていた黒い鞄《かばん》を持ち替えると、「何かありましたか」と訊《たず》ねた。いたわるような訊《き》き方だったのが、珠の心を強くとらえた。

「いえ、あの……実はそうなんです」と珠は言い、ふと涙ぐんでしまいそうになる気持ちを必死の思いでこらえながら篠原を見た。「篠原先生にしか打ち明けることのできない、内密な話なんです。こんなことで、お時間いただくなんて、ご迷惑かもしれない、と迷ったんですが、やっぱりどうにもならなくて……」

「わかりました」と篠原は淡々と、表情を変えずに言った。「では、こうしましょう。僕はこのまま、教授室に戻ります。明日《あした》の朝の便で、ベルギーに発送しなければならない本の梱包《こんぽう》を、すませておく必要があるのでね。すぐに終わりますから、そうですね、十五分後……いや、十分後でいいかな、部屋のほうにいらしてください。お話はそこで伺うことにしましょう。それでいいですか」

「もちろんです。嬉《うれ》しいです。伺います」

かつて篠原は、ゼミ生が少ない時、教授室のソファーに学生を座らせ、部屋でゼミの講義をしたこともある。篠原の部屋は、学者の書斎さながらで、学生が気軽に訪ねて行けるのはもちろん、彼の人柄のせいなのか、部屋で一対一になることに、妙な気後れを抱かずにすむ、というので、女子学生の間でも評判がよかった。

その意味もあって、部屋を単独で訪ねることに、珠はまったく抵抗を感じなかったし、部屋で話を聞こうと言ってくれた篠原の心遣いをたいそうありがたく思った。学生食堂や学生専用の喫茶室では、この種の話はできそうにない。

大学の近所には、スターバックスなどの手頃なコーヒーショップがいくらでもあったが、同じ大学の学生や大学院生が一人もそこにいないことは、まず考えられなかった。まして、仏文科の教授である篠原と、スタバのコーヒーを前にして、「文学的・哲学的尾行」が生んだ苦しみを切々と語る勇気など、珠にはなかった。

「ではのちほど」と言って、篠原は去って行った。遠くから、ブラスバンド部が練習している賑《にぎ》やかな音楽が流れてきた。

珠は腕時計を覗き、トイレに入り、用をすませて、鏡の前で長い髪の毛にブラシをあてた。リップクリームを軽く塗り直し、時間を稼いで、きっかり十分たってから篠原の教授室に向かった。

文学部本館を出ると、外はすっかり小暗くなっていた。行き交う学生たちの間をぬうようにして、大学図書館の建物に入った。教授室と准教授室は、その建物の三階に一列に並んでいた。

階段を使って三階まで行き、薄暗いL字形をした廊下の、ちょうど角の部分に位置する篠原の部屋のドアをノックした。

中から、「どうぞ」と答える篠原の声が聞こえた。

窓辺にパソコンやプリンターが載ったデスクと椅子、壁いちめんに書棚があり、中央に応接セットが置かれた部屋だった。窓には清潔そうな白いレースのカーテンが引かれ、書類などを入れたファイル類もきちんと整頓《せいとん》されていた。荷物を梱包するのに使ったのか、室内にはうっすら、糊《のり》の匂いが残っていた。

「すみません、お忙しいのに」

「いいですよ。別に忙しくありません。コーヒーでもいれましょう。インスタントですが」

「あ、私がやります」と珠は言い、電気ポットの前に立って、二つのマグカップにインスタントコーヒーを入れた。以前、ゼミでこの部屋を使ったり、何人かの学生と篠原にテキストに関する質問をしに来た際、何度かやったことがあるので勝手はよくわかっていた。

篠原が、コーヒーにはミルクではなく砂糖を入れる習慣だったことも覚えていたので、小さな籠《かご》に入れられていた角砂糖を添えた。

「ありがとう」と篠原は言った。「ベルギーの友人から送ってきたチョコレートもありますよ。食べませんか」

「いえ」と珠は笑みを作りながら、首を横に振った。「おかまいなく」

「ごくたまにですが、甘いものがほしくなる時がありましてね」と篠原が言った。「子供のころは別として、若い時分には、チョコレートなど食べたいと思ったことがないのですが。アルコールよりも甘いもののほうに惹《ひ》かれるようになるというのは、年をとった証拠かもしれません」

「あのう」と珠はふと思い出して訊ねた。「奥様の弟さん、お加減はいかがでしょうか」

「ああ」と彼は言い、静かにうなずいた。水のように透明なものが、彼の表情を包んだ。

「力尽きて亡くなりました。昨年の暮れに」

珠が黙っていると、篠原は「三十日でした」と言った。「翌日が大晦日《おおみそか》で、変な話ですが、火葬場がとれなくてね。往生しました」

「そうでしたか」と珠は目を落とし、小声で言った。美保子が救急車で運ばれた日、篠原の義弟がスキルス性胃癌で他界したのだ、と思うと妙な心持ちがした。

「お悔やみ申し上げます」

篠原は「どうも」と言って、無表情に目を伏せ、角砂糖を包んでいる紙をはがし、マグカップの中に入れた。

しばしの沈黙が続いた。篠原はスプーンでマグカップの中を軽くかきまわし、音をたてずにコーヒーをひと口飲んだ。表情は変わらなかった。

「それで？」と篠原はマグカップをテーブルに戻し、静かに問いかけるように訊ねた。

「何があったのですか」

「はい。あの、実は……」

口を開いたものの、何から話せばいいのか、珠は急にわからなくなった。起こったことを手短にわかりやすく相手に伝え、自分の感情を簡潔にまとめて打ち明けることなど、できないのではないか、と思えてきた。

そもそも、一般的な人生相談をしに来たつもりはない。この抽象的な問題について篠原と個人的に話したいだけだったのだが、そうなると、いったい何のために篠原に時間を割いてもらっているのかわからなくなる。独りよがりな独白を聞かせるためだけの相手に、あろうことか篠原を選ぶなど、自分は甘ったれているだけなのではないか、と思うと、珠は憂鬱《ゆううつ》になった。

とはいえ、自分から話を聞いてほしいと頼んだのだから、ここでやめるわけにはいかなかった。珠は目の前のマグカップから、コーヒーの香りが立ちのぼってくるのを感じながら姿勢を正し、正面の篠原をまっすぐに見つめた。

「えっと……先生に聞いていただきたいのは、文学的・哲学的尾行に関する話なんです」

「ほう」と篠原はわずかに頬をゆるませた。「唯一、僕の教え子の中では白石さんだけが反応してくれた、例のあれですね。さて、何でしょう。何か新しい発見でもありましたか」

「発見、というのだったら、嬉しいんですが、そうではなく、ちょっと困ったことになってしまいまして」

「困ったこと？」

「はい。自分でもどのように考えて対処していけばいいのか、見当もつかない状態に追いこまれてしまいました。自分でまいた種なんですけど、深い穴に落とされちゃったみたいな感じがして。こういうことをお話しできるのは先生しかいなくて、そのご相談といいますか……」

篠原が、珠の話そうとしていることに興味を抱いたのかどうかはわからなかった。彼は座っていた両肘《りょうひじ》つきの椅子に、ゆったりともたれ、足を組み、腕を組んだ。そして言った。「遠慮は無用です。話してごらんなさい」

珠はうなずき、深呼吸してから、ことの次第を順を追って話し始めた。できるだけ簡潔に。できるだけ感情をまじえずに。たまたま駅前で見かけた隣人を尾行し始めたいきさつ、彼が婚外恋愛をしている事実を知ったこと、彼の家庭における妻とのいざこざ、暮れに妻が救急車で運ばれたこと、それがどうやら、妻が夫に恋人がいることに苦しんだあげくの自殺未遂のようであったことなどを打ち明けた。

だが、それ以外のことは努めて話さないようにした。尾行を始めた結果、自分の同棲《どうせい》相手である卓也が、母親ほど年の離れた女優と深い関係にあるのではないか、という猜《さい》疑《ぎ》心に苛《さいな》まれるようになったことや、実のところ、現在、その感情をどのようにして処理すべきかわからずにいる、ということなどは、この場合、篠原には無関係の話題と言えた。話の論点が曖昧《あいまい》になり、打ち明け話の方向がすり替わっていくことは避けたかったし、何より珠は、そういった、ある意味ではありふれた三角関係にまつわる嫉妬《しっと》の悩みなど、篠原を相手にしゃべりたくはなかった。

この、通俗からかけ離れた佇《たたず》まいの、陶器のように青白く美しい、知性と理知の塊を思わせる中年男に向かって、女性誌の人生相談欄に投稿したほうがいいような話を勢いこんでしてみたところで、彼は黙って聞いているだけか、もしくは今の珠にとって、何の役にも立たない世界の話を朗々と語り始めるに決まっていた。

「それで、決定的なことが起こったのが、実は今日だったんです」と珠は続けた。「駅の改札口を入ったところで、私、その男性にいきなり声をかけられたんです。話したいことがある、って。ちょっときつい口調でした」

「なるほど」と篠原は言った。「その男性は、自分たちが誰かに尾行されていたことに気づいていて、それが近所に住んでいる白石さんであったことを救急車騒ぎの時に、初めて知ったんですね」

「そうなんです。尾行の途中で、何度か目が合っていましたし、その男性の恋人である女性からは、ホテルのトイレで話しかけられたこともあるくらいですから」

「話しかけられた？」

珠はうなずいた。「私が彼らの入ったレストランに行って、すぐ近くの席に座って、聞き耳を立てていたことがあったんですけど、その時、彼らは口喧嘩《くちげんか》を始めて、彼女のほうが怒って店を飛び出しちゃったんです。で、私も店を出て、彼らが泊まってたホテルのトイレに入ったら、彼女がそこにいました。並んで洗面台の鏡に向かわなくちゃいけなくなった時に、さっきもあのレストランにいましたよね、って言われて。彼女は自分たちの恋の行方のほうが気になっていて、私に向けた警戒心とか猜疑心は彼ほどじゃなかったみたいですけども。でも、彼らは変な女が自分たちを尾行している、ってことを何度も話題に出してたと思います」

「それがまさか、自分の近所に住む女性だったとは思っていなかった。それで彼は驚愕《きょうがく》した、というわけですね」

「はい。でも、まさか、いくらなんでも彼のほうから声をかけてくるとは思ってなかったもんですから。何の心の準備もできていなくて。慌ててごまかしてみようとしたんですが、全然、うまくいかなくて、焦りました」

「その男性は、話がある、ということ以外に、何か言っていましたか」

「私が彼に何か恨みをもっていて、それが原因で尾行をし続けているんじゃないか、みたいな感じで疑ってたようです。もちろん、否定しましたけど。でも彼は、別に本気でそう考えてたわけじゃなくて、とにかく私の本当の目的が知りたかったんだろうと思います」

「それで？　白石さんはどうされました」

「逃げ出しました。仕方なかったんです。どんな言い訳もきかない感じでしたから。逃げたりしたら、自分のやってたことを認めることになる、ってわかってたんですけど、それしかできなくて。気がついたら駆け出して、プラットホームまで行って、ちょうど電車が来たところだったので、飛び乗ったんです」

「彼は追いかけては来なかったんですね」

「たぶん。間一髪のところで私が電車に乗ったので、万一、追いかけてきていたのだとしても、彼は同じ電車には乗れなかっただろうと思います。先生、私……今の感情をうまく言えないんですけど、怖いとか恐怖に襲われてるとか、不安だとか、そういうのともちょっと違うような気がするんです。もちろん、これからどうなっていくのか、っていう不安はありますけど、そういうこととは別に、文学的・哲学的尾行であるはずのことが、どうしてこんなふうに、なんか、手垢《てあか》のついたドラマみたいな方向にいっちゃうんだろう、っていう、答えの出ない問い、って言うんでしょうか。よくわからないんですが、つまり……」

それまで抑制していた感情の群れが、胸の底からあふれ出してくるのが感じられた。珠は、思わず声が裏返りそうになったのに気づき、慌ててくちびるをかみしめた。小さく咳払《せきばら》いをし、マグカップのコーヒーに口をつけた。コーヒーは冷めていた。

「私は何も、その男性が奥さんに隠れて不倫してることが面白くて、後をつけたんじゃありません。彼が不倫してる、なんてことは、偶然、わかったことに過ぎないわけですよね。発端はもっと、文学的っていうのか、哲学的っていうのか、篠原先生のゼミで刺激を受けたことを実践してみよう、っていう気持ちがあったからに過ぎなくて、通俗的な好奇心のせいなんかじゃ全然ないのに、いったん、それを咎《とが》められてみると、こちらも咎める人の気持ちがわからないわけじゃないから、なんだかどうしようもないような、いやな気分になっちゃって……。ああ、私、何を言ってるんだろう。うまく言えないんですが……」

「いや、大丈夫。おっしゃりたいことは、よくわかります」と篠原はなだめるように言った。「論点のまったく異なることで、喧嘩をふっかけられた時のような気分なんでしょう。その上、あくまでも尾行していたつもりなのに、その対象者から尾行されたことがわかって、ショックを覚えたんじゃないでしょうか。白石さんの今の気持ちの中には、そういうこともふくまれているでしょうね」

「そうですね。そうかもしれません。ショックを受けた、というのが一番ふさわしい言い方かもしれないです」

篠原は「ふむ」と深くうなずいた。「それにしても、なかなか興味深い体験をしましたね。文学的・哲学的尾行を実行に移すなど、白石さんならではですよ。これは、日本にも予期せずして、ソフィ・カルが誕生した、ということですね」

「いえ、そんな……」

「いやいや、これは実に興味深い話です。まさか今日、ここでそのような話をされるとは、想像もしていませんでした。そうでしたか。実際に文学的・哲学的尾行をされたわけですか。いやいや、参りました。いくら、この種の知の快楽を実存的に味わおうとしても、なまじな人間にはできないことです。意味を追究し続けようとするためには、才能や努力は必要不可欠ですが、それだけでは足りません。行動することが伴わなければ、なかったことと同じです。観念の坩堝《るつぼ》にはまって自己満足しているだけの学者は、掃いて捨てるほどいますからね。それなのに、白石さんはそれを軽々とやってのけたわけです」

手放しでほめられているのはわかったが、珠は肩すかしを喰《く》らったような気分になった。

篠原にほめられたいがために、この話を打ち明けようと考えていた時期は確かにあった。篠原の自慢の教え子の一人になれれば、という思いばかりがあふれ、そこにわずかに、仄《ほの》かな恋ごころにも似たものがあったことも事実だった。だが、もはや、事態はそれどころではなくなっている。

石坂が、妻を自殺未遂に追いこんだ責任の一端は珠にある、と思いこんでいないとも限らなかった。珠が、彼としのぶとの秘密の恋を石坂の妻に仄めかしたのではないか、と邪推している可能性すらあった。そうだとすると、珠は石坂にとって、真っ先に倒すべき敵と化す。

彼は今、必死になって家庭を守ろうとしているのだ、と珠は思う。一方では、しのぶとの関係を続けていくことができる方法はないか、と暗中模索している。たとえそんな方法など、万に一つもなかったとしても、とりあえず珠を血祭りにあげておけば、ここしばらくの間、妻に対する言い逃れができる、とでも考えているのかもしれない。

「その人は」と珠は篠原に向かって、考えていたことを正直に口にした。「私を使って、今の状態をペンディングにしようとしてるんじゃないかとも思えるんです。そのために、私の尾行が利用されるんじゃないか、って」

「といいますと？」

「私という頭のおかしな女がいて、あちこち後をつけまわされて、全然、関係のない女性と仕事で会っていただけのことを不倫の相手だと勘違いされたことに腹をたてて、私とすったもんだしてたおかげで、奥さんに不信感を与えてしまった、って。真っ赤な嘘でもいいから、そんな感じの物語を作っておけば、とりあえずは辻褄《つじつま》が合うんじゃないでしょうか。そうすれば、奥さんも半信半疑であっても、少しは納得してくれる可能性があるし、今の恋人ともしばらくはこのまま、続けられるだろうし、急いで結論を出さなくてもよくなるんじゃないか、って。そのために利用できる相手が出てきた、って、かえって喜んでいるんじゃないかとも思えるんです。だから、私に声をかけてきて、私との接点を作ろうとしたんじゃないか、って」

篠原はもたれていた椅子の上で背中を伸ばし、ゆっくりとした動きで前屈《まえかが》みになった。テーブルの上のマグカップを手に取り、しばし考えるような仕草をした後で、彼は「なるほど」と言った。コーヒーを飲み、再度「なるほどね」と繰り返した。「そうだとも言えるし、違うとも言えますね。真相は今の時点ではまだわからないし、わかりようもないことでしょう。人の心の中を詮索《せんさく》したところで、正解が出るとは限りませんから」

「ごめんなさい、先生」と珠は床に目を落とした。「私、いったい何を先生にご相談すればいいのかも、よくわからないみたいな感じでいます。くだらない推理ごっこの相手をさせるために、お時間をいただいたわけでは決してないつもりでしたのに」

「そんなに気をつかわないでもいいですよ」と篠原は鷹揚《おうよう》に言った。くちびるの端に淡い笑みが浮かんだ。「現実に起こっていること、あるいは、これから現実に起こりそうなことは、考えれば考えるほど、袋小路に突き当たってしまうものです。人間は誰しも同じですよ。とはいえ、起こってしまったことは受け入れるしかないですし、これから起こるであろうことを、ただむやみと考えたり、案じたりしていても意味がない。ものごとは万事、深く思索しなければいけません。思索を怠ると、人は必ず、苦しまないでもいいような、つまらないことで苦しむようになる。現実の中で右往左往ばかり繰り返していれば、いつまでたっても、その矮小《わいしょう》な現実から抜け出せずに終わってしまいます。僕の言っている意味は、わかりますよね」

「はい、とてもよく」

「思索は我々を苦しい現実から解放してくれます。それはギリシア時代からの、人間の生きる知恵でもありました。生きていくために人は思索するのです。苦悩から逃れるためにこそ、思索する。人が成長するためには、滋養が行き届いた食べものがあるだけでは不十分で、そのうえで思索が必要なんです」

珠は顔を上げた。「思索、ですか」

「そう。思索、です」

「先生はずっと以前から、そのようなことをおっしゃっていましたね」

「そうですね。形を変えて、似たようなことを言い続けてきたかもしれません」

「あのう……」と珠は身を乗り出した。「すみません、先生。教えてください。今回のことに関して、私はどんな思索の方法をとればいいとお考えになりますか」

自分で考えろ、と言われてしまうのがオチだった。だが、珠は、篠原がこの件で何を言うか、知りたくてたまらなかった。たとえそれが、実際には何の役にも立たないほど抽象的で難解なことだったとしても、今は篠原が発する言葉にすがりつくしかないようにも思えた。篠原にしか話せないことは、篠原から返ってくる言葉でしか救われない。

だが、篠原は少しからかうような笑みを浮かべて、珠を見た。「それは白石さんご自身がわかっているようにも思えますが」

「いいえ、わかってなんかないです。全然です。私はまだまだ、先生に追いつけません」

「僕に追いついても仕方ありませんよ。思索は各人、銘々、するものであって、誰かと優劣を競ったりするものではない」

「そうですけど、でも……」

こほ、と乾いた咳を一つして、篠原は再び椅子の背にもたれ、ゆったりと足を組んだ。椅子の肘掛《ひじか》けの一つに肘をのせ、顎《あご》のあたりを軽く撫《な》でた。「白石さんは、エウリディケーとオルフェウスの神話をご存じですか」

「え？　あ、はい。ええと、それって……確か、あの有名なギリシア神話の……」

「そう。オルフェウスは竪琴《たてごと》の名手でした。彼ほど美しい音色で竪琴を奏でることができる者はいなかった。彼が竪琴を奏で始めたら最後、猛《たけ》り狂った動物たちも聴きほれて静かになり、嵐もやみ、天地を轟《とどろ》かす雷もおさまるほどだった。彼にはエウリディケーという妻がいました。二人は深く愛し合っていたのですが、ある時、彼女は毒蛇にかまれて死んでしまうんです」

ゼミの講義が、鮮やかに再現されたような思いがした。篠原の口調は、講義をしている時と寸分も変わりのないものだった。

いとしい妻会いたさに、オルフェウスは幾つもの難関をすべて竪琴を弾くことで切り抜け、死の世界に君臨している王すらも、その音色で屈伏させて、ついに愛するエウリディケーを地上に戻してもらえることになる。だが、闇の王は一つだけ、オルフェウスに条件を出した。エウリディケーを連れ出す際、地上に着くまでは決して後ろを振り返ってはならない、というのである。

オルフェウスが振り返らない約束をしたので、王はエウリディケーを冥界《めいかい》から戻してくれた。オルフェウスは早速、喜びいさんで地上を目ざしたのだが、歩けども歩けども、背後につき従ってくれているはずのエウリディケーの気配がまったく感じられない。衣《きぬ》擦《ず》れの音もしなければ、ささやき声も、足音も聞こえない。

強い不安にかられたオルフェウスは、我慢できなくなって、地上まであと少し、というところまで来ていたというのに、思わず後ろを振り返ってしまう。その瞬間、彼のすぐ後ろにいた恋しい人は、細く哀しい悲鳴をあげながら、闇の奥へ奥へと引っ張りこまれ、すぐに姿が見えなくなった……。

「つまりですね」と篠原はゆっくりと瞬《まばた》きをしながら、切れ長の目で珠を見た。低く澄んだ声が続いた。「こういうことが言えるのではないでしょうか。尾行している側は、決して対象者と接触しようとしてはならず、また、尾行されている者は決して振り返ってはならないのだ、と。それがこの種の尾行の鉄則なのです。鉄則である以上、破ることは許されない。破ったとたんに、妖《あや》しい均衡が保たれていたはずの世界は、たちまち崩壊してしまう」

しばしの間、考えてみたが、今ひとつ、篠原の言わんとしていることの意味がよくわからなかった。珠はそんな自分を情けなく思いながら、「はあ」と曖昧《あいまい》に言った。「それが、先生のおっしゃる、思索、ということなのでしょうか」

「正解などというものは、ありません。僕ならそのように考える、ということを申し上げただけですよ。白石さんは白石さんなりに考えてごらんになればいい。そのうちきっと、行き止まりだと思っていた道が開かれていくはずです」

珠はくちびるを舐《な》め、肩のあたりで大きく息をした。「では、それはつまり……こういうことでしょうか。尾行する側とされる側との関係には、一定の距離が保たれていなければならない、って。どんなことが起こっても、互いが知らない者同士であるふりをし続けていなくちゃいけないんですね。どっちかがルール違反を犯すと、その瞬間から、尾行という文学的・哲学的行動は意味がなくなってしまうから」

「まあ、そういうことですね」

「すごく難しいです。振り返らない約束をしたのに、約束を破って振り返ってしまったオルフェウスは悲劇のどん底に落ちていくんでしたよね？　結局、一度のルール違反を犯すと、二度と取り返しがつかなくなってしまうんでしょう？」

「そうです。惨憺《さんたん》たるものです。神話では、彼は愛する人を今度こそ永遠に失って、悲嘆にくれているところを殺されて、八つ裂きにされてしまいますからね。しかも、彼を殺したのは、ニンフたちでした。その理由がふるっている。彼があまりにも、亡くした妻のことしか考えていなくて、いくら誘惑してもいっこうに乗ってくる気配がない、というのですからね」

篠原はいかにも彼らしい、気品ある控えめな笑い声をあげた。珠もそれに合わせて、少し笑った。

「先生、それでは、いったんものごとに失敗すると、どうにもならないということなんでしょうか」

「神話は別に道徳や教訓ではないですからね。まして勧善懲悪を勧める新興宗教などでもない。あくまでも神々の物語ですから、あてはめるべき正しい解釈の仕方、というものはないんです」

「でも、オルフェウスは結局、たった一度の過ちを犯したために、殺されてしまいました」

「確かに」と篠原は言った。柔和な、理知的な、仏像のように清潔感のある笑みが、その顔いちめんに拡がった。「でも、白石さん、この物語には美しい後日談がある。実に美しいものです。つまり……オルフェウスが奏でていた竪琴はね、後にゼウスによって拾われて、天にのぼり、星にしてもらうことができたのですよ」

「ああ、そうでしたか」

篠原は深々と満足げにうなずいた。「琴座、という美しい星にね。星は未来永劫《えいごう》、天から消えることはありませんから」

珠は目をぱちぱちと瞬かせながら、うなずいた。予測していた通りになった、と思った。

篠原は具体的な解決策、打開策など与えてくれはしない。珠の打ち明け話を熱意をもって聞いてはくれるが、解答など出してくれるわけもなく、どこまでも抽象的な世界を拡げて、ヒントになるようなものを示してみせるだけ。思索と思考を繰り返すことの中にしか、問題の解決方法は生まれない、ということをいやというほど知らされて、打ち明けた側はいとまを告げるしかなくなる。

そうなりたくて、自分は篠原に会いに来たのだろうか、と珠は自問した。いや違う。決してそうではない。

篠原から適切な解答、助言を与えられずともよかった。篠原に深く理解され、支えられるだけでよかった。

篠原と共犯関係を結びたかった。文学的・哲学的尾行は今、現実の泥、手垢《てあか》にまみれてしまった。だからこそ、共犯者同士、助け合いながら、そこからの逃亡を図りたかったのだ。元あったはずの、整然とした秩序の世界、何物にも汚されていない、清らかな世界に戻りたかったのだ。

窓の外はとっぷりと暮れていた。深夜になってしまったように感じられるが、まだ六時を少しまわったばかりだった。

篠原は音もなく椅子から立ち、デスクに近づいて、書類やノートが積まれてある一角の向こうから、小さな箱を持ってきた。中には、様々な形をしたチョコレートが無造作に詰めこまれていた。

「よければどうぞ」

「ありがとうございます」

「ベルギーの友人が、時々、送ってくるんですよ。本場のものはやはりおいしい。何よりも、これみよがしに、恭しく箱に並べられていないところがいいですね。チョコレートというものは、こんなふうにぎゅうぎゅうに、乱暴に詰めこまれているほうが、ずっとおいしそうに見えます」

「ほんとにそうですね。日本で売られてるのと、全然違いますね」

篠原は椅子に戻り、箱の中からチョコレートを一粒つまみあげ、口に運んだ。もぐもぐと咀嚼《そしやく》しながら、彼は箱ごと珠のほうに差し出した。

珠は礼を言い、中の一つをつまんだ。口の中に、カカオとオレンジピールの香りが拡がった。

もしや、篠原は空腹を覚えているのではないか、とふと珠は思った。この後、どこかで軽く飲みながら、簡単な食事でもしませんか、と誘ったら、来てくれるかもしれない。篠原と差し向かいで、あるいはカウンターで並んで、酒を飲み、親しく話している自分を想像してみた。適切な具体的な助言を得られなかったことの失望など、たちまち雲散霧消し、珠の胸は温かな期待で充《み》たされた。

それはずっと夢見ていたことだった。恋なのか憧《あこが》れなのか、敬愛なのか、はっきりしたことは不明だが、珠にとって、篠原は変わらずに、「雲の上の男」であり、同時に、「父性の象徴」でもあった。たとえ百人の男と恋をし、交合したとしても、篠原だけは常に特別の存在であり続けるだろう。

「あのう」と珠は思いきって口を開いた。ためらっていたら、せっかくのチャンスを失ってしまう。「先生、今夜はこの後、何かご予定はおありですか」

「ん？　どうしてですか」

「もし、お時間がおありでしたら、ご一緒に軽くお食事でもしませんか。この話の続きも聞いていただきたいですから」

「雲の上の男」に向かって、あつかましくも食事の誘いをしている自分が信じられなかった。珠は耳のあたりが赤らんでくるのを感じた。

篠原は、「ああ、それはそれは」と言った。「残念です。僕はこれから、ちょっと人と会って食事する約束がありまして」

とりたてて申し訳なさそうな表情も見せず、まして、本当に無念そうにふるまうでもなく、彼は、教え子の女の子に誘われるのは光栄だとする、お愛想めいた言葉も吐かなかった。

淡々とした、落ちついた仕草で袖口《そでぐち》をめくり、篠原は腕時計を覗《のぞ》き見た。「でも、まだ時間はありますから。ここを七時に出れば充分ですので」

「なんだ、残念」と珠は失望を隠し、無邪気さを装って身体を揺らしてみせた。「いい機会なので、先生とゆっくり飲みたいな、なんて思ってしまったものですから」

篠原は目を細めてうなずき、「それはどうも」とだけ言った。照れている様子もなく、からかおうとする気配もなかった。ただ、決められている常識的な言葉を返しただけのようにも見えた。

「私、今、ある人と同棲《どうせい》中なんですけど」と珠はせかせかとした言い回しで言った。どうして、そんなことまで話しているのか、わからなかった。「最近、彼が忙しくてなかなか帰ってこないので、食事も一人のことが多くって。今日もそうなんです。だから、先生をお誘いしたら、ご一緒できて楽しいな、って思いまして」

篠原がおっとりとした目で珠を見つめた。「ほう。白石さんは同棲なさっていたんですか。それはちっとも知りませんでした」

「別に自慢するような話ではないですし。あんまり人には言ってませんでしたから」

「その男性とは、いずれ結婚なさるんでしょう？」

「流れにまかせて、っていう感じです。以前も少しお話ししたことがあると思いますけど、父がドレスデンに行ってて、日本におりませんし、母親は私が高校の時に亡くなってますし。うるさく言ってくる親がいないので。私、すごく自由なんです」

「ああ、そうでした、そうでした。白石さんのお父さんは、外国暮らしが長い方でしたね」

「父は女の人と住んでるんです。日本人女性です。あんまり日本にも戻ってきませんし、たまに電話で話すくらいで、娘が誰と同棲しようが、大目にみてくれるのはありがたいです。そのうえで、私を大学院に入れてくれてるわけですから、ありがたいどころの話じゃないんですが」

真に話したいことから、どんどん話題がそれていきそうな感じがした。うんざりした。珠は意味もなく一人で笑い、うつむき、しばらくの間、口を閉ざした。

篠原が何か言ってくるのを待っていたのだが、彼もまた、沈黙してしまった。何かをせわしなく考えているようでもあった。通俗的な話題に耐えられなくなった人間嫌いの科学者が、一人静かに、試験管の中の微生物について想いを馳《は》せてでもいるかのように。

珠は沈黙に耐えられなくなり、顔を上げた。にこやかに微笑んだ。「先生、コーヒーをもう一杯、いれましょうか」

篠原は「いや、僕はもう」と言った。「ところで白石さん、さっきの話ですが」

「は？」

「今、ちょっと、ソフィ・カルとつなげて考えてみました。尾行相手を取材する、という実験的な試みもあるかな、と」

珠が黙ったまま篠原を凝視すると、彼は怜悧《れいり》な表情を浮かべながら、話し始めた。

「ソフィは、以前、おかしなことをやってのけました。街の中でたまたま拾った見知らぬ人間の手帳にあった住所録をたどって、いろいろな人間から話を聞きとり、その手帳を落とした人間がどんな人物だったか類推する、という連載記事を新聞に書いたんです。無謀な試みですよ。実際、手帳の持ち主からは厳重な抗議を受けたようですし、こういったことに眉《まゆ》をひそめる人は、フランスにも数多くいますからね。ただ、僕は、これまた彼女らしい、実に面白い試みだったと思っています。それで、白石さんのケースで、尾行対象者にそれが応用できないか、と今、ふと思いつきましてね」

珠は身を乗り出した。「ソフィみたいに、私が尾行した男の人の周辺取材をする、ということですか」

「いや、必ずしも周辺でなくてもいい。本人に取材をするとか、です。すでにもう、あちらから白石さんに接触してきているのですからね。さっきも言いましたが、彼が白石さんに接触してきた時点で、尾行する意味、される意味は失われてしまっています。しかし、今回の白石さんの行動の総仕上げに、いったい何をすればいいか、ということも考えてみなければならない。となれば、あなたが尾行した対象者の詳細な実像を浮かび上がらせてみる、というのも、それなりに意味をもつことではないでしょうか。うまくいけば、ソフィ流の試みに近いものになる」

珠は口をぼんやり開けたまま、篠原を見ていた。彼の言っていることは、知的遊戯の域を出ていないが、その分だけ、烈しくそそられるなにかが感じられた。

ああ、私はまた、この人に唆《そその》かされている、と珠はしみじみ思った。大学時代のゼミの時とまったく同じだった。

篠原のいったい何が、自分を唆してくるのか、よくわからない。わからないのだが、篠原の言っていることを聞いているうちに、珠はいつも決まって、そそられてくる。彼の発する言葉の中には、珠を唆してやまない何かがある。つい、胸を熱くさせてしまう何かが。

「それ、やってみます」と珠は勢いこんで言った。「ソフィのように、私は有名でもないし、才能もないし、新聞に何かを書くなんてこと、一生、できませんけど、私自身の中に書き留めていくことはできます。私だけの心のメモ書きのようなものだったら、誰からも非難されないし、取材対象者を傷つけることもないですし」

「そうですね」と篠原はいとも満足げに言った。「いや、実に楽しい企《たくら》みです。しばらくぶりに胸が躍りましたよ。これからは、日本のソフィ・カルと呼びましょう、あなたのことを」

篠原から「あなた」と言われて、珠は舞い上がった。今日は何度、「あなた」と呼んでくれたことか。珠はまたしても、耳のあたりが赤く、火照ってくるのを感じた。

「私、大学の卒論で、このことが書ければよかったです。そうしたら、篠原先生に真っ先に読んでいただけたし、何よりも自分の記念になりましたし。それだけが残念です」

篠原は額に落ちた一房の髪の毛を静かにかき上げた。篠原にしては、珍しく悪戯《いたずら》っぽい表情が、その顔に浮かんだ。「では、大学院を卒業する前に、もう一度、大学に戻りますか」

「はい、できることならぜひ、戻りたいです」

戻って、また先生のゼミ生になって、永遠に先生の「唆し」を受けていきたい、と言いたかったのだが、さすがにそれは口に出せなかった。

言うことが何もなくなるほど、深い満足感が珠を充たした。名残《なごり》惜しくはあったが、珠は立ち上がり、マグカップを下げ、小さな洗面台で手早く洗った。乾いた布巾《ふきん》でそれを拭き、元あった棚に戻し、バッグとコートを手に取った。篠原に向かって、深々と礼をした。

「では、先生。私はこれで失礼します。今日は、貴重なお時間をいただいて、本当にありがとうございました」

「また、報告しに来てください」と篠原は言った。「楽しみにしています」

何か言いたかった。何か気のきいた、大人の男女が交わしそうな言葉を。

だが、珠が慌ただしく言葉を探している間に、篠原のデスクの上の電話が鳴り出した。

「失礼」と言い、電話に応対し始めた篠原に向かって、珠はもう一度、深く礼をした。

外に出ると、空には冬の三日月が懸かっていた。気持ちは華やぎ、充たされていた。

卓也からのメールが入っているかどうか、携帯をチェックするのも忘れ、両手を大き
く拡げて三日月を仰ぎ見ると、珠は弾んだ足どりで歩き始めた。

13

どのようにして石坂に連絡をとるべきか、という問題について、珠は時間をかけて考えた。

石坂の自宅の電話番号なら、うまく頼めば、大家の春日治江に教えてもらうこともできる。だが、自宅に電話をかければ、妻の美保子が電話口に出てくる可能性のほうが高い。

たとえ二言《ふたこと》三言《みこと》だったとしても、美保子と会話を交わすのは御法度だった。石坂が勤務している出版社に電話をする、という方法もあったが、石坂が所属している部署を、春日治江から聞き出してからでなければ難しい。それに、本人と直接話をしたいと思っても、留守だったり、席を外していたりした場合、伝言を頼むか、もしくは珠の連絡先を第三者に教えねばならなくなる。後々のことを考えると、なるべく間に別の人間を入れないほうがいいように思えた。

他にも、再び尾行者と化して、駅前で出勤途中の彼を待ち伏せる、とか、自宅を出てきたところをつかまえて話しかける、という方法が考えられたが、いずれもあまり気が乗らなかった。文学的・哲学的尾行が終焉《しゅうえん》を迎えてしまった以上、尾行に類する行動に珠は、もはや情熱を注ぐことができなくなっていた。

結局、どうするのが最善の方法なのか、迷いつつ、最後の決断にまで至らぬまま、数日が経過した。卓也の様子には格別の変化はなく、同様に、窓から見る石坂家の様子にもこれといった異変は見られなかった。

再び石坂から声をかけられるのでは、という思いは常にあった。むしろ、この場合、石坂のほうから、再度アクションをとってくれるのは望ましいことではあった。そのため、駅付近を歩いたり、マンションを出入りするたびに珠は期待して、石坂の姿を探した。だが、何も起こらなかった。

　珠が篠原にすべてを打ち明けた日から数えて、十日後。二月に入ってまもなくだったが、スーパーのレジで精算しようとしていた時のこと。持っていたトートバッグの中から、財布を取り出そうとして、珠はバッグの中の携帯が震えていることに気づいた。

　夕方の五時半をまわったころだった。混み合っているレジ付近には、子供を連れた母親が何人もいて、互いに顔見知りらしく、甲高い声で挨拶《あいさつ》を交わし合っていた。

　サラダにするための野菜類とカッテージチーズ、缶カクテルを二缶、歯磨きクリームが次々にレジに打ち込まれていく中、珠は携帯のディスプレイを凝視した。

　そこに表示されていたのは、あらかじめ登録されてある名前ではなく、また、メールを受信した、という通知でもなかった。０９０で始まる、見覚えのない数字が並んでいた。

　非通知でかかってきた電話には、珠は決して出ないことにしている。かつて、一度、非通知でかかってきた電話に出たところ、男から性的な言葉を連呼され、往生した。

　それ以後、非通知でかかってきても無視することに決めたのだが、通知されている番号に対しては臨機応変に対応してきた。単純な間違い電話のこともあれば、よく知っている人間が別の電話を使ってかけてきた、ということもあり得るからだ。

　一秒の何分の一かのわずかの間、珠は、その見知らぬ電話番号は、もしかすると、三ツ木桃子の携帯番号ではないか、と考えた。卓也に何かあったのかもしれない。

レジ係の女に五千円札を差し出しながら、珠はもう片方の手で慌てて携帯に応じた。

「もしもし?」

「白石珠さんの携帯でしょうか」と男の声が訊《き》き返してきた。聞いたことのない声だった。

「そうですが」

「突然、電話したりして、申し訳ありません。この番号は春日さんから教えてもらいました。……石坂です。今、少し話せますか」

珠の背後で、子連れの母親たちが、どっと笑った。レジを打つ音、店内に流されている軽音楽、鮮魚コーナーの前でだみ声を張り上げている男の声、子供の泣き声などが、珠の耳から遠のいていった。

珠は上の空でレジ係から釣り銭を受け取ると、「あの」と言った。「すみません。少し待ってくださいますか。いえ……その……今、手が塞《ふさ》がってるので、五分後、いえ、三分後に、こちらから、この電話番号にかけ直します。それでもいいですか」

石坂は平板な口調で、「わかりました」とだけ言った。

珠は携帯を閉じると、小走りに買い物籠《かご》を近くの台の上まで運び、凄《すさ》まじい勢いで中のものをポリ袋に詰め始めた。信じられないことが起こった、という思いよりも先に、珠が真っ先に考えたのは、この後、どこで石坂に電話をかければいいのか、ということだった。

スーパーの店内は、どこを見渡しても騒々しかった。百貨店と隣接しているスーパーだった。地下通路を使えば、そのまま百貨店や駅に行けるようになっている。そのため、地下通路には小さな食材店や雑貨屋などが軒を連ねており、その時間帯、主婦や学生、勤め帰りの人々などで混雑はピークを迎えていた。

混乱した頭の中では、静かに話せそうな場所など、一つも思いつかなかった。かろうじて、スーパーを出て奥に行ったところにあるトイレとその周辺が考えられたが、まさかトイレの中で石坂と会話をするわけにはいかない。

トイレ脇の休憩所は、大きな観葉植物とベンチがいくつか置かれ、広々として落ちついていたが、いつ行っても、子連れの主婦や買い物に疲れて休んでいる年輩のグループが陣取っていた。

それならばいっそ、外に出て、歩きながら話したほうがいい、と珠は慌ただしく判断した。歩いているうちに、適当な場所が見つかるかもしれない。騒々しい建物の中にいるよりも、外のほうが相手の声が聞きとりやすいだろう。

スーパーのポリ袋をぶら下げ、虎毛のフェイクファーのついた黒いトートバッグを腕にかけると、珠は猛然とダッシュした。スーパーから外に出るためには、エスカレーターとエレベーターがあったが、そんな悠長なものに乗るつもりはなかった。

スーパーを出てすぐのところには、非常階段がある。珠は迷わず、階段に向かった。

地下二階分の殺風景な階段を駆け上がり、建物の外に出て、いったん呼吸を整えた。

乾いた冷たい真冬の空気が、肺の中を一巡していくのが感じられた。日もとっぷりと暮れた歩道には、冬枯れた並木が連なっていた。葉を落とした木々の枝で、淡い水色のイルミネーションがまばらに瞬いている。人通りは想像していたよりも少なくて、やっぱり外に出て来てよかった、と珠は思った。

石坂の真意が測りかねた。不安と恐怖が、不吉な黒い泡のようになって、ざわざわと押し寄せてくる。

石坂が、春日治江から連絡先を聞き出してまで、電話をかけてくるとは夢にも思っていなかった。面と向かって、自分に怒りをぶつけるつもりでいるのか。そのための時間を作れ、と言いたいのか。それとも、何か法的な措置を考えている、ということなのか。名誉毀損《きそん》で訴えてやる、という話なのか。

法律のことはよくわからなかった。しかし、いくらなんでも、何かの事件に関与しているわけでもないのに、好奇心から後をつけてみた、というだけのことで、訴えられるなどということが現実に起こるのだろうか。

三分後にこちらから電話する、と言った以上、折り返し電話をかけないわけにはいかない。ぐずぐずしてはいられなかった。すでにもう、五分近くたってしまっているかもしれない。珠はイルミネーションの灯《とも》された並木道をおぼつかない足どりで歩きつつ、コートのポケットから携帯を取り出した。

意を決してリダイヤルボタンを押した。携帯を耳に押しつけ、気持ちを落ちつかせようと、深く息を吸った。

コール音が始まった。歩道を行き交う人々の靴音が、妙に大きく聞こえてくる。車の音、バイクの音、近くの店から流れてくる陽気な音楽。珠の脇を歩いていた中学生とおぼしき少女の三人連れが、雑貨店の店先に山と積まれていたピンク色の小さなクマのぬいぐるみを指さし、大きな笑い声をあげた。三匹の小犬が、一斉に甲高く吠《ほ》えたてた時のような騒ぎになったので、珠は足を速め、その場から離れた。

五回目のコール音が鳴り終わった時、「はい、もしもし」と石坂が低い声で応じた。

「白石ですが」と珠は硬い口調で言った。「すみません、遅くなってしまって。今ちょっと外にいて、まわりがうるさくて、なかなか静かな場所が見つからなかったので……」

石坂は「そうですか」と言った。冷ややかな言い方だった。

わずかだが、沈黙が流れた。珠は身構えながらも、さらに足を速めた。

「こんなふうに連絡をとる必要はない、とも思ったんですけどね」と石坂が切り出した。「ずいぶん迷いましたよ。でも、やっぱりね。こういうことは、理由がわからないままに、黙殺しているわけにはいかないですから」

「黙殺、って……」と珠はおずおずと訊《き》き返した。

「ずっと尾行されてきたにもかかわらず、その理由がわからないでいる、というのは、相当、薄気味悪いことじゃないのかな」

珠は黙ったまま、石坂の次の言葉を待った。

「だから」と彼は言った。「無理を言って、春日さんから、携帯の番号を教えてもらったんですよ」

「はい」と珠は言った。声になっていないような気がしたので、咳払《せきばら》いをし、もう一度、「はい」と言い直した。

石坂は静かな場所から電話をかけている様子だった。ため息なのか、ふっと息をつく気配があった。

次に彼は不自然に声を張り上げて、「こうやって電話したのはね」と言った。「近々、時間をとってほしい、ということを言いたかったからですよ。この間も駅で言ったように、きみには山ほど訊きたいことがあるし、話したいこともあるんでね」

きみ、と呼ばれた瞬間、珠は篠原から「あなた」と呼ばれた時のことを思い出した。「きみ」と「あなた」との間には、千里の距離があるような気がした。

「……はい」と珠はかろうじて応じた。「……わかりました」

「わかりました、っていうのはさ、それは会うことを了解した、っていうように受け取っていいの？　それとも、単に僕が言ってることが理解できた、っていう意味？」

小馬鹿にしたような訊き方だった。珠は目上の人間から、言葉づかいについてたしなめられている気分になった。

「すみません。了解した、っていう意味です」

「最近の若い子とは、会話が通じないことが多くてね」と石坂は苦笑をにじませながら言った。「言葉足らずなんだよね。そういう自己中心的な話し方をしていると、相手には意味が通じないこともある、ということがわかっていない。僕が勤めている会社にも、そういう若い社員が大勢いるもんだから。つい、きみの話し方が気になって……」

「……申し訳ありません」

「別に説教してるわけじゃないよ」石坂は軽くなだめるように言った。「ただ、いつも感じてることを言っただけだから、気を悪くしないように。話がそれたな。そんなことはどうでもいい。つまり、まあ、そんなわけで、できるだけ早く会って話したいんだけど、いつがいい？」

「いえ、私はいつでも。あの、そういうことでしたら、そちらに全部お任せして、私が合わせますので」

「僕はウィークデイは仕事があるから、できれば昼間ではなく、夜のほうが都合がいいんだ。それと、わざわざこんなことは言う必要もないだろうけど、きみはもう、うちの事情はわかってるよね。休日はちょっといろいろ、出かけるのが難しくなる。だから、平日の、しかも夜にしてもらえればありがたい」

　うちの事情、というのが、妻との関係を言っているのであろうことはすぐにわかった。初めて電話をかけてきて、自分を尾行してきた相手に向かい、邪気もなさそうにそんな話をしてくる石坂が珠には不可解だった。

もともと、人なつこい、オープンな性格なのか。それとも、どうせすべて珠には知られてしまっているのだから、という投げやりな気分があるからなのか。

「でしたら、平日の夜にご指定の場所に伺います」と珠は言った。

「だったらそうさせてもらおうか。なるべく早いほうがいいんで、そうだな、早速、今週金曜日、七時に赤坂見附《あかさかみつけ》で、というのでどうかな」

「はい。大丈夫です。金曜の七時に、赤坂見附ですね」

石坂は赤坂見附にあるホテルの、ロビーフロア奥にあるコーヒーラウンジを指定してきた。P駅から赤坂見附までは、青山一丁目で地下鉄を乗り継いで一つ目。駅を降りてすぐ正面にあるホテルだから、と彼は言い添えた。

「じゃあ、詳しくはその時に」

あっさりと電話を切ろうとした石坂を珠は慌てて引き止めた。

「あのう、お会いする前に一つ伺っておきたいことがあるんですが。いいでしょうか」

「何？」

私のことを、家庭を崩壊させたストーカーだとして、公的機関かどこかに訴えるつもりでいるのでしょうか、そのことを事前通告するために、私と会いたいとおっしゃっているのでしょうか、もしそうだとしたら、それはとんでもない誤解です……そうまくしたてようとして、珠はその言葉を呑《の》みこんだ。

今、ここで、その種の生々しい会話はすべきではなかった。石坂を刺激し、よりいっそう怒らせてしまう可能性があった。

「訊《き》きたいことがあるのなら、訊けばいいよ。何？」

咄嗟《とっさ》に珠は、質問内容を変えた。「あのう……ええと……春日さんから私の携帯の番号を聞いた、というお話ですが、その時、どういう理由を作って聞き出されたのか、っていうことがちょっと気になって……」

「そりゃあ、気になるだろうな」と石坂は言った。喉《のど》の奥で渦巻く笑いをかみ殺しているような言い方だった。「でも、言っておくけど、今回のことは一つも話してないからね。当然だよね。僕だって知られたくないんだから。そうだろ？」

「あ、はい。わかります」

「春日さんには、作り話をしたんだよ。近所に住んでるきみとばったり電車の中で会って、ずっと隣同士に座ってしゃべってた時に、きみから童話を書いてるという話をされた、っていうことにしてある。それで、いつか原稿を読んでほしい、と頼まれた、って。その件で近々、連絡をとりたいから、と言うと春日さんはすぐに教えてくれた。もっとも、ぬか喜びされると困るので、本人には内密に願います、と強調しておいたけどね」

珠が黙っていると、石坂はまた、小馬鹿にしたように、くすりと小さく笑った。「そういう答えで満足かな」

「はい。ありがとうございます。よくわかりました」

「じゃ、そういうことで」と彼は言った。「詳しいことは金曜日に。言っておくけど、ドタキャンはなしにしてほしい。いいね？」

「もちろんです。大丈夫です。お約束します」

珠がそう言うと、通話は切れた。

どこをどう歩いたのか、珠は自分が、裏通りにある古い、朽ちかけたような雑居ビルの前に佇《たたず》んでいることに気づいた。

細長い雑居ビルは五階建てだった。どの窓にも明かりは灯されておらず、一階部分にあったらしいイタリアンレストランの木製のドアには、「諸事情により、閉店させていただきます」と書かれた千切れかけた画用紙が、ガムテープで留められたまま、半分だらりと垂れ下がっていた。

白地に黒いぶちのある汚れた猫が、口に何かくわえたまま、ビルの脇から凄《すさ》まじい勢いで走り出て来た。廃墟《はいきょ》と化したビルの横には焼き鳥屋があり、換気扇を通して、鶏《とり》を焼く油じみた煙が流れてきた。

珠は未《いま》だ解けない緊張感の中、石坂と交わした会話を反芻《はんすう》した。

石坂が珠を「きみ」と呼ぶ時の、少し気取った言い方は、その呼び方自体が不慣れであることを感じさせた。彼はふだん、女に向かって「きみ」と呼ぶことはないのだろう、と珠は思った。

初めのうちは丁寧語を使ってしゃべっていたのに、途中からいつのまにか、いわゆる

「ため口」に変わっていった。二十歳近く年下の珠を見下していることを知らしめるためもあったかもしれないが、むしろ、そうした口調の中に珠は、石坂本人の心のアンバランスさを感じとった。

あの人もまた、と珠は思った。ひどく緊張しているのだ。私という人間がやったことの意味がわからず、彼が怯《おび》えきっていることは確かなのだ。

互いが互いの存在に強く気をとられている。想像だけがふくらんで、どんどん相手の虚像が出来上がりつつある。

互いがこれほどまでに怯え合っているのだとしたら、必要以上に怖《お》じ気づく必要もない、むしろ堂々と会いに行けばいいではないか、と珠は思った。

私も彼をもっと知りたい。彼も私のことを知りたがっている。だから会う。篠原ならば、事態がこのように進展したことは喜ばしい、と言うだろう。

そのように考えていくと、いくらか気分が楽になった。

緊張が続いたせいか、喉がからからに渇いていた。冷えたビールが飲みたい、と思いながら、珠は携帯をトートバッグの中に戻し、焼き鳥屋から流れ出てくる煙を全身に浴びながら、うつむき加減にせかせかと歩き出した。

14

その週の金曜日、大学院での授業を終えてから、珠は地下鉄を乗り継いで赤坂見附の駅で降りた。

赤坂見附周辺に、珠はふだん、あまり立ち寄ることはない。石坂が指定してきたホテルの上階にあるバーには、その昔、武男と待ち合わせるために一度行ったことがあったが、その後は利用していない。むろん、ホテルのコーヒーラウンジには入ったこともない。

地下鉄を降りたのは六時過ぎで、待ち合わせの七時までには、まだ時間があった。珠は駅ビルの中にあるファッションブティックを、半ば上の空のままひやかして歩いてから、化粧室に入った。

ふだんの髪型ではなく、長い髪の毛を首の後ろでゆるく一つにまとめ、太い三つ編みにして右肩から右胸にかけて垂らしてある。ヘアアクセサリーは何もつけていない。

学校での試験の際や、何か重要な発表などを任されている時、長い髪の毛が邪魔で、三つ編みにして行くのが珠の習慣だった。そうすることによって、頭に鉢巻きでも巻いたように、きりりと引き締まるような気分になれるからだった。

その日の気分もそれに近いものだった。だから三つ編みにしてきたのだが、これから起こることはおそらく、これまで珠が経験したどんな局面とも異なっているに違いなかった。どれほど気分を引き締めて臨んだとしても、事がうまく運ぶかどうかはわからなかった。

薄茶色のハーフコートの首には、暮れに渋谷で買った、フリンジつきの白いマフラーを巻いている。しのぶが身につけていたものとよく似ていたから買ったのだが、こうやって三つ編みにしたヘアスタイルの首に巻くと、何の変哲もない、ただのマフラーになってしまったような気がしないでもない。

長い髪の毛も一緒にマフラーで巻き込んでしまわないと、あの晩、恵比寿のホテルで見たしのぶと同じにはならない。三つ編みをほどいて、しのぶそっくりにふるまい、これから会う石坂を内心、ぎょっとさせてみたくもあったが、そんないたずら心を実行に移せるほどの余裕は皆無だった。

後れ毛が出てしまっている部分を軽く手で撫《な》でつけ、塗るとローズピンク色に輝くというリップクリームを塗り直してから、じっと鏡を見つめた。

今朝から顔色があまりよくない。理由はよくわかっていて、体調が悪いせいではないのに、卓也から「なんか、珠、顔色悪いよ。もしかして生理が近い?」と訊《き》かれた。「そうかな。「生理は、この間、終わったばっかかじゃない」と珠は明るくごまかした。「そうかな。顔色、悪い? でも、体調はバッチリだけどね」

「光線の加減かな」

「だったらよかった」と言い、卓也は珠に近づいてきて、ふざけて珠の頭をタックルしてきた。
「だと思う」
「わあ、何すんのよ」と声に出して笑い、珠も負けじと卓也の首に手を巻きつけて、しまいに二人は共に絡まり合うようにして床に倒れた。くすぐり合い、子供のようにじゃれ合い、仰向《あおむ》けの姿勢で横たわった珠の上に、卓也が乗った。

卓也は珠の顔にまとわりついていた髪の毛をかき上げ、顔中についばむようなキスをし始めた。やがて呼吸を乱しながら、珠の着ていたセーターをたくし上げ、乳房に触れ、もどかしげにもみ始めた。
「なんか、急にしたくなってきた」

珠は笑って「だめよ、タク」と言った。「時間、ないよ。私、もう出かけなくちゃいけないんだもの」
「うん。わかってる。でも、したい」

卓也は珠の股間《こかん》に手を伸ばしてきた。珠は笑いながら彼の腕をつかんで拒み、「だめだめ。今は無理。遅刻しちゃう」と言って、身体を起こした。
「こんなになっちゃったよ」と卓也は言い、情けなく笑ってみせた。次いで、珠の手をそっと取ると、はいていたジャージーパンツの上から、勃起《ぼっき》したものを触らせた。

珠は「あら」とだけ言って、笑い返した。

とはいえ、さほど不満が残ったわけでもなさそうだった。彼はおどけて大きな咳払《せきばら》いをし、深呼吸をしてから、「もう平気」と言って、また笑った。

卓也は今夜も桃子と一緒である。桃子の息子は、術後の快復が早く、もうじき無事に退院するそうで、桃子は安堵《あんど》したのか、仕事に欲を出している。卓也は相変わらずつきっきりだ。

昼間、あんなに猛々《たけだけ》しく勃起していた卓也は、今夜、桃子を抱くのだろうか、とふと思った。いや、連日、桃子を抱いているのに、昨日だけ何らかの理由があって抱けなかったものだから、今日は私を相手に、ちょっとしたことで欲情してしまったのではないだろうか。

あまりにも繰り返し想像していると、その種の情景を頭の中に思い描いてみても、さして苦痛ではなくなるのが不思議だった。

珠は、鏡の中の自分の顔に向けて、小さく「よし」と声をかけてから、化粧室を出た。六時四十五分だった。指定されたホテルは、駅ビルの正面にある。

その日の夕刻からは都内でも雪が舞うかもしれない、と予報されていた。気温は下がっていたが、いよいよだ、と思う緊張のせいで火照り出した肌に、湿りけをふくんだ冷気が、かえって心地よかった。

ホテル内のエスカレーターに乗り、ロビーフロアに出る。絨毯《じゅうたん》の敷きつめられたロビーフロアは、金曜の夜とあってか、宿泊客や何かの待ち合わせに利用しているとおぼしき人々でごった返していた。

コーヒーラウンジの入り口に立ち、珠がおずおずと店内を見渡していると、案内係の制服姿の若い女が、珠に近寄ってきた。

「お待ち合わせでいらっしゃいますか」と問われ、「はい」とうなずき返した。店内に石坂の姿はない。約束の七時には、まだあと五分ほどあった。

その時だった。珠の背後で、「早かったんだね」という声が聞こえた。

一気にどくどくと打ち始めた心臓の音が、耳にまで響いてきた。珠が振り返ると、そこには石坂が立っていた。

いつも見慣れている黒いコート姿で、手には黒い鞄《かばん》を提げていた。尾行を開始した日、彼が表参道駅地下のカフェで、しのぶと会っている時に手にしていた鞄と同じものだった。

先だって、駅の改札口で声をかけてきた時のような、刺々《とげとげ》しい雰囲気は感じられなかった。彼はむしろ、珠と会うのを楽しみに待ち合わせの場所にやって来た、と言ってもいいような、やわらいだ表情さえ浮かべていた。

珠は「どうも」と小声で言い、ぎこちなく頭を下げた。案内係の女が、二人に向かってにこやかに、「おたばこはお吸いになりますか」と訊《たず》ねた。

珠も石坂も同時に首を横に振った。あまりにも同時で、まるで示し合わせたかのようだったのを可笑《おか》しく思ったのか、石坂が、ほんのわずかに微笑するのが見てとれた。

案内係は「禁煙席にご案内いたします」と言い、二人の先に立って歩き出した。石坂の後に続くつもりで、珠はその場に突っ立ったまま、彼に先を譲ろうとした。だが、石坂は「先に行きなさい」と小さく言って、珠の背に軽く触れた。

あくまでも、ごく軽く触れられただけのことだった。触れるか触れないか、ぎりぎりのところまで指を近づけ、何かの拍子に触れてしまった、というだけのことのようでもあった。

それなのに、薄茶色のハーフコートの背の部分に、いきなり火のついたたばこの先を押しつけられたような感覚を味わった。珠は思わず身を翻し、早足で案内係の女の後を追った。

案内されたのは、店内の右奥角にある、二人掛けのテーブル席だった。明らかに上座と下座があったため、珠が自分から下座に座ろうとすると、石坂が「いいよ、僕がこっちで」と言った。

そんなことで押し問答をしていても、埒《らち》があかなかった。珠は黙礼して、上座に腰をおろした。

コートを脱ぎ、軽く畳んで椅子の背にかけた。石坂も同じようにした。

改めて背筋を伸ばして向き合うと、さらに緊張感が増した。目と目が合ったので、珠は目を伏せ、膝《ひざ》の上に両手を載せた。

オーダーを取りに来たギャルソンが、飲み物のメニューを二人の前に差し出した。石坂はメニューに目を走らせることもなく、「僕はコーヒー」と言った。せかせかした口調だった。「きみは？」

「あ、はい。私もコーヒーをお願いします」

「カフェオレにしなくていい？」

「は？」

石坂は無表情のままではあったが、口もとにわずかな笑みを浮かべ、「女性はカフェオレが好きだと思って」と言った。「大きなお世話だよな」

「いえ」と珠は言い、首を横に振った。「ありがとうございます。私はコーヒーでいいです」

「じゃ、コーヒー二つね」

注文を受けたギャルソンが、恭しく礼をして立ち去ると、石坂はゆっくりと前に向き直り、腕組みをした。珠を正面から見つめ、遠慮会釈のない視線で、じろじろと眺め回した。

「はじめまして、って言うべきなのかな。まったくおかしな関係だね、きみとは」

珠は黙ったまま、曖昧《あいまい》にうなずいた。

「大学院に通ってるんだって？」

「はい、そうです」

「専攻がフランス文学、って聞いたけど」

「その通りです」

「男性と一緒に暮らしてるよね。彼は女優のマネージャーをやっているとか」

「春日さんがそう言ったんですか」

「僕の情報源は今のところ、春日さんだけだからね」

珠は瞬きをし、曖昧にうなずいた。「マネージャーではありません。正確に言うと、専属の運転手なんです。雑用も引き受けますけど。ただのアルバイトですから」

「その女優、何ていったっけ」

「三ツ木桃子さん」

「あ、そうだった。春日さんから聞いたんだけど、僕はそういうことに疎いもんだから。名前を聞いてもすぐ忘れてしまう。三ツ木桃子は、あのあたりに住んでるんだってね」

「はい、そうです」

「で、きみは親御さんから仕送りを受けて生活しているんだとか」

「ええ。父は今、ドイツにいるんですけど」

「ほう。ドイツのどこ？」

「ドレスデン」

「春日さんは間違った情報をくれたんだな」石坂はうすく笑った。「パリだったか、ロンドンだったか、って思い出してて、そうです、ロンドンですよ、なんて断定口調で言ってた。ひどいな。ロンドンとドレスデンは、全然、違うじゃないか。じゃあ、お母さんも一緒にドレスデンに？」

「母は亡くなりました。私が高校の時に」

「そうか。それは失礼」

「いえ」

先程のギャルソンが円い、銀のトレイでコーヒーを運んできた。それぞれの目の前にコーヒーと、チョコレートチップスが二枚載っている小皿が置かれた。

石坂はコーヒーをブラックのまま、飲み始めた。珠はミルクを注ぎ、スプーンでかきまわしたが、喉《のど》が詰まったようになって飲む気がしなかったので、そのままにしておいた。

石坂はカップをソーサーに戻すと、珠を見た。「兄弟は？　いるの？」

「兄が一人います」

「一人っ子みたいにも見えるけどな」

「兄とはずっと疎遠ですから。一人っ子みたいなものかもしれません」

「お兄さんは何を？」

「ふつうのサラリーマンです。私よりも七つ年上で、早く結婚して子供作って、今、千葉に住んでます」

「会ってないの？」

「ほとんど。私が今のマンションに暮らし始めてから、一度も」

「さあ。もともと気が合わないので、関心がないまま大人になって。お互いに、ですけど」

「ふむ」と石坂は年寄りじみたうなずき方をした。ゆっくりとコーヒーカップを口に運び、再び珠を見た。「何かバイトをしているような感じでもないけど。してないよね」

「私が、ですか」

「そう。きみが」

「はい。バイトはしていません」

「ということはさ、お兄さんはとっくに家庭をもって独立してるからいいとして、きみの学費と、同棲《どうせい》相手の彼との生活費は、そのドレスデンにいるお父さんが全額、送ってくれている、というわけだ」

「はい。まあ、そういうことになります」

「こんなことを訊《き》いたら失礼かもしれないけど、その、三ツ木桃子の運転手をやっているという彼だって、収入はそれほどよくはないんだろう」

「よくないです」

「つまり、きみのお父さんは、娘カップルのために毎月、送金しなければならない。そしてそれをきみは、甘んじて受けながら暮らしている。そういうことになるね」

訊問《じんもん》された上で、生活全般を赤の他人から非難されているような気分になった。話の核心に至る前に、彼があらかじめ、この種の表層的な質問を繰り返し、珠の人となりを見極めようとしているのは見てとれたが、たとえそうだとしても、このような形で嫌味を言われ続けるのは不快だった。

何よりも、論点がずれている。今、話すべきは、まったく違うことではなかったのか。珠の尾行について話すはずだったことが、珠の人間性、珠の家庭環境の話にすり替えられている。

珠は腹立たしい気持ちをなんとか押し殺しながら、「そうですね」と硬い口調で言った。「おっしゃる通りかもしれません」

「しかし、それにしても、ずいぶん物分かりのいい、お父さんなんだね」

嫌味を言うのもほどほどにしてほしい、と思った。石坂に向けてわき上がった怒りの感情が、それまで珠の中に張りつめていた緊張感を一挙に解きほぐした。

珠は、はすっぱを装いながら肩をすくめ、眉《まゆ》を吊《つ》り上げてみせた。「父には弱みがありますから」

「弱み？」

「今は日本人の女の人と暮らしてるんです、あちらで。銀座の店で知り合ったという人です。父は彼女に夢中になって、さっさとドレスデンに連れて行っちゃいまして。そのうち結婚するんだろうと思いますけど、私はその人のことが、大嫌いで。父もそのことには気づいてるはずなので、すごくバツの悪い思いをしてるんだろうと思います。だから、仕送りに関しても、私が同棲してることに関しても、父は何も言えない。何か言おうものなら、私は父と一緒にいる女性について罵詈《ばり》雑言を吐くと思うし、そうなったら、私と父の関係は決定的に気まずくなりますから。それは父が絶対に避けたいことなんです」

珠が一挙にまくしたてると、「なるほど。そうか」と石坂は言い、腕組みをしたまま、ふふ、と短く笑った。深くうなずいた。「そういうことか。お父さんとしてはお互いさま、というわけなんだね」

珠はまた、肩をすくめた。「どうでしょう。よくわかりませんが」

「しかし、まあ、人にはいろんな人生があるもんなんだな。今さらながらだけど、そういう話を聞くたびに、改めて感心するよ」

珠は顔を上げ、歪《ゆが》んだ微笑を浮かべながらうなずいて、コーヒーカップを手に取った。石坂の視線を感じたが、別段、緊張は甦《よみがえ》らなかった。コーヒーを二口ほど飲み、落ちついた仕草でソーサーに戻した。

石坂はしばし黙っていたが、やがておもむろに口を開いた。「春日さんは、きみのことを育ちのいいお嬢さんだと言っていた。実際、会ってみると、その通りなんだね」

珠は苦笑を浮かべてみせた。「全然、そんなことありません。母は私が子供のころから病弱でしたし、父はもともと、変なひとですし。それをいいことに、私は好き勝手をやってきましたし。育ちなんか、これっぽっちもよくないです」

「いや、違う。育ちっていうのは、そういうことじゃない。両親がそろっていたかいないか、経済的に恵まれていたかいないか、ということも、本当のところは何の関係もない。幼いころに受けた愛情の問題なんだよ。僕も春日さんと似たようなことを思っていた。育ちがよさそうなのに、どうしてこういうことをするのか、ってね」

いきなり話が本題に入った。計算ずくだったとも思えないが、話の運び方があまりに自然だったため、気持ちの準備ができていなかった。珠は気おされたようになって、押し黙った。

石坂はそんな珠を余裕たっぷりに観察するように眺め回し、ややあって、「正直に言ってほしい」と言った。低い声だった。「何を聞かされても怒らないから。きみを責めたりもしないから。今日はそのつもりで来たんだからね」

珠は顔を上げ、彼を凝視した。その言葉をまるごと無条件に信じろ、というほうが無理だった。この人は何か企《たくら》んでいるに違いない、企まないはずはない、と珠は思った。

「当然だけどさ」と石坂は言った。「自分を尾行しているのが、すぐ近所に住んでるきみだったと知った時は呆然《ぼうぜん》としたよ。不気味だったし、いろいろ、あらぬことも想像した。妻がきみに依頼したんじゃないか、とか、その逆もね。僕の恋人がきみに頼んだのかもしれない、って疑ったこともある。今でもその二つの疑惑は晴れていない。でも、そんなふうになるのも当然だろう。目と鼻の先に住んでる、大学院に通う若い女に、どうして俺が尾行されなくちゃいけない。たとえ、俺が家庭の外で女と深い関係をもっていたとしたって、なんでそのことをいちいち、近所の女に嗅《か》ぎまわられなくちゃいけないんだ。不愉快だよ。不気味だよ。そうだろう？」

語気が荒くなった。珠が黙ったままでいると、彼は、ふっと吐息をつき、「別にきみに怒ってるわけじゃない」と言った。「きみが僕と僕の恋人の後をつけまわしたことの裏には、必ず何か具体的な理由があるはずで、俺はその理由を正直に言ってほしいだけなんだよ。いいかい。もしも、だよ。もしも正直に言ったら、誰かが傷つくとか、誰かとの約束を破ることになるとか、思っているんだったら、それもまた、正直に言ってほしいんだ。そのこともふくめて、俺はきみの相談に乗りたいと思ってる。こうやってきみを呼び出したのも、決してきみを責めたり、きみを追いつめたりすることが目的じゃないんだからね」

「僕」が「俺」になっていく過程で、石坂が必死の思いで訴えようとしていることが、珠にもまっすぐ伝わってきた。この人は本当に、必死になって、理由を知りたがっているのかもしれない、と珠は思った。

珠はコーヒーではなく、グラスの水をひと口飲み、肩で深く息を吸った。

「たぶん」と珠は神妙な口調で言った。「正直に本当のことを話しても、信じてもらえないだろうと思います」

「どうして」

「何て言えばいいのか……石坂さんが想像なさっているようなこととは、全然違うからです」

石坂は乾いた声を出して笑った。「やけに思わせぶりだな」

「いえ、そういうつもりじゃなくて。ひと言じゃ言えないし、言ったところで、すぐにわかっていただけるようなことじゃないんです。だから……」

「すぐにわからなくたって、いいじゃないか。とにかく話してごらん。少なくとも最後まで聞かせてもらうよ」

珠は石坂をまじまじと見た。石坂も珠を見つめ返した。

「私がしたのは」と珠は掠《かす》れた声で言った。「……文学的・哲学的尾行だったんです」

肩にこめていたらしい力が、いっぺんに抜けた様子だった。石坂は姿勢をくずし、半ば呆《あき》れたように「なんだって？」と訊き返した。「ブンガクテキ？」

「文学的・哲学的尾行、です」と珠は繰り返した。「石坂さんは、フランスのアーティストで、ソフィ・カルという人をご存じではないでしょうか」

「あいにく知らないね」

「日本では一部を除いて、あんまり有名ではないので、知らない方も多いと思うんですが、そのソフィ・カルという女性が書いた作品の中に、すごく実験的なものがあるんです。街ですれ違っただけの、まったく見知らぬ人間を尾行して、そのことを記録する、っていう。私の大学時代、ゼミでその作品がテキストとして取り上げられていて、それ以来、ずっと興味を持っていました」

「ちょ、ちょっと待って」と石坂が身を乗り出した。「ということは、きみはその、なんたらという女のアーティストをまねて……？」

「まねた、というより、同じことを私という人間がやってみたら、どうなるのだろう、という興味があったもんですから」

「そんなことをして、何の意味がある」

「ですから、意味なんて、ないんです。無意味なんです。無意味なのに、知らない人を尾行してみることに、哲学的で文学的な意味が……」

石坂はため息をつき、大げさに天を仰いだ。「参ったな。もう少し説明してもらわないと、本当に意味がわからないよ」

「これは存在論の問題なんです。実存の問題というのか……私の力では、うまく説明できないんですけど」

珠は、ソフィ・カルの著書の中で、哲学者ジャン・ボードリヤールが書いていた解説を引き合いに出し、拙《つたな》い言葉で必死になって、それを石坂に語り始めた。石坂は真剣な顔をして耳を傾けながらも、足を組み、身体を斜めにして、珠を軽蔑《けいべつ》するように見つめたり、ため息をついたり、目の前の水を飲んだりし、あげくの果てに、くすくすと笑い出した。

「OK、もういい。そのことはもういいよ。わかった」途中で珠を遮ると、彼は首を左右に振り、また笑った。「ボードリヤールなんていう名前を、今日、きみの口から聞くとは思ってもみなかった。頭がくらくらするよ」

「すみません。でも、きちんとお話しするためにはこういうことを……」

「わかった、わかった。きみがそのテキストと大学時代のゼミの影響を受けて、俺を尾行したっていうくだりは、よくわかったよ。で、ここからが本題だ。いい？　なんで俺だったの。今のきみの理論からすると、他の人でもよかったんだろう」

「もちろんそうです。誰でもいいんですから。でも、たまたま見かけて、私をその気にさせてくれたのが石坂さんだったんです」

「たまたま見かけた、っていうのは駅で？」

「いえ、その前に、お宅の庭で、奥様と一緒にいらっしゃるところを見ました。もともと、私が住んでいるマンションの窓からは、通りをはさんで石坂さんのお宅がよく見えるんです。でも、別に覗《のぞ》いてたわけでは全然なくて、本当にすべてが、たまたまだったんです。あの日は、たぶん、石坂さんはお出かけになる前だったんだと思いますが、ちょうど私も外出する時だったので、庭で奥様と一緒にいらっしゃる様子が見えて……。その後、私がバスで駅前に出ると、石坂さんが奥様の運転する車で送られて来て、ロータリーのところで車から降りてきたんです。後ろの席には、お嬢さんと犬が乗っていました」

「ああ、覚えてるよ」と石坂はメタルフレームの眼鏡の奥で、目に暗い光をためながら言った。「あの日だ。そうか。きみが俺を尾行し始めたのは、あの日からだったのか」

こくり、と珠はうなずいた。「石坂さんは奥様とお嬢様に、ずっと手を振ってらして、なんかその時の様子に感じるものがあって……」

「どういうこと？」

「よくわからないんですが、この人の尾行をしたい、と思わせる何かがあったんだと思います」

「そう言われても、俺もわからないね」

珠はかまわずに続けた。「その後、石坂さんは電車に乗って、表参道まで行かれましたね。尾行を開始したわけですから、当然、私もついて行きました。表参道の駅ナカのカフェに入った石坂さんとは、うまく隣同士の席に座ることができて。私は怪しまれないように、ずっとｉＰｏｄを聴いてるふりをしてました。そうしたら、そこにしのぶさんが現れて……」

石坂の顔色が変わった。

「ちょっと待って」と石坂は、低い声で珠を制した。「どうしてきみは、彼女の名を知ってる」

今にも怒り出しそうな気配が、石坂の顔に漂った。珠は少し面食らった。尾行をしていたことを認めた人間が、尾行相手の名を知っていたからといって、別段、驚くにあたらないではないか。

石坂は指先で眼鏡を押し上げてから、じっと珠を見つめ、威嚇するかのように訊《き》き返した。「きみは……きみは……彼女が誰なのか、最初から知ってたのか」

「まさか」と珠は言った。

「じゃあ、なんで彼女の名前を知ってるんだ」

珠はおずおずと答えた。「尾行、したからです」

「彼女を?」

「はい」

「きみは俺ではなく、彼女を尾行した。そういうことか。わけがわからないね。これまでの話だと、きみが尾行しようとしたのは、俺だったんじゃないのか」

怒りを表明したくて珠を呼び出したわけではなく、ただ、本当の理由を知りたかっただけなのだと、さも落ちつきはらった口調で語っていた石坂の、態度の急変が珠をげんなりさせた。それは、安手の正義漢を演じている、大根役者の演技のようにも感じられた。

俺には何をしてもいい、だが、恋人や妻には手出しをするな、したのだとしたら俺が許さない……安っぽい男のヒロイズムに酔った人間から、そんなふうにまくしたてられているような感じもする。

申し訳ないけど、私はあなたの奥さんや恋人に、あなたが想像するような意味での興味も関心も抱いていない。あなた自身にもない。私はただ、尾行しただけであり、それ以外、何の目的もなかったのだから……と内心、つぶやきつつ、珠はしらけた気分で相手の顔を見つめた。

「あの日」と珠は冷やかさを装いながら言った。「石坂さんはお仕事があるから、って急いでいらして、カフェを出た後、タクシーを使う、っておっしゃってましたよね。そういう会話が聞こえてきて、お二人がどうするか、わかっていましたから、それ以上、石坂さんの尾行を続けることは難しいだろうな、って思ったんです。タクシーに乗った石坂さんをタクシーで追跡するなんて、初めから考えていませんでした。そんなお金もないですし、だいたい、私は興信所の人間なんかじゃないですから」

「むしろ、興信所の人間だったほうが、どんなによかっただろうね」と石坂は嫌味たっぷりに言った。

珠は反応しないように注意し、先を続けた。「それで、私、お二人が別れた後、石坂さんではなくて、しのぶさんのほうを尾行することにしたんです。つまり、その時点で尾行対象者が変わった、ということになりますね」

「そういう言い方はもうやめなさい」と彼は苛立《いらだ》たしげに言った。「くだらないし、気味が悪い」

「わかりました」と珠は淡々と言い、ひと息ついた。「……ともかくそれで、私はしのぶさんの後をつけて行きました。しのぶさんは裏通りにあるマンションの、一階外側にあるメイルボックスの前で立ち止まりました。建物の外に郵便受けが並んでいるマンションです。しのぶさんは鍵《かぎ》を使って、中の郵便物を取り出してから、マンションに入って行きました。そこがお住まいであることは、すぐに見当がつきました。しのぶさんが開けたのが、どのメイルボックスだったのかも、はっきりわかっていたので、少したってから確かめに行くと、ボックスのネームカードみたいなところに、澤村デザイン事務所・澤村しのぶ、と書かれてあって……」

短い沈黙の後、「はっ」と石坂は情けない笑い声のようなものをもらした。そして、ひと思いに肩の力をゆるめてみせた。「そういうことか。そりゃあ、一目瞭然《りょうぜん》だよな。見ればわかる。しかもフルネームが書かれてたわけだ。職種までわかるよな。あとは何者なのか、詳しいことを調べるのは簡単だ。ネットをたたけば、一分もかからない」

珠はこくりとうなずいた。「うちに帰ってから調べてみましたけど。でも、それは人が探偵ごっこをしている時に味わう、ごくふつうの好奇心があったからで、本当はしのぶさんという方が何をなさっている方なのか、どんな経歴の方なのか、それ以上、詳しいことを調べる必要なんか、全然なかったんです」

「なんでだよ」

「ですから、さっきも少し言いましたように、文学的・哲学的尾行に、尾行対象者の履歴のようなものは、本来、必要ではないんです。対象者から、そういう社会的な表層を剝《は》ぎ取った形で、純粋に行わなければならないものであって……」

「もういい。わかったよ。頼むから、話をそっちのほうに持っていかないでくれ」と石坂は片手で珠を制し、力なく不機嫌そうに言った。「それで？　先を聞くよ」

「先、って、どの先でしょうか？　しのぶさんの名前がわかった後のことですか」

「違うよ。表参道の駅ナカのカフェに入って、きみが俺と彼女の席の隣に座った後のことだよ」

「あ、それですね。あの……本当にすぐ隣の席だったので、お二人の会話はよく聞こえました。私はiPodのイヤホンをつけてましたけど。もちろん、電源は切ったまんまで。それで、その会話の中で、お二人がプレ・クリスマスイブとかいうのを祝うのに、恵比寿のホテルに一泊する、ということを知ったんです」

「おいおい」と石坂は言い、右手で首の後ろをひと撫《な》でした。「参ったな。あの時の俺たちの会話は、全部、きみに筒抜けだったってことか」

石坂はがっくりと力が抜けたかのように、上半身を椅子の背もたれに押しつけた。ため息をもらし、再度、首の後ろを撫で、眼鏡を外して、目頭のあたりを揉《も》み始めた。深呼吸し、眼鏡をかけ直し、姿勢を正してから、彼は「参ったね」と繰り返した。「ふだん、テーブルとテーブルが近いような店では、声を落とすとかしてね、会話が盗み聞きされないよう、気をつけてるはずなんだけどね。iPodを聴いてるふりをされてたら、無防備にもなるよな」

珠は少しもじもじしながら、うすく微笑みかけた。何を言えばいいのか、わからなかった。

「参った、参ったよ」と石坂はいまいましげな独白のように繰り返した。「はっきり覚えてるわけじゃないけど、あの時、隣に若い女の子がいたような記憶がないわけじゃない。少なくとも、カップルがいたとか、年輩の客がいたとか、っていう記憶はない。そうだよ。若い女が一人で座ってた。髪の毛の長い……そうか。きみだったんだな」

「あのう」と珠は身を乗り出した。「それでは、あの時、隣の席にいた私が何か変だ、とか、怪しい、とかいったことは、まったく感じられなかったわけですよね」

石坂は憮然《ぶぜん》とした顔つきで珠を見据えた。

「当たり前じゃないか。なんで、隣の席に座ってｉＰｏｄを聴いてる若い女が、近所に住む女で、しかも、自分たちの会話を盗み聞きしてる、なんてことがわかるんだよ。わかるわけがない。そもそも俺は、きみがうちの近所に住んでる、ってことすら知らなかったんだから」

「お言葉ですけど」珠はおずおずと言った。「盗み聞きした、というのは誤解です。至近距離だったので、お二人の会話が自然に耳に入ってきただけです」

「同じことだろ」と石坂は吐き捨てるように言い、珠をにらみつけた。

珠は目を伏せ、冷めきってしまったコーヒーをひと口飲んだ。苦く感じられたので、次にグラスの水を飲んだ。

小皿に盛られた二枚のチョコレートチップスが目に入った。今ここで、それをつまんで、むしゃむしゃ食べてしまいたい、という猛烈な食欲にかられた。自分の分を食べ終えたら、石坂の目の前に置かれたチョコレートチップスにも手を伸ばすのではないか、とさえ思われた。

　朝からろくなものを食べていない。食欲がなかったので、昼食も大学院近くのコンビニで買ったハムたまごサンドを二切れ、食べただけだった。だから、空腹を覚えても不思議ではなかったが、情況を考えたら、あり得ない話だった。

　珠は自分が石坂を前にして、どんどん緊張を解いていることに気づき、可笑《おか》しくなった。石坂はまるで、長年、慣れ親しんだ年上の友人、もしくは親類の男のように感じられた。それは、嘘を言ったり、ごまかしたりする必要が何もないせいかもしれなかった。

「しかし、それにしても」と石坂は間延びしたような言い方で言った。「人間の記憶っていうのは不思議だよな。俺はきみを何度か見かけているうちに、いつのまにか、きみっていう人間の姿かたちを覚えてしまったんだろう。それがはっきりしたのが、あの、恵比寿のイタ飯屋で食事してた時だよ。あの時は、さすがに変だと思ったからな」

　珠は微笑を返した。「石坂さんたちが、お店の奥正面の、鏡張りの壁の前に座ってらして、私は……」

「そう。俺たちのすぐ前のテーブルにいた。そういう光景は、全部、鏡に映ってたからね。きみからはもちろん、俺からもきみのことが全部、視界に入ってた」

「あの晩、しのぶさんとホテルの一階のトイレでばったり会ったんです」

「知ってるよ。俺たちが言い争いして、彼女が怒って店を出てった後だろ？　彼女からも聞いたよ。彼女もきみに気づいてたからな。髪の長い若い女の子が、いつも私たちのそばにつきまとってるような気がする、って言ってたよ」

「さぞかし、気味が悪かったでしょうね」

「どうしてそういう、当たり前の質問をするんだよ。はい、気味が悪かったです、なんて俺に答えさせて、何がそんなに面白いんだよ」

言葉は荒々しく攻撃的に聞こえても、石坂の話し方にはぬくもりが感じられた。

珠は石坂に向かって、微笑みかけた。「きれいな方ですね」

「え?」

「しのぶさん。美人で、おしゃれで、カッコいいです。しのぶさんだけじゃなくて、奥さんも。春日さんが、石坂さんの奥さんのこと、いつもほめてました。最近では珍しく、美人で感じがいい人だって」

石坂は再び深いため息をついた。「何が言いたいんだよ。きれいで感じのいい妻をもってるくせに、きれいな恋人をもつなんて、女の敵だ、とかなんとか言おうとしてるのか? きみはフェミニズムの闘士だったのか? 悪いが、今、俺は、そういう種類の話を聞く気分じゃないからね」

「そんな」と珠は言った。「ただ、感じたことを正直に言っただけです」

石坂は顔を上げ、じろりと珠を一瞥《いちべつ》したが、何も言おうとはしなかった。

珠は我慢できなくなって、静かに手を伸ばし、小皿の中のチョコレートチップスを一枚、慎《つつ》ましやかにつまんだ。口に運び、そっと前歯をたてた。さくりという乾いた音がした。

甘くほろ苦いチップスを味わっている珠を石坂は、あきれ果てたような目で見た。彼は価値観の合わない人間から目をそらすように、そっぽを向いて、「他には?」とつっけんどんに訊《たず》ねた。「他には、どんな時に俺を尾行したんだ。この際だから、全部、言ってみなさい」

珠は口の中のものを慌てて飲みこみ、食べかけのものを小皿に戻した。「ご家族で犬を連れて、ご自宅の近くにあるケーキ屋さん……シャルル、ですけど、そこにお散歩がてらケーキを買いに行かれた時とか。その時は私、石坂さんと目が合いました。石坂さんがそれに気づいたかどうか、わかりませんが」

「今、なんて言った」

「目が合った、っていう話ですけど」

「その前だよ。ケーキ屋とか言ったね」

「ええ。シャルルっていう……」

「きみはあの日も?」

珠は深くうなずいた。「私は自宅にいて、たまたまご家族で外出なさるのが窓の下に見えたので、急いでマンションの下に降りまして……距離を置いて後をつけたんです」

石坂は応《こた》えなかった。精気を抜き取られた骸《むくろ》のような目で、珠を一瞥しただけだった。

「だから私、あの日、石坂さんがシャルルにいる時、ポケットの携帯が鳴ったか震えたかして、石坂さんがそれを見ている時に奥さんが何か気づいて、その後、ご自宅に戻られた後、奥さんと喧嘩《けんか》になったことも知っています」

「上等じゃないか。きみは部屋から俺と女房を見てたわけだ」

「はい」

「一部始終、をな」

「……はい」

「俺が車の中で、携帯でこそこそ、女に電話をかけてるのを女房に見られて、女房と言い争いになって、俺が腹をたてて車で外に飛び出したところも、見てたんだな」

「はい」

「恥ずかしい現場を全部、見られてたわけだ。テレビでよくある、実録なんとか、みたいなもんだ。でも、テレビだと張本人の顔にはモザイクがかけられるけど、きみが見たのはモザイクも何もない、なまの現場だったってわけだ」

珠は答えなかった。沈黙が流れた。

気まずい沈黙ではあったが、どこかに嵐の後の、青く突き抜けていく空のような解放感を思わせるものが漂ってもいた。

ややあって石坂が、重たげに口を開いた。

「そしてきみは、俺や俺の周辺で起こった、そういう一連のくだらない、恥ずかしい出来事をいったい誰にしゃべったんだよ」

珠はゆっくりと首を横に振り、「誰にも」と言った。「話してなんかいません」

「信じろ、というほうが無理かもしれないね」

「私のやったことを、もし理解してくださっているのなら、私が誰にも話すわけがない、ということはすぐにわかっていただけるはずです。だってそもそも、話す意味がないし、話したいとも思わないし、その必要がまったくないんですから」

彼は数回、神経質そうな瞬《まばた》きを繰り返してから、厳かに言った。「きみが単なるストーカーや脅迫者じゃないことは、よくわかったよ。おそらくはきみの言う通り、女房や澤村さんに頼まれてやったわけでもないんだろう。でも、悪いが俺にはきみの真意というか、意図がまったく理解できないんだよ。想像もできない。いったい何のためにそんなことをしたのか、わかりようもない。そんなことをして、何のためになるのか。何の得にもならないことに、どうしてまた……」

「ですから……」

石坂は片手で静かに珠を制した。「さっきの説明はくどくど繰り返さなくてもいいよ。それについてはわかったよ。その、なんたらというフランスのアーティストのものまねをしてみたかった、っていうんだろ。だけどね、いい年をした大人が、きみの言うような理由を聞いて、はあ、そうでしたか、よござんした、って納得できると思うか？」

「思いません」

間髪をいれずにそう答えた珠を石坂はしげしげと見つめ、ふう、とため息をつき、次いで小馬鹿にしたような笑みを浮かべた。

「そう答えられるだけ、まともなんだな」

「私のこと、頭がおかしいと思ってらっしゃるのかもしれませんね」

「そうは思いたくないし、きみは別に頭が変には見えない。でも、そう思わざるを得ないようなところもあるよ」

目の前のグラスの水を飲み、石坂は疲れ果ててふてくされた少年のような表情で、首を左右に倒し、コキコキと鳴らしてから腕時計を覗《のぞ》いた。「この後、何か予定がある?」

「いえ、別に何も」

「きみ、酒は飲めるんだろう?」

「飲めます」

「西麻布に知ってるワインバーがあるんだ。そこで何かちょっと腹に詰めて、ワインでも飲んでいかないか。アルコールを補給しないと、頭がこんがらがってどうしようもない」

わずかの迷いもなかった。石坂にそのように誘われたことが、珠を喜ばせた。

珠はくちびるを強くこすり合わせ、小鼻をウサギのようにひくつかせながら、目を輝かせて「はい」と言った。「ご一緒させていただきます」

「無理しなくていいんだよ。俺が酒を飲みたいだけなんだから」

「無理なんかしてません。私も飲みたいです」

「嬉《うれ》しそうじゃないか。酒好きなんだな」

「いえ、ふつうです。でも、こういう時にワインなんか飲んだら、もっと頭がこんがらがってしまいませんか」

「きみがその、わけのわからないアーティストやらボードリヤールの話やら、尾行だの対象者だの、っていう言葉を使って話さなきゃいいんだよ」と石坂は言い、メタルフレームの眼鏡の奥で、じろりと珠をにらむような目つきをした。

珠は首をすくめ、神妙に言った。「わかりました。その話、しないように努力します」

石坂はうなずき、じっと珠を観察するように見ていたが、やがてふいに噴き出した。つられて珠も笑い出した。

笑った石坂の顔は珠に、彼がしのぶと一緒にいた時の笑顔を思い出させた。これまで考えたこともなかったが、咄嗟《とっさ》に珠は、石坂には性的魅力がある、と感じた。

特別の美男でもなければ、華やいだところのある男でもない。なのに石坂には、確かに女を引き寄せる何かがあった。それはなにより、笑顔に表れていた。弾むような、透明感のある、正直で素直な、しかも牡《おす》の匂いを醸しだすに充分な、男くさい笑顔だった。

ほんのわずかだが、死んだ武男のそれに似ているような気もした。

ホテルの正面玄関を出てタクシーに乗り、珠は石坂に連れられて、西麻布の裏通りにあるワインバーに行った。雑居ビルの二階にあるバーで、カウンター席を中心に、テーブル席が六つある広々とした店内には、ちょうどいい具合に客が入っていた。

石坂はバーテンダーたちと顔見知りらしく、二言三言《ふたことみこと》、親しみのこもった挨拶《あいさつ》を交わし合ってから、着ていたコートを脱いだ。それとは別に、中年のギャルソンが珠に近づいて来て、コートを脱がせてくれた。

珠は石坂に促され、並んでカウンター席についた。店内には、低くスタンダードジャズが流れていた。少し離れたテーブル席で、四人の中年男女がどっと高笑いをするのが聞こえてきた。

メニューを渡され、珠が迷っていると、「腹減ってるんだろう?」と石坂が問いかけてきた。「いいから、なんでも好きなものを好きなだけ選びなさい」

スズキのカルパッチョ、フライドポテト、チリソーセージ、ポルチーニ茸《たけ》のリゾット……目につくままに、珠が声に出して言うと、石坂は「じゃあ、それ全部」と言い、オーダーを取りに来たギャルソンに注文を済ませてから、注がれた赤ワインを手にした。

「乾杯なんかはしないよ。なんで俺がきみみたいなやつとこうやって、ワイン片手にバーカウンターなんかに向かってるんだか。ったく、人生は意味不明だ」

そう言ってワインに口をつける石坂を目の端に留めながら、珠もまた、おかしななりゆきになった、と痛感した。

こんなふうに、石坂とワインバーのカウンター席に並んで座ることになるとは、夢にも思っていなかった。あれこれ想定問答を繰り返し、緊張しながら会いに行き、なるようになれと覚悟を決めていたものの、一方では、今夜の話し合いがどんな形に終わるのか、という不安は拭《ぬぐ》えなかった。

石坂という男の、人となりはわかっていたつもりでいても、こちらの出方次第では、思ってもみなかった方向に走り出すことも考えられた。社会的制裁を加えられたら、立場上、受けて立たねばならない。しかし、受けて立つなど、そんなことが可能だとも思えなかった。

そうした不安を押し殺しながら、どぎまぎして会いに行ったというのに、自分は今、無事に石坂との話を進めたばかりではなく、石坂と並び、大人びた店のカウンター席に座っている。

オーダーしたスズキのカルパッチョが、フライドポテトと共に運ばれてきた。ポテトにはケチャップとマスタードを盛り合わせた小皿がついていた。

「遠慮しないで、どんどん食べなさい」と言いながら、石坂は取り皿にスズキのカルパッチョを分け入れて、珠の目の前に差し出した。珠は口の中で礼を言って、それを受け取った。

しばしカルパッチョをつついた後で、「素敵なお店ですね」と珠は言った。

社交辞令ではなく、本当にそう思ったからだったが、石坂は、ふん、とかすかに鼻を鳴らしただけだった。

「よくいらっしゃるんですか」

「まあね。でも、澤村さんをここに連れて来たことはないよ」

「そうなんですか」

「理由があって、連れて来なかったわけじゃない。ただタイミングが合わなかった、ってだけのことだから」

「ああ、そういうのって、わかります。よくありますよね」

「社の人間や仕事関係者を連れて来たこともない。自分で決めてるわけでもないんだけど、ここではどういうわけか、一人で飲むことが多くてね。だから、この店はあんまり人に知られたくないんだ」

「そういう大切なお店に連れて来ていただいて、光栄です」

「別にそういうつもりできみを連れて来たわけじゃないからな。ここしか思い浮かばなかった、ってだけの話だからね」

珠はうなずき、「はい。わかりました」と言い、しばし間をおいてから続けた。「でも、一人きりで飲んでるのって、石坂さんのイメージじゃないですね」

「俺はどういうイメージなんだよ」

「恋愛体質、っていう感じとはちょっと違うんですけど、いつも隣に好きな女の人がいる、っていうイメージかな。そうじゃなかったら、家族でファミレスに入って、妻子を前にニコニコしながらビールを飲んでる、みたいな」

「そのどっちもあたってるようでいて、あたってないよ。俺はね、一人でいるのが好きなんだ」

「でも、ちょっと秘密をもつのが好き、って感じもします」

「秘密？」

「生活の中に秘密をもってたほうが活《い》き活《い》きする、っていうのか。そういう人、たまにいますよね。石坂さんはそういうタイプじゃないかな」

「人をさんざん尾行しといて、俺のこと、何も知らないんだな。俺は別に、秘密愛好家でもなんでもないよ。勝手に決めつけるな、って」

石坂は、ぷりぷりしながら籐《とう》の籠《かご》に入ったスティックに手を伸ばした。サービスで出されたチーズ味のスティックだった。スティックをかじり、ワインを飲み、しばし黙りこくっていたが、やがて彼はふと、どこか口ごもるような調子で言った。

「……うちのこと、きみはよく知ってるんだろ？」

「何をですか」

「女房のことだよ」

珠が黙っていると、石坂は「三文小説だよな、まるで」と言い、自嘲《じちょう》的に笑った。

「よくある話だよ。結末までありふれてる。ありふれてるからこそ、人生は価値があるのだ、なんて慰めてくるやつがいたら、ぶん殴ってやりたいね。価値なんか何もないよ。人生はおしなべて退屈なんだ。現実も小説も、だいたいの筋書きはありふれてるもんだよ。そうじゃないものなんか、めったにない」

妻の美保子が自殺未遂をしたことは事実だろうし、その原因を作ったのが、石坂としのぶの関係であることも間違いない。だが、さすがにそのことに直接触れるのはためらわれた。

珠は遠回しに訊《たず》ねた。「それって、何かもう、結論を出された、ってことですか」

「どうかな。これが結論なら、結論と言ってもいいかもしれないな。こういうことを聞くと、さぞかし知りたくて、うずうずするんだろうね」

「いえ、別に」

「いいよ。教えてやるよ。別に今さら、隠すようなことじゃない。俺と女房はね、元の鞘《さや》におさまったんだ。これって、今の若い連中が言う時は、モトサヤ、って言うのか？どうでもいいけど、ともかく、女房との関係はおかげさまで、なんとか修復されつつある。でもって、澤村さんとの関係も、密《ひそ》かに現状維持継続中。つまり、どちらとも別れず、俺は卑怯《ひきょう》にも、どちらも手放さないでいられた、ってわけさ」

珠は黙ったまま、フライドポテトにフォークを刺し、ケチャップとマスタードをつけて口に運んだ。温かいポテトは塩味がきいていて、美味だった。

「どう？　感想は？」石坂は隣の珠のほうを向き、面白そうに訊ねた。

「私なんかが、とやかく感想を言うようなことではないと思いますけども」

「ほう。優等生的な発言だね」

バーテンダーがカウンター越しに、二人のグラスにワインを注ぎ足した。ありがとう、と石坂は低く、品よく言った。

「嘘だよ」

「え？」

「今言ったことは嘘。大嘘。作り話。いくらいろんなことを知られてるからって、俺がきみみたいな、わけのわからん寝言を言って後をつけてくるような人間相手に、家庭の事情やら、恋人との事情やらをべらべら話すわけがないだろう」

「嘘でも本当でも、そんなの、どっちだって私はいいんです」と珠は言った。

「興味ないか」

「興味ない、っていうよりも、本当にどっちだってかまわないんです。私はたまたま見かけた石坂さんを尾行しただけの人間ですから。でも……奥さん、お元気になられて、よかったですね」

石坂はうなずき、「まあね」と言っただけだった。

珠はカルパッチョを口に運んだ。食欲が刺激され、フライドポテトを立て続けに三本、食べた。そうこうするうちに、チリソーセージが運ばれてきたので、何種類かのハーブ野菜と共に、それも一本、食べ尽くした。

どうしてこんなに、心安くいられるのだろう、と不思議だった。理由はわからないながら、その健康的な食欲が、珠にとっての石坂を象徴していた。

「でも、それにしても」と珠はナプキンで口もとを拭《ぬぐ》ってから言った。「これって変じゃないですか」

「まさか今日、こんなふうにご一緒するとは思ってもみませんでした」

「ん?」

「俺だってだよ」

「お会いするまですごく不安だったんですけど」

「けど? 今はもう、全然不安じゃないってか?」

「はい。なんだか昔から親しくさせていただいてたような気もして」

石坂がぐるりと首をまわして珠を凝視した。「あのな、誘ったのは俺だけど、頼むから勘違いしてくれるなよ。きみに対する下心なんか、髪の毛の先っちょほどもないからね。誤解されたら、腹がたつよ」

珠は笑った。「よくわかってます」

「きみに限らず、下心なんて、生まれるわけもない。俺はくたくたに疲れてるんだ。これ以上、うんざりだよ」

「人生の厄介な問題は、もう手一杯、ってところでしょうね」

「わかったような口をきくね。きみみたいな若いのに、まだそういう人生の機微のようなものは、わかるわけがない」

「わかりますよ、私にも」と珠はむきになった。「いろいろ、うんざりなんですから」

「へえ、そう。たとえば?」

珠はワインを飲み、その必要もないのに、せかせかとナプキンで口を拭った。

こんな話をするために、石坂と会っているのではない、とわかっていた。する必要もなかった。だが、ワインのせいなのか、それとも別の理由があるのか、急に喉元《のどもと》にこみあげてくるものを抑えきれなくなった。

世間知らずの若い女の、くだらない悩みだと一蹴《いっしゅう》されるかもしれないが、それならそれでよかった。何よりも、誰にも打ち明けたことのない話をするのに、石坂ほど恰好《かっこう》の相手はいない、とも感じた。

「一緒に暮らしている人が」と珠は切り出した。「私に隠れて、すごく年上の女の人とつきあってるみたいなんです」

「ほう」

「馬鹿みたいな話に聞こえると思いますけど」

「別に馬鹿にはしないよ。俺のやってきたことだって、似たりよったりだ」

優しい共犯者ができたような気がした。珠は堰《せき》を切ったようにしゃべり出した。

卓也という人間像、彼に求めてきたもの、ひょんなことから始まった、三ツ木桃子との関係に向けた猜疑《さいぎ》心、そうした感情に突き動かされるようになったのは、石坂としのぶを尾行するようになってからだ、ということ……。

「わからんでもないね」と一通り珠の話を聞き終えた石坂は、フライドポテトをつまんだ指先をナプキンで拭いながら言った。「というよりも、わかりやすい話じゃないか」

「そうですか？」

「他人の秘密を覗《のぞ》いてるうちに、灯台もと暗しみたいな気になっただけだろうね。よくあることだよ。それまで気づかなかった自分の足元に注意を向けてみたら、何やら怪しい動きが見えた、っていうんで、きみはそれにとらわれてるだけさ」

「そうなんだろうとは思いますけど、でも……なんだか釈然としません」

「釈然としないなら、直接、彼氏に確かめてみればいいじゃないか」

「否定するに決まってます」

「そりゃあそうだろう。否定しないやつはいない」

「だったら……」

「俺なんかは、女房に携帯メールを見られたからね」

いきなり彼自身の話になったので、珠は言いかけた言葉を飲みこんだ。

「暗証番号を入力しないと、見られないようにしておいたんだけどね。それでも見られた」

「奥さんの勘ですか」

「暗証番号を娘の誕生日に設定した俺が、絶望的に間抜けだっただけの話だよ」

珠がうなずき、前を向くと、彼もまた正面を向いたまま、口を閉ざした。

ポルチーニ茸《たけ》のリゾットが運ばれてきた。珠はそれを大きなスプーンを使って、二枚の皿に取り分け、一つを石坂に渡した。

「この店では、これが一番うまいんだ」と石坂は言った。「俺も来るたびに、これを最後に注文する」

「おいしそうですね」

「うまいよ」

二人は前を向いたまま、もくもくとリゾットを食べた。チーズの香りが濃厚なリゾットで、口にふくむたびに、とろけるような味わいがあった。

「女房はさ」リゾットを食べながら石坂が言った。「本気で死にたかったらしいよ」

「そうなんですか」

「俺のことは相当、恨んだみたいだしね。澤村さんも同じだったらしい」

「同じ、って？」

「女房の事件の後、死にたいのは私のほうだ、なんて言われてね。さんざん罵倒《ばとう》された。まあ、それも当然だろうけどね。でも、一番死にたいと思ってたのは、俺だったかもしれないし、今もそうだよ。エンセイテキ、ってわかるか？」

「厭世《えんせい》観のことですね」

「そう。俺、もともと厭世的な人間だったんだよ。あんまり人に言ったことはないけど、若いころから、生きることにそれほど執着がなかった。だからこそ、きちんと世間並みの結婚をして、子供つくって、どこにでもあるような建て売り住宅を買って、女房が運転する車で駅まで送ってもらったりする生活ができるんだと思うよ。本当に厭世的な人間ほど、そういう世間並みの人生を送りたがるもんじゃないか？　しのぶと出会って、とたんにそれが消えたけど、そういうのって、やっぱりいつまでもついてまわるもんだよな」

珠はスプーンを置いて、そっと彼のほうを窺《うかが》った。

石坂は小皿を傾け、リゾットをかき寄せて、最後のひと口をすくい、口に運んだ。

「うまいな、これ。ぺろり、だね。皿まで舐《な》めそうな勢いだ。まるで犬だな」

彼はそばにいたギャルソンを相手に、リゾットのうまさをほめ、冗談をいくつか言った。以後、妻の話もしのぶの話も、厭世観についての話も彼の口からは出てこなかった。珠も質問しなかった。

運ばれてきた料理をあらかた食べ終えた二人は、デザートにコーヒーを注文した。石坂に勧められ、珠だけ、小さなチョコレートシフォンケーキを食べた。

互いに交代でトイレに行き、石坂が会計をすませた。十時を過ぎていた。

二人はタクシーを使って青山一丁目の駅まで行き、半蔵門線に乗車した。車内は混んでいたが、運良く並んで座ることができた。

とはいえ、互いにほとんどしゃべらなかった。石坂は腕組みをし、まっすぐ前を向いて目を閉じていた。

眠っているのかもしれない、と思いつつ、珠もまた、目を閉じた。赤坂見附のホテルで石坂と会ってから、二人の間で交わされた会話を再現してみた。酔いがまわっているせいか、なんだかすべてが、どうでもよくなったような気がした。

電車がP駅に着き、つかず離れずの距離を保ちながら改札を抜けると、石坂は珠を振り返り、「タクシーで帰ろう」と言った。

「いえ、まだバスがありますから」

珠が咄嗟《とっさ》に辞退したのは、タクシーで連れ立って帰るのを石坂の妻、美保子に見られるようなことになったら、まずいのではないか、と思ったからだった。

だが、石坂は退《ひ》かなかった。「遠慮しなくていいよ。どうせ同じ場所に帰るんだから」

「だったら、私、角のところで車を降ります」

「気をつかってるんだな」

「一応」

「俺の女房に？　それとも、きみの彼氏に？」

「どっちも、です」と珠は嘘を言った。卓也のことは考えていなかった。どうせ、今夜も桃子と一緒で、帰りが遅くなるに違いない。

まだ最終電車ではなく、バスも動いていたせいか、タクシー待ちの客は少なく、二人はすぐに乗車することができた。

車内での石坂は、P駅周辺がいかに数年の間に変わったか、ということについて、土地開発業者のような説明を続けていたが、家が近づくと、いつのまにか寡黙になった。

珠は運転手に頼み、石坂の家とマンションのある通りの、角を曲がったところで車を停めてもらった。石坂に短く食事の礼を言い、頭を下げ、一人、車から降りた。

タクシーはまもなく動き出した。珠の横を通り過ぎる時、石坂が軽く手を振った。珠も手を振り返した。

石坂の家の門灯は、いつもと変わりなく灯《とも》されていた。車庫には石坂家の車が停められていた。ふだんと何ひとつ変わらぬ光景だった。

珠が徒歩でマンションに着く前に、タクシーは早々と石坂の家の前に停められた。運転手はさぞかし、自分と彼の関係を怪しんだことだろう。先に車から降りた女が、男の家と道一本隔てているだけのマンションに入って行くのを見たら、誰だって似たようなことを想像するに決まっている。

料金を払い終えた石坂が、タクシーから降りて来た。彼が振り返ったのがわかったので、珠はそれとはわからぬよう、小さく会釈した。

石坂は大胆にも手を振ってきた。珠はもう一度、会釈を返し、急いで自分のマンションの中に入った。

一階ホールのメイルボックスを開けながら、外のほうに視線を移した。その位置から、石坂の家は見えなかった。遠くで犬が吠《ほ》えていた。

メイルボックスには何も入っていなかった。ということは、卓也が先に帰り、郵便物を部屋に持っていったということになる。

今夜、早く帰るとは聞いていなかった。三ツ木桃子は民放の連続ドラマに出演することが決まったそうで、その打ち合わせやら何やらが続くことになる、という話を耳にしたのは数日前だった。昨夜も一昨日《おととい》の夜も卓也が帰宅したのは午前零時をまわっていたから、今夜もそうなのだろう、と思っていた。

珠は階段を上がりながら、思い出してバッグから携帯を取り出した。西麻布のワインバーでは、トイレに入った時も携帯のチェックはしていなかった。

着信履歴はなく、メールも入っていなかった。

バッグに携帯を戻しながら、石坂のメールアドレスを聞いておけばよかった、と珠は思った。恋愛感情も何もない、おそらくは今後も生まれないであろう、ただ、奇妙な出会いをしただけの近所の男のメールアドレスを知りたいなどと思う自分の気持ちが、不可解だった。

継続して会いたいとは思わないが、縁があれば、石坂とはもう一度だけ、ゆっくり会ってもいいような気がした。いや、縁、ということで言ったら、すでに石坂とは縁ができた、ということなのか。

珠が、五階まで息を切らせながら階段を上がり、自室の玄関ドアの前に立ってインタホンを鳴らそうとした時だった。いきなりドアが内側から開かれた。

卓也はフリースの白っぽいパーカに紺色のジャージーパンツをはき、くつろいだ眠たげな表情で「おかえり」と言った。

「ただいま。今日は早かったんだね。もっと遅くなるのかと思ってた」

「桃子さんの連ドラの打ち合わせ、急に延期になっちゃってさ」

「よくわかんないけど、脚本の仕上がりが遅れてるらしいよ」

「へえ。なんで？」

「そうなんだ。で、何時に帰れたの？」

「何時だったかな。八時ころかな」

「そんなに早く？　なんだ。それだったら、連絡くれればよかったのに。どこかで待ち合わせてごはん、食べられたじゃない」

「そうだね」と卓也は言った。

珠はいていたブーツを脱ぎ、コートを脱いでハンガーにかけた。バスルームに入って手を洗い、うがいをした。テレビはつけられておらず、室内は静かだった。

「珠、食事はしてきたんだよね」

「うん、してきた。ちょっとワインも入ってる。外、寒いよね。あったかいお茶、飲もうかな」

誰と一緒だったのか、ということは訊《き》かず、卓也はバスルームから出た珠が、やかんに水を入れ、ガス台にかけるのを眺めていた。

「タクもお茶、飲む？」

「いや、僕はいいよ」

卓也はそう言ったが、部屋に戻ろうとせず、いつまでもその場に立っていた。珠は卓也と向き合い、笑ってみせた。「やだ、タク。何見てんの」

「別に」と彼は言った。ひきつったような笑みがその口もとに浮かんだ。

「今さ」と彼は続けた。「珠がそろそろ帰って来るんじゃないか、って、なんとなく窓から外を覗《のぞ》いたんだよ。ほんとになんとなくね。そしたらさ、偶然なんだけど、ちょうど向こうの角でタクシーが停まって、珠が降りて来るのが見えた」

一瞬、珠は返す言葉を失った。

そういうことが起こっても不思議ではなかった。とはいえ、何故、今夜に限って、そういうことが起こらねばならなかったのか。ただの偶然とはいえ、それは何やら暗示的で、珠はひどく狼狽《ろうばい》している自分を感じた。

どう応《こた》えるべきか、珠が言葉を探していると、卓也は作ったような、悠然とした明るい言い方で、「一緒に帰って来たんだね」と言った。「石坂さんちの旦那《だんな》さんと」

「うん、そう」と珠は腰を屈《かが》め、ガスの火加減を調節しながら言った。「たまたま電車の中でばったり会ったの。駅で降りて、私がバスに乗ろうとして、じゃあ、ここで失礼します、って言ったら、どうせ同じ方向なんだから乗っていきなさい、って言われて。まだバスがありますから、って一応断ったんだけどね。別に遠回りして送ってもらうわけじゃないんだし、ま、いいか、と思って、乗っけてもらっちゃった。得した気分」

「珠、あの人とそんなに親しかったっけ」

「別に全然親しくなんかないよ。でも、ご近所なんだし、ちゃんと挨拶《あいさつ》したことはなくても、お互い顔はよく知ってるし……。例の石坂さんの奥さんの自殺未遂事件の時にね、大家の春日さんが、石坂さんちの子供を預かった、って話、したでしょ？　その時、春日さんが私たちのことも石坂さんにしゃべったみたいでさ、石坂さん、私たちのこと、よく知ってたよ」

「僕たちのこと、って？」

「たいしたことじゃないけど。私が大学院に通ってて、私たちが同棲《どうせい》してる、ってこととか、私の父親が外国に住んでる、って話とか。そんな程度」

「……おしゃべりなんだな、春日さんって」

言葉にかすかな険が感じられた。珠はわき上がった湯を茶葉を入れた急須《きゅうす》に注ぎ入れた。「そのくらいのことなら、別にしゃべったってかまわないんじゃない？　どうってことないでしょ」

「僕たちが同棲してようが、結婚してようが、どっちだっていいことだと思うけどね」

「でも、春日さんは別に、人の噂話をするために話したわけじゃないと思うよ。私たちが同棲してるのは事実なわけだから、そう言われたからって、私は全然気にならないけど。だいたい、春日さんに、何か変な意図があったとも思えないし。たまたま石坂さん相手に、このマンションの住人のことが話題になったもんだから、私たちのことを思い出して、しゃべっただけよ。よくあるじゃない、そういうこと」

卓也は肯定も否定もせず、珠がマグカップに緑茶を注ぐのをじっと眺めていた。珠はわざと「あちっ」と声をあげ、おそるおそるマグカップを両手で包み、ふうふう息を吹きかけながら、居間のソファーまで運んだ。

珠がソファーに腰をおろすと、卓也もあとからやって来て、隣に浅く座った。

「あのさ」と彼は言いにくそうに言った。

「何？」

「なんで、珠だけ先に車から降りたの？」

「え？」

「さっき。タクシーから、珠だけ先に降りて、ここまで歩いて来たよね」

珠はマグカップからお茶をすすり上げ、注意深くそれをテーブルに戻した。「別にたいした意味なんかないけど。先に角のところで降ります、って私が言ったら、あ、そう、って石坂さんに言われて。運転手も車を停めてくれたから、それで降りただけ。タク、ずっと見てたんだね」

「見てた。でも、なんか変だよね、それって。一緒にタクシーに乗って帰って来たんだったら、石坂さんちの真ん前で車を停めてもらうのがふつうなんじゃないのか？」

「私が何か、疾《やま》しいことをしてるみたいに見えた？」珠はわざと挑発するようなことを言い、次いで卓也の腕を軽く叩《たた》きながら笑ってみせた。「冗談やめてよ、タク。ほんとのこと言うと、私、いやだったのよ。あそこんちの奥さん、自殺未遂するくらいだから、ダンナに対しても、今はまだ、神経が過敏になってることは間違いないでしょ？　そんな時に、私なんかが石坂さんと一緒にタクシーから降りて来るのを奥さんに窓から見られたら、何を勘違いされるか、わからないじゃない。そういうのって、すごく迷惑だから、念には念をいれて、と思って、それで、石坂さんちから絶対に見えない場所で、先に降りたのよ」

卓也はしばらくの間、目を瞬きながら、じっと珠を見つめていたが、ややあって、いかにも納得できた、と言わんばかりに深くうなずき、「そっか」と軽い口調で言った。

珠はやわらかく微笑んでみせた。「タク、何かすっごい、誤解をしたみたいね」

「そうでもないけど」

「嘘。したでしょ」

「誤解、っていうか、なんであんな離れた場所で車を降りなくちゃいけないのか、って不思議に思っただけだよ」

「なんか、私、今、タクにやきもち妬《や》かれてるみたい。ちょっと嬉《うれ》しかったりして」

卓也は珠がさしのべた手をやわらかく握った。「やきもち妬かれるのは嬉しい?」

「タクに妬かれるのは嬉しい」

「じゃあ、白状するけど」と卓也は言い、にんまりと笑った。「さっき、すっごいやきもち妬いた。珠は僕に黙って、あいつと不倫してたのか、って思ってさ。いったいどうやって親しくなったのか、どうやってこそこそ会ってたのか、って想像して、頭ん中が煮えくりかえった」

私だって、そういうことは数えきれないほど何度もあった、あなただけじゃない、私なんか、何度、タクと桃子さんがキスしたり、セックスしたりしてるところを想像したか、わからないよ……思わずそう言いたくなったが、珠はこらえた。

思いがけない、卓也の正直な感情表現に、珠は感動さえ覚えていた。卓也がそんなふうに、珠と他の男とのかかわりに嫉妬《しっと》心や猜疑《さいぎ》心を見せたのは、およそ初めてのことだった。

お互いさまなのだ、と珠は思った。どんな理由であれ、相手を他人に盗《と》られたくない、という思いは同じなのだ。そして、そのことさえわかれば、自分の猜疑心や妄想がいかに馬鹿げたものだったか、心底、納得できるというものだった。

卓也は続けた。「今日、ワインを飲んできた、って、珠はさっき言ってたけど、それもあいつと一緒だったんじゃないか、って。いや、今日に限らず、これまでにも何度もそういうことがあったんじゃないか、ってね、思ったよ。そうなると、あいつの奥さんが自殺未遂することになった原因は、ひょっとして珠だったんじゃないか、いや、絶対にそうだ、って思えてきて……。僕は何も知らないまま、そういう珠と一緒に暮らしてたんじゃないか、って思って、気が変になりそうになった」

「タク」と言いながら、珠は卓也の首に両手をまわし、その頬とくちびるについばむようなキスをした。「そんなこと、あるわけないでしょう。なんで私が、あんなおじさんと不倫しなくちゃいけないの？　あの人、立派な中年なのよ。四十代の半ばくらいなんだから、私なんか娘みたいなものよ」

「……年齢は関係ないよ」

その通りだった。男女の間で起こることに、年齢は一切、関係がない。石坂ほど……いや、石坂以上に年の離れた男であっても、充分、恋愛の対象になり得る。実際、人生のボタンがどこかでかけ違えられただけで、しのぶの代わりに珠が、石坂と恋に落ちていたかもしれないのだった。

しかし、それは同時に、卓也と桃子の関係をも意味しているようにも感じられた。年齢は関係ないよ……卓也は、珠と石坂が同じタクシーに乗って帰って来たことを知り、猜疑心にかられるあまり、自分たちの秘密を思わず、珠にもらしたことにならないだろうか。

いや、たかが同じ駅で降りて、同じタクシーで帰って来ただけのことなのに、そこまで彼が嫉妬し、感情を乱してしまうのも、彼自身が、珠には決して気づかれてはならない種類の秘密を持ち続けてきたからではないだろうか。

嫉妬する人間というのは、不思議なほど、相手からもつまらぬことで嫉妬されやすい。さらに言えば、浮気している人間、もしくは浮気の習慣が身についている人間ほど嫉妬深いのだ。そして、相手の秘密に対しても不寛容になる。

珠の中で、再び強い猜疑心が渦を巻き始めた。珠は我に返った思いで、卓也の顔をまじまじと見つめた。

「年齢は関係ない。その通りよね」と珠は言った。意図していなかったというのに、次の言葉がするすると喉《のど》の奥からあふれてきた。「だから、タクは桃子さんのことが好きになったんだもんね。お母さんみたいに年の離れた女の人でも、好きになれるんだもんね」

卓也の顔から、表情が消えた。動画が、いきなり静止画像になった時のようだった。しばしの間があいた。彼は低い声で問いかけた。「……何、それ」

「タク、年齢なんか関係なく、桃子さんと男女のつきあいをしてるよね。別に質問してるわけじゃないのよ。私がなんとなく、そう感じてきたから、こんなふうに言ってるだけ」

卓也は黙っていた。珠は会話が気まずくなることを承知で、先を続けた。

「桃子さんとの関係は仕事だけの関係じゃないよね。なんて言うのか、もっと親密だし、もっとお互いになくてはならない、っていう感じなんじゃないのかな。いつからだったのかは、はっきりとは言えないんだけど、とにかく私はずっと、タクと彼女が私に隠れて、恋人同士になったと思って、ジェラシーを感じてた」

卓也は珠から目を離さなかった。憐《あわ》れむような、それでいて、不安に怯《おび》えているかのような表情が、その目に表れたが、それも束の間のことに過ぎなかった。彼は呆《あき》れたように軽く肩で息をついた。

「もう一度訊《き》くけどさ」と彼は言った。「それ、何？　どういう意味？　珠、何言ってんの？　自分の言ってることの意味、わかってる？」

「もちろんわかってる。言うつもりはなかったんだけど。ほんとにこのことは、ずっと黙ってようと思ってた。タクに桃子さんとのことを詰問してる自分を想像するといやになったし、喧嘩《けんか》になったら余計に辛《つら》くなるだけだし、タクと別れなくちゃいけなくなったりしたら、最悪だし。でもさ、さっきタクから、石坂さんと一緒にタクシーで帰って来ただけのことで、ちょっとやきもちを妬かれて、それがほんとに嬉しかったせいだと思うんだけど……なんかね、突然、打ち明ける気になった」

卓也はまじまじと珠を見つめ、口を半開きにし、次いで深いため息をついた。「びっくりしたよ。僕が桃子さんと？　男女の関係？」

「……違う？」

「やめてほしいな、そういう想像。冗談にもほどがある。あんまりバカバカしくって、ムカついてくるよ」

「ムカついたりしないでよ。こっちだって冗談なんかじゃなくて、本気で……」

「訊きたいんだけどさ、珠はなんでそう思ったんだよ。僕が何をした？　桃子さんと秘密の旅行に行った？　どこかのホテルにしけこんだ？　そういう事実を知ってる、って言うの？　何か証拠があるんだったら、言ってみなよ」

卓也が怒りを押し殺しているのがわかった。珠は苦笑しながら言った。「ちょっと待って。お願い。そんなに怒らないでよ」

「この話を始めたのは珠だよ。笑って聞き流してほしい、って言うのかよ。こんな大事なことを。マジになるな、って言うのかよ」

「そうじゃないよ、タク。マジになるな、なんて、私、ひと言も言ってないじゃない」

「不愉快だよ、そういう話は。第一、桃子さんにも失礼だよ」

卓也が、これほどまで怒るのは、桃子との関係を珠から疑われたことに対する失望があまりにも大きいせいだ、ということは理解できた。だが、「桃子さんにも失礼だよ」と言われたとたん、珠の中に、またしても腑《ふ》に落ちない感情がわき上がった。

「どういう意味？」と珠は詰め寄った。「桃子さんにも失礼だ、って、この期におよんで、タクはまだ、そんなふうに桃子さんをかばうの？　確かに私は勝手に思いこんだだけかもしれないし、それは悪かったと思うけど、私の感情よりも先に、桃子さんをかばったりされると、なんだか頭にくる」

「勝手にそう思いこんだだけなら、珠が頭にくることはないじゃないか」卓也は言った。怒りを押し殺そうとするあまり、そうなるのか、口ぶりはむしろ単調で、ややもすると穏やかな物言いにも聞こえた。「桃子さんは僕を雇ってくれてる人なんだよ。給料だって、ただの使いっ走りのバイトなのに、一生懸命、少しでも多く出してくれようとして、つまんない仕事でも僕に声をかけてくれる。僕のことを信頼してくれてるんだから、そういう人には僕も充分に応えてあげたい。いい人だよ。息子さんが事故にあった時は、心配して、仕事ができなくなりそうになってたけど、僕の目から見たら、明るくふるまってたし、健気《けなげ》だったよ。それにさ、珠。絶対に誰にも言わないでほしい、って桃子さんから念を押されてたから、これまで言えなかったけど、こうなったら言うよ。言うしかなくなっちゃったよ」

珠は卓也を見つめた。「何よ。何の話？」

卓也は観念したようにゆっくりと瞬《まばた》きをし、吐き出す息の中で言った。「桃子さんには恋人がいるんだよ」

それまで失われていた、世界の色彩が戻ってきたような感覚があった。珠は自分を取り囲んでいる室内の小さなもの……サイドボードの上の白クマのぬいぐるみ、ヴェネチアングラスを模した、葡萄《ぶどう》色のガラスの花瓶、鮮やかなカクレクマノミの絵はがきを飾っているフォトスタンドなど……が一斉に、本来あった色を取り戻し、活《い》き活《い》きと息づいてくるのを感じた。

「長くつきあってる人だよ。夫婦同然みたいな感じだよ。僕も何度か、会ったことがある」と卓也は言った。「桃子さんの息子さんが病院に運ばれた時も、彼が心配して、何度も病院に来てたよ。女性誌とか週刊誌なんかで騒がれるのが怖くて、桃子さん、いつも僕をそばに置いておきたがってさ。カモフラージュ、ってやつ？　僕が一緒にいれば、彼らが二人でしょっちゅう会ってるのが、誰かに知られたとしても、怪しまれないから、僕も協力を惜しまなかったよ」

珠はうなずいた。耳の詰め物が一挙に外され、それまで雑音にしか聞こえなかった外界の音も明瞭《めいりょう》に聞きとれるようになった気がした。何もかもがあるべき場所に落ちついて、気分がどこまでも平らかになっていくのが感じられた。

「桃子さんよりもずっと年上の人だよ」と卓也は続けた。「もう、六十を過ぎてるんじゃないのかな。芸能の世界とはまったく違うところで生きてる人だ、って言ってた。詳しくは知らないけど、会社経営者だろうと思う。紳士で、品がよくて、年よりも若く見えるし、すごく感じのいい人で、桃子さんにはお似合いだよ。でも、その人には妻子がいるんだ。だからいろいろ大変みたいだけど、桃子さんは、このままの関係でかまわない、って言ってる。自分たちが結婚することなんかは全然、考えていない、って。死ぬまでこのまんまでいいんだ、って。遠く近く、彼がそばにいてくれさえすれば、なんにもいらないんだ、って」

「そう」と珠は静かに言った。「そうだったの。ごめんなさい、タク。私、独りよがりのことばっかり言って、馬鹿みたいだね」

「知らなかったんだから、仕方ないよ」

「私はてっきり、タクと桃子さんが……と思いこんでて、頭がそっちのほうにしかいかなかった」

「好きな女に妬《や》いてもらうのは、男として喜ぶべきなんだろうけど。でも、僕はさ、あまりにも次元の違うことで妬かれると、幻滅するタイプなのかもしれない。自分でも今、そうなんだ、って、初めて知った」

「すっごく怒ってたもんね」

「うん。さっきはマジで腹が立った」

「そうみたい。ほんと、ごめんなさい。恥ずかしい、私」

「わかってもらえたんだったら、それでいいよ。この話はおしまい。でさ、僕から改めて質問したいんだけど。いい？」

「いいよ。何？」

「今日、珠が一緒にワインを飲んできた相手は誰？」

珠は満ち足りた気持ちで微笑し、かすかな罪の意識を感じながらも、堂々と嘘を言った。「大学院の同級生。女の子よ、もちろん。大学のゼミで一緒だった……」

珠が、篠原ゼミで一緒だった女子学生の名を出すと、卓也は聞き覚えがあったのか、すぐさま「そうか」とうなずいた。

「帰りがけになんとなくしゃべりながら歩いてて、ワインでも飲みに行こう、って話になって、学校の近くにあるカフェバーに行ったの。そこのグラスワイン、チリワインで超安くて、けっこうおいしいから、ワイン好きの女子の間で人気なのよ」

「そうだったんだ」と卓也は言った。「なんかほっとした」

「タクったら、かなり疑ってたもんね。タクのそういう一面、初めて知ったから、ちょっとびっくり」

「僕だってやきもち妬いたり、猜疑《さいぎ》心燃やしたりすることくらい、あるよ。ふつうに男をやってるんだから」

「でも、これまで知らなかったもの。タクはいつでも、何があっても冷静で、穏やかで、ちっとも乱れない人だと思ってた」

「珠は僕のこと、まだよく知らないだけだよ」

珠はやわらかなまなざしで卓也を見つめた。

「私たち、どっちも馬鹿みたいね」

「二人とも相当、レベルが低い。恥ずかしいから、人に言えない」

「レベルの低さで言ったら、断然、私のほうが勝つけど」

「それ、自慢？」

珠はにんまり笑った。卓也も微笑んだ。次の瞬間、彼の手が伸びてきて、珠は卓也の胸の中に包みこまれる形になった。

「あのさ」と卓也が珠の耳元で囁《ささや》いた。「僕、今年はもう一度、絵を始めて、イラストの勉強をしようかと思ってる」

珠はそっと卓也の腕の中から顔を上げた。

「ほんと？」

「収入をなくさないようにするためにも、桃子さんの仕事は続けさせてもらうけどね。でも、いつまでたっても、このまんまじゃいられないよ。うまくいけば、挿絵とかイラストとか、仕事がぽちぽちくるようになるかもしれないだろ。やってみなけりゃ、わかんないし、初めから諦《あきら》めることはないんじゃないか、っていう気になった」

珠は目を輝かせた。「なんかすごく嬉《うれ》しい。私はタクに絵の仕事をしてもらいたかったんだ」

「うん、知ってる。バイトで女優の運転手をやってるような男より、イラストの仕事ができる男のほうがいいだろうと思うよ」

「タクだったら、どっちだっていいけど」と珠は言った。「でも、イラストレーターになれれば、そのうち事務所なんかも持つようになるだろうし、そうしたら私、そこでアシスタントの仕事、させてもらおうかな。あ、でも、私はそっち方面の才能がないから、だめかな」

「気が早いね、珠は」卓也はゆるやかに微笑んだ。「でも、そうなればいいね。そうなれたら、珠はアシスタントなんかじゃなくて、僕の奥さんになればいい」

珠はくちびるを舐《な》め、深呼吸した。「タクの奥さん？　今も似たようなもんじゃない。全然、私は奥さんらしいことなんか、してないけど」

「同棲《どうせい》と結婚は違うよ」と卓也は言った。初めて耳にするような、厳かな、大人びた言い方だった。「たぶん、全然、違うものなんだと僕は思う」

「そうかもしれないね」と珠は言った。

テレビで流される、若者向けの安手の恋愛ドラマで、似たようなシーンを何度か観たことがあったのを珠は思い出した。たいてい、こういう場面では男女がそっと抱き合い、キスし合って、女のほうが悦《よろこ》びにむせぶかのように、目を潤ませるのだ。

お定まりの、通俗を絵に描いたような場面……そんなものには、一度たりとも心を動かされたことがなかった。それなのに、珠は何故か、胸が熱くなってくるのを覚えた。自分のそうした平凡な反応が、決していやではなかった。珠はむしろ、自分自身の凡庸さに、束の間、深く安堵《あんど》した。

「そのうち、きちんとしようね」と卓也が照れたように言った。「珠のお父さんにも挨《あい》拶《さつ》に行かなくちゃいけないから、ドレスデンまでの旅費も貯《た》めなくちゃいけないな」

窓の外、どこか遠くで、犬が吠《ほ》えた。夜鳴きそばのチャルメラの音が聞こえた。

「うん」と珠は言い、うなずいた。後に続けるべき言葉を探したが、何を言うのが適当なのかわからなかったので、黙っていた。

卓也が珠にくちづけをしてきた。やがて、なめらかに潤った二枚の舌が絡まり合い、まもなく示し合わせたかのように、二人の呼吸が乱れ始めた。

その日の朝、ふざけ合っていた時、卓也が急に欲情してきたことを珠は思い出した。時間がない、と言ってやんわりと拒絶しながら、どうせ今夜、この人は桃子を抱くのだろう、と思った自分がいたことが、遠い世界の昔話のように感じられた。

珠は自分から着ていたセーターを脱いだ。下着姿になった珠に怖いほど欲情を漲《みなぎ》らせたまなざしを注ぎつつ、卓也もまた、同様に着ていたフリースのパーカを脱ぎ始めた。

チャルメラの音が近づいてくる。冷えこんだ夜気に、しみいるような音色である。

卓也はソファーから立ち上がった。部屋の明かりを消しに行き、再び珠のところに戻って来て、珠の乳房や腰を愛撫《あいぶ》し始めた。二人はもつれ合うようにして、隣室のベッドまで行った。

がつがつとした、まるで十代の少年のような求め方だった。こんなことをこの人は、三ツ木桃子にもしたのだろうか、と珠は思った。

烈しく動く彼の汗ばんだ背に両手をまわしながら、飽きもせず、そんなことを妄想している自分に少し驚いた。だが、妄想の中にいながら交わし合う卓也との性は、このうえなく甘美だった。それは忌まわしいほどの悦楽でもあった。

次第に烈しくなる自分の喘《あえ》ぎ声を耳にしつつ、珠は閉じた目の奥に石坂史郎を思い描いた。桃子と卓也が性を交わしている場面を思い描き、石坂としのぶ、石坂と妻の美保子が一つの団子のように絡まり合っている場面を想像した。

やがてその想像の風景の中に、篠原教授も加わった。篠原は珠が見たこともない年齢不詳の太った女を抱き、しきりと腰を振っていた。篠原のこめかみに浮かんだ青筋の上で、幾房かの汗に濡《ぬ》れた髪の毛がバウンドし続けているのが見えた。

珠の肉体の一部が、珠の意思を凄《すさ》まじい勢いで裏切っていった。全身にわななくような快楽の波が拡がった。どうして肉体はいつも精神を凌駕《りょうが》してしまうのだろう、とぼんやり考えながら、珠は自分でも驚くほど大きな声をあげ、小鼻を震わせ、どうにもいたたまれなくなって、卓也にしがみついた。

終章

ジャン・ボードリヤールは書いている。
『あらゆるゲームと同じく、このゲームにも基本的な規則がある。何事も起こってはならない、二人のあいだに接触や関係を作り出すような出来事は一切生じてはならないという規則である。秘密を明かしてはならず、さもなければすべては平凡な物語に堕してしまう』

その通りだ、と珠は今になって改めて思う。

文学的・哲学的尾行には、厳然としたルールが課されている。対象者と尾行する側は、互いに決して接触してはならないのである。

尾行することが習慣化されれば、刺激がほしくなって不思議ではないが、だからといって対象者に向かって、わざとらしく時間を訊《たず》ねたり、道に迷ったふりをして話しかけたりすることは厳禁なのだ。まして、自らの素姓を名乗り、これまでやってきたことを打ち明けるなど論外であろう。

そもそも、そんなことをしたら、本来の文学的・哲学的尾行の意味が失われてしまう。対象者に自らのやってきたことの秘密を明かしたとたん、あれほど輝いていたはずの人生は、煙のごとく消え失《う》せる。対象者を通して見つめていた自分自身はたちまち色あせ、存在意義を失い、胸躍らせていたはずの時間も永久に戻ってこなくなる。

すべてのことが日常の中に溶け、流されてしまう。その結果、だらだらと続く、平板で退屈な毎日だけが残される。

それこそが人生であり、本来の姿に戻っただけ、と言うこともできよう。しかし、ひとたび文学的・哲学的尾行の愉楽を知ってしまった者にとって、そこに舞い戻らざるを得なくなったことの侘《わび》しさ、虚《むな》しさは譬《たと》えようもない。

そして珠は今まさに、その虚しさの只中《ただなか》にいた。

卓也は桃子の仕事を続けながら、少しずつ絵の感覚を取り戻そうと、自宅でスケッチブックを手に小物をスケッチしたり、抽象画を描いてみたりし始めている。桃子の仕事の空き時間には、大型書店に立ち寄ってデザインの本を片端から立ち読みし、ネットで情報を集めては、イラスト展や美術展に足を運んでいるのだという。

あの晩以来、珠との関係はきわめて良好である。桃子の仕事で遅くなる時以外は、しょっちゅう二人で一緒に買い物をしたり、外で落ち合って食事をしたりするようになり、共に過ごす時間が増えた。

そのせいで、性を交わす機会も多くなった。卓也がこれまでよりもずっと情熱的に交わろうとしてくるので、妊娠したのではないか、と思い、珠が慌てたことも一度ならずあった。

今はまだ、子供はいらない、避妊には気をつけよう、と珠が卓也に告げると、彼は同意しながらも、できたらできたでかまわないじゃないか、と言って、珠を仰天させた。少なくとも珠が知っている卓也は、軽々しくそういうことを口にする男ではなかった。

悪い気はしなかったが、かといって格別、感動もしなかった。珠は彼に任せるのみならず、避妊には自分でも注意を怠らないように努めた。

石坂からは一度だけ、珠の携帯に連絡があり、その後、どうしてるかと思って、と言われた。よかったらまた会わないか、と誘われ、平日の夜、あの西麻布のワインバーで落ち合った。

気軽に誘ってくるところをみると、少なからず自分に好意をもってくれているのでは、と珠は思ったが、二人きりで会っていても、男女の仲に発展していくための妖《あや》しい香りがみじんも漂ってこないのは、滑稽《こっけい》なほどだった。

緊張を孕《はら》みながら、初めて石坂と会った時に仄《ほの》かに感じた彼の性的な佇《たたず》まいも、そうやって二度目に会ってみると、さして意味のあるものではない感じがし、興ざめというほどではないにせよ、興味は薄れた。

珠は自分が、石坂にとってなんでも話ができる、都合のいい年下の女になっていることを感じた。同様に自分にとっても石坂は、そのような種類の相手であり、あいこだ、と思えば、一緒にいて何ら不快ではなかった。

しのぶとの関係について、彼は珠が訊ねもしないのに打ち明けてきた。互いにどうしてもきっぱりと別れることができず、会う回数は大幅に減ったが、関係は密《ひそ》かに続いている、とのことであった。とはいえ、しのぶは新しい仕事に着手したそうで、その年の秋から渡米し、ニューヨークで暮らすことが決まった、という話だった。

それが事実上の、しのぶとの別れにつながるだろう、と石坂はさびしげに訴えたが、その実、そうした流れになったことに、心のどこかで安堵《あんど》している様子も見受けられた。

家庭がどうなったのか、美保子との関係がどのように落ちついたのか、ということについては、あまり詳しく語りたがらなかったものの、夫婦の間が膠着《こうちゃく》し、新たな問題が起こっている気配は感じられなかった。石坂はそれなりに落ちついた日常を取り戻しつつあるように見えた。

「きみのほうはどうなった」と訊《き》かれたので、珠は正直に、卓也は女優とは何の関係もしておらず、自分の勝手な妄想に過ぎなかった、と答えた。

石坂は「よかったな」と言い、目を細めた。

卓也との間で結婚の話が出たことや、彼がイラストやデザインの仕事をするために勉強を始めたことは言わなかった。疑惑が解消されて、かえって二人の仲が深まった、という話もしなかった。したいとも思わなかった。自分の内側を流れているものと、このようにして現実に整えられつつある数々の営みとの間に、埋めようのない落差が生まれ始めていることを珠は感じた。

その晩は一時間ほど、石坂とカウンターに向かって並び、グラスワインを飲んだ後、ポルチーニ茸《たけ》のリゾットをごちそうになった。何度食べても、その店のリゾットは美味だった。

石坂は、これから作家との打ち合わせがあるから、と言い、珠は店を出たところで彼と別れた。

作家に会いに行く、というのは嘘で、本当はしのぶの部屋に行ったのかもしれない、と思ったが、珠にはもう、そんなことはどちらでもよくなっていた。自宅に帰ると、卓也はまだ戻っていなかった。小一時間ほどたってから帰って来たが、むろん、珠は卓也に、石坂と会って来たことは言わなかった。

時が流れた。五月の連休が明けるころになると、日曜の午後など、天気のいい日には、石坂が妻子と共に、犬の散歩をする光景が見られるようになった。

妻の美保子は以前より少し痩《や》せたようだが、表情にはいくらか生気が戻っていた。身のこなしにもさしたる変化はなく、いっそう細くなった身体にカジュアルな装いがよく似合い、遠目にも美しく見えた。

小学四年生になった娘の美奈は、しばらく見ないうちに身長が伸びたようだった。犬の引き綱を手にしているのは、たいてい美奈で、時には美保子が胸に抱いていることもあった。

親子三人は、連れ立って家を出て、三十分ほどでまた戻って来ることもあったし、どこかでついでに買い物でもしてきたのか、一時間以上たってから、食品が入ったレジ袋などを提げて帰って来ることもあった。そんな時、荷物を任されているのは常に石坂だった。

散歩をしない日は、石坂が運転する車で親子三人、出かけて行くこともあった。車に乗っているのは石坂と娘だけ、という時もあった。その場合でも、戻った時には、美保子が玄関前に必ず姿を現し、笑みを浮かべて父娘を迎えた。美保子の背後で白い犬が喜んで駆けまわり、それはどこから見ても幸福そうな、人生を狂わせるほどの秘密とは永遠に無縁でいられる、穏やかな家族の風景そのものだった。

珠はもう、石坂一家に関心がなくなっていたが、マンションの窓越しに見える、そうした情景がたびたび目に入ってくるのは避けようがなかった。そしてそのたびに、珠は繰り返し同じことを考えた。

「ここではないどこか」に別の人生があると信じ、夢まぼろしを追いかけていた人たちは、とりあえず全員、元の鞘《さや》におさまった。だが、だからといってそれは決して、めでたしめでたし、という結末には至っていない。遠い民話の世界に生きていれば、めでたいことかもしれないが、少なくとも今、自分の感じているものはそれとは異なる。

人は戻ることはないのかもしれなかった。戻ったように見えても、実際には、以前とは異なった地平に向かって歩き出しているのであり、厳密に言えば、それは戻ったことにはならない。

珠は自分の中に生まれた、そこはかとない虚無感のようなものが、日々、時間を追うようにしてふくれあがってくるのを感じていた。何かが充《み》たされなかった。すべてが退屈だった。実際にはすべては充たされていて、人生はまだ始まったばかりであるにもかかわらず、珠は時折、このまま何の秘密も持たずに、凪《な》いだ人生に身を委《ゆだ》ねて生きていくことは耐えがたい苦痛である、と感じた。

それは或《あ》る種の「倦怠《けんたい》」に近い感覚でもあった。早くも珠の人生には、生きていく上で意外にも厄介な、倦怠感が頭をもたげ始めているのだった。


その年の夏。梅雨が明けてまもなくのころのこと。珠はP駅のプラットホームに立ち、上り電車を待ちながら、ふと近くにいた一人の女性に目を向けた。

とりたてて理由はなかった。ただ、その女性が、偶然、視界に入ってきただけのことだったが、珠は瞬時にして彼女に目を奪われた。

ヘアカラーの跡のない、さらさらとした黒髪のボブカット。四十代半ば、と思われる清楚《せいそ》な、整った顔立ちの女だった。着ているのは、白のリブ編みのサマーセーター。白っぽい麻の、薄く藍《あい》色のストライプ模様が入っているパンツ。足元は、オープントウの白いフラットシューズ。腕には大きめの籐《とう》のトートバッグを提げている。

左手の薬指にプラチナのマリッジリング、右手の薬指に、大きめのデザインの琥珀《こはく》色のリングをつけていたが、他にアクセサリー類はなく、ネイルも施していない。背は珠と同じくらいだが、珠よりもほっそりしている。胸も尻《しり》も小さく、およそ女性的な体形とは言いがたいが、全身から漂わせる空気は、清潔そうな大人の色香に包まれている。

女は足元をそろえて、まぶしそうに線路を見つめていたが、何か考え事をしているのか、あまり周囲を気にしている様子がない。やがて構内アナウンスがあり、上り電車が入って来た。

珠はその女の真後ろにつき、同じ車両に乗り込んだ。車内は空《す》いていたが、駅にいた子連れの家族が空席を占拠してしまったため、座れそうになかった。

女はドア脇のバーにもたれるようにして立ち、何かを思いつめているような目で外を眺め始めた。珠は同じドアの、反対側に身をおき、バッグからｉＰｏｄを取り出して、イヤホンを耳に装着した。

少したってから、女が少し慌てたように籐のバッグに手を差し入れた。マナーモードにしてある携帯が震え出したようだ。取り出した白い携帯を手に、女は頬にかかる髪の毛を後ろに払いつつ、真剣なまなざしでそれを開いた。

着信したのはメールのようだった。女はじっと携帯を見つめながら、わずかに顔をほころばせた。優雅な微笑がその顔に拡がり、夏の午後の光の中、女はいっそうなまめかしく見えた。

珠は気持ちが昂《たかぶ》ってくるのを感じた。久しぶりに味わう気分だった。忘れかけていたと言ってもいい。

四つ目の停車駅で、先程の家族連れが降りて行った。乗降客が行き交い、他にも空席ができた。

女はゆっくりとその場から離れ、空いた席の一つに座った。細く美しい足を行儀よくそろえ、背筋を伸ばし、籐のバッグを膝《ひざ》に載せて、女は目に見えないとしいものにでも向かっているかのように、しきりと瞬《まばた》きをした。長い睫《まつ》毛《げ》に品よく塗られた黒いマスカラが、女の白い頰に間断なく淡い影を落とした。

珠は、そんな女をよく観察できる場所に移動し、空いている席にそっと腰をおろした。

了

解説

野《の》崎《ざき》歓《かん》

本書が描くのは、ある一冊の本と出会い、唆《そそのか》されてしまった大学院生・珠《たま》の経験する、不可思議な、しかしとてもリアルな冒険である。

彼女が出会った本とは、フランスの前衛的な女性アーティスト、ソフィ・カルの『本当の話』。ソフィ・カルとは、突拍子もない思いつきを押し通して、日常生活をそのままラディカルな実験の場に変えてしまうような人物だ。その彼女の書いた「ヴェネツィア組曲」に、珠はいたく興味を惹《ひ》かれる。ソフィはあるとき、何の理由もなく、まったく見も知らぬ男性を尾行することに決め、ついにはパリからヴェネツィアまでついていく。そして尾行の一部始終をつぶさに記録したのである。『本当の話』に付された思想家ジャン・ボードリヤールによる解説文や、同書をテキストとするゼミで「文学的・哲学的尾行」の意義を説いた教授の言葉も、おおいに珠を刺激した。そしてある土曜日、珠はまったく何気なく、重大な一歩を踏み出してしまうのである。同じ町内の、幸せそうな一家の父親を「尾行対象者」として。

以降の展開については、とにかくお読みいただくほかない。ページを繰る手がとまらなくなること間違いなしである。しかも強調しておきたいのは、これがどぎつい事件やら、血なまぐさい出来事やらの興味で引っ張っていく小説ではまったくないということである。むしろ作者は、尾行する——しかも、ずぶの素人の女の子が探偵まがいのふるまいをする——というシチュエーションを、決してゆるがせにせず、シンプルきわまる設定をつきつめていくことで、そこから豊かな小説的興味を汲《く》み上げている。たとえば「尾行対象者」がこちらにちらりと視線を向けるといったささやかな事柄が、手に汗握る瞬間となったりするのだ。さらには「尾行対象者」と素人尾行者が、なぜか小洒落《こじゃれ》たワインバーのカウンター席に並んで座り、昵懇《じっこん》に語り合うといった、スリリングでもあればどこかユーモラスでもある展開も訪れる。

すべての場面が訴えかけてくるのは、「秘密」というものの妖《あや》しい魅力であり、恐ろしさである。人はだれしも秘密を抱えながら道を歩き、電車に乗り、仕事をし、家庭に帰っていく。そんな他人の素行を陰からこっそりと観察することほど、ぞくぞくと快感をそそることはない。それは尾行をやめられなくなってしまった珠の姿が示すとおりだ。ところが、一方的に観察する立場であったはずの彼女の足場はいつしか危うく切り崩されていく。窃視のまなざしは、珠みずからの身の上にはね返り、自己の日常に対する猜《さい》疑《ぎ》心をよびさます。そのあげく、彼女は「渺々《びょうびょう》と拡がる、いちめんの砂漠」にぽつねんと立つような人間の孤独に思い至る。しかも、その期に及んでなお、他人の秘密を窺《うかが》うことの興奮を求めずにはいられないのだ。

そんな彼女の憑《つ》かれたような様子は、あまりにエキセントリックで極端だと思われるだろうか。だが、ぼくはこの小説を読みながらつくづく思ったのである——小説を読む快感にも、尾行のもたらす後ろめたい喜びに通じるところがあるのではないか。だれにも見られていないと思ってひたすら「尾行対象者」を追う珠の姿に、読者であるぼくらはひたと目を据えて、彼女がこちらを振り返る心配などしないまま、ぬくぬくと高みの見物を決め込む。それは、まさに盤石の尾行者のポジションではないだろうか。

あるいはまた、翻訳という営みもまた、一種の尾行といえそうである。たとえばソフィ・カルの本を訳しながら、ぼくはひたすら彼女の言葉に忠実に従い、その背後につき従って、一部始終を日本語で「記録」したつもりだった。ソフィの仕事はこの小説中で仏文学専攻の教授が語っているとおり、「自分イコール作品」という性質のものであり、「世間にどう思われようが、おかまいなし」の挑発的な大胆さが身上だ。しかし同時に、そんなソフィの冒険は、アーティスティックな企図とはいえ、だれにでもやってみることの可能なもの、だれにでも開かれたものだ。一線を越えることへの誘いを、確かにソフィの本は含んでいたのである。ぼくは翻訳しながら、自分で一線を越えてみようという意欲や勇気をまったくもたなかった。ソフィのメッセージを正面から受けとめた小池《こいけ》氏は、その唆しに応《こた》える登場人物を創り上げることで、ソフィの書物がもっていたあぶない部分を、さらにわかりやすく、面白く押し広げ、それがこちらの日常に直結する意味をもっていることを示してくれたのである。

というわけで、本書を読む愉悦には危険が含まれている。ソフィや珠のお手本にうながされて、ひょっとすると読者自身、だれかのあとをつけたくなってしまうかもしれない。あるいは、人にいえない秘密を抱えたあなたであれば、本書を読んだのち街に出たとき、思わずうしろをふりかえりたくなるかもしれない。「どうぞ私のあとをつけて《プリーズ・フォロー》ください《ミー》」というのが、ボードリヤールによるソフィ・カル論の表題だった。ひょっとしたらあなたの背中にはそんな言葉が、知らないうちに貼りつけられてしまっているのではないか。秘密に呪縛《じゅばく》されずにはいられない人間というものの不思議さを、この小説は深々と味わわせてくれるのである。

引用

「プリーズ・フォロー・ミー」

ジャン・ボードリヤール／野崎歓＝訳

（『本当の話』ソフィ・カル／一九九九年　平凡社刊所収）

本書は、二〇一二年六月に小社より単行本として刊行された
作品を文庫化したものです。

二重生活《にじゅうせいかつ》

小池真理子《こいけまりこ》

平成27年 11月25日　初版発行

発行者●郡司 聡

発行●株式会社KADOKAWA
〒102-8177　東京都千代田区富士見2-13-3
電話 03-3238-8521（カスタマーサポート）
http://www.kadokawa.co.jp/

角川文庫 19456

印刷所●旭印刷株式会社　製本所●株式会社ビルディング・ブックセンター

表紙画●和田三造

ISBN978-4-04-103620-4　C0193

角川文庫発刊に際して

角川源義

第二次世界大戦の敗北は、軍事力の敗北であった以上に、私たちの若い文化力の敗退であった。私たちの文化が戦争に対して如何に無力であり、単なるあだ花に過ぎなかったかを、私たちは身を以て体験し痛感した。西洋近代文化の摂取にとって、明治以後八十年の歳月は決して短かすぎたとは言えない。にもかかわらず、近代文化の伝統を確立し、自由な批判と柔軟な良識に富む文化層として自らを形成することに私たちは失敗して来た。そしてこれは、各層への文化の普及滲透を任務とする出版人の責任でもあった。

一九四五年以来、私たちは再び振出しに戻り、第一歩から踏み出すことを余儀なくされた。これは大きな不幸ではあるが、反面、これまでの混沌・未熟・歪曲の中にあった我が国の文化に秩序と確たる基礎を齎らすためには絶好の機会でもある。角川書店は、このような祖国の文化的危機にあたり、微力をも顧みず再建の礎石たるべき抱負と決意とをもって出発したが、ここに創立以来の念願を果すべく角川文庫を発刊する。これまで刊行されたあらゆる全集叢書文庫類の長所と短所とを検討し、古今東西の不朽の典籍を、良心的編集のもとに、廉価に、そして書架にふさわしい美本として、多くのひとびとに提供しようとする。しかし私たちは徒らに百科全書的な知識のジレッタントを作ることを目的とせず、あくまで祖国の文化に秩序と再建への道を示し、この文庫を角川書店の栄ある事業として、今後永久に継続発展せしめ、学芸と教養との殿堂として大成せんことを期したい。多くの読書子の愛情ある忠言と支持とによって、この希望と抱負とを完遂せしめられんことを願う。

一九四九年五月三日

角川文庫ベストセラー

狂王の庭
小池真理子

「僕があなたを恋していること、わからないのですか」昭和27年、国分寺。華麗な西洋庭園で行われた夜会で、彼はまっしぐらに突き進んできた。庭を作る男と美しい人妻。至高の恋を描いた小池ロマンの長編傑作。

青山娼館
小池真理子

東京・青山にある高級娼婦の館「マダム・アナイス」。そこは、愛と性に疲れた男女がもう一度、生き直す聖地でもあった。愛娘と親友を次々と亡くした奈月は、絶望の淵で娼婦になろうと決意する――。

霧笛荘夜話
浅田次郎

とある港町、運河のほとりの古アパート「霧笛荘」。誰もが初めは不幸に追い立てられ、行き場を失ってここにたどり着く。しかし、霧笛荘での暮らしの中で、住人たちはそれぞれに人生の真実に気付き始める――。

美丘
石田衣良

美丘、きみは流れ星のように自分を削り輝き続けた……平凡な大学生活を送っていた太一の前に現れた問題児。障害を越え結ばれたとき、太一は衝撃の事実を知る。著者渾身の涙のラブ・ストーリー。

TROISトロワ 恋は三では割りきれない
石田衣良
佐藤江梨子
唯川恵

新進気鋭の作詞家・遠山響樹は、年上の女性実業家・浅木季理子と8年の付き合いを続けながら、ダイヤモンドの原石のような歌手・エリカと恋に落ちてしまった……愛欲と官能に満ちた奇跡の恋愛小説！

角川文庫ベストセラー

ラブソファに、ひとり　石田衣良

予期せぬときにふと落ちる恋の感覚、加速度をつけて誰かに惹かれていく目が覚めるようなよろこび。臆病の殻を一枚脱ぎ捨て、あなたもきっと、恋に踏みだしたくなる——。当代一の名手が紡ぐ極上恋愛短篇集！

落下する夕方　江國香織

別れた恋人の新しい恋人が、突然乗り込んできて、同居をはじめた。梨果にとって、いとおしいのは健悟なのに、彼は新しい恋人に会いにやってくる。新世代のスピリッツと空気感溢れる、リリカル・ストーリー。

泣かない子供　江國香織

子供から少女へ、少女から女へ……時を飛び越えて浮かんでは留まる遠近の記憶、あやふやに揺れる季節の中でも変わらぬ周囲へのまなざし。こだわりの時間を柔らかに、せつなく描いたエッセイ集。

ドミノ　恩田　陸

一億の契約書を待つ生保会社のオフィス。下剤を盛られた子役の麻里花。推理力を競い合う大学生。別れを画策する青年実業家。昼下がりの東京駅、見知らぬ者同士がすれ違うその一瞬、運命のドミノが倒れてゆく！

ユージニア　恩田　陸

あの夏、白い百日紅の記憶。死の使いは、静かに街を滅ぼした。旧家で起きた、大量毒殺事件。未解決となったあの事件、真相はいったいどこにあったのだろうか。数々の証言で浮かび上がる、犯人の像は——。

角川文庫ベストセラー

赤×ピンク　桜庭一樹

深夜の六本木、廃校となった小学校で夜毎繰り広げられる非合法ファイト。闘士はどこか壊れた、でも純粋な少女たち——都会の異空間に迷い込んだ彼女たちのサバイバルと愛を描く、桜庭一樹、伝説の初期傑作。

推定少女　桜庭一樹

あんまりがんばらずに、生きていきたいなぁ、と思っていた巣籠カナと、自称「宇宙人」の少女・白雪の逃避行がはじまった——桜庭一樹ブレイク前夜の傑作、幻のエンディング3パターンもすべて収録!!

砂糖菓子の弾丸は撃ちぬけない
A Lollypop or A Bullet　桜庭一樹

ある午後、あたしはひたすら山を登っていた。そこにあるはずの、あってほしくない「あるもの」に出逢うために——子供という絶望の季節を生き延びようとあがく魂を描く、直木賞作家の初期傑作。

少女七竈と七人の可愛そうな大人　桜庭一樹

いんらんの母から生まれた少女、七竈は自らの美しさを呪い、鉄道模型と幼馴染みの雪風だけを友に、孤高の日々をおくるが——。直木賞作家のブレイクポイントとなった、こよなくせつない青春小説。

道徳という名の少年　桜庭一樹

愛するその「手」に抱かれてわたしは天国を見る——エロスと魔法と音楽に溢れたファンタジック連作集。榎本正樹によるインタヴュー集大成「桜庭一樹クロニクル２００６—２０１２」も同時収録!!

角川文庫ベストセラー

誰もいない夜に咲く　桜木紫乃

寄せては返す波のような欲望に身を任せ、どうしようもない淋しさを封じ込めようとする男と女。安らぎを切望しながら寄るべなくさまよう孤独な魂のありようを、北海道の風景に託して叙情豊かに謳いあげる。

ワン・モア　桜木紫乃

月明かりの晩、よるべなさだけを持ち寄って躰を重ねる男と女は、まるで夜の海に漂うくらげ——。どうしようもない淋しさにひりつく心。切実に生きようともがく人々に温かな眼差しを投げかける、再生の物語。

静かな黄昏の国　篠田節子

国も命もゆっくりと確実に朽ちていく中、葉月夫妻が終のすみかとして選んだのは死さえも漂白し無機質化する不気味な施設だった……原発社会のその後を描く戦慄の書、緊急復刊！

純愛小説　篠田節子

純愛小説で出世した女性編集者を待ち受ける罠と驚愕の結末。慎ましく生きてきた女性が、人生の終わりに出会った唯ひとつの恋など、大人にしかわからない恋の輝きを、ビタースイートに描く。

美神解体　篠田節子

整形美容で新しい顔を手に入れた麗子。だが彼女を待っていたのは、以前にもまして哀しみと虚しさに満たされた日々……ねじれ、病んでいく愛のかたちに目をこらし、直木賞作家が哀切と共に描いた恋愛小説。

角川文庫ベストセラー

炎上する君　西　加奈子

私たちは足が炎上している男の噂話ばかりしていた。ある日、銭湯にその男が現れて……動けなくなってしまった私たちに訪れる、小さいけれど大きな変化。奔放な想像力がつむぎだす不穏で愛らしい物語。

聖家族のランチ　林　真理子

大手都市銀行に勤務するエリートサラリーマンの夫、美貌の料理研究家として脚光を浴びる妻、母のアシスタントを務める長女に、進学校に通う長男。その幸せな家庭の裏で、四人がそれぞれ抱える〝秘密〟とは。

ロマンス小説の七日間　三浦しをん

海外ロマンス小説の翻訳を生業とするあかりは、現実にはさえない彼氏と半同棲中の27歳。そんな中ヒストリカル・ロマンス小説の翻訳を引き受ける。最初は内容と現実とのギャップにめまいものだったが……。

月魚　三浦しをん

『無窮堂』は古書業界では名の知れた老舗。その三代目に当たる真志喜と「せどり屋」と呼ばれるやくざ者の父を持つ太一は幼い頃から兄弟のように育つ。ある夏の午後に起きた事件が二人の関係を変えてしまう。

白いへび眠る島　三浦しをん

高校生の悟史が夏休みに帰省した拝島は、今も古い因習が残る。十三年ぶりの大祭でにぎわう島である噂が起こる。【あれ】が出たと……悟史は幼なじみの光市と噂の真相を探るが、やがて意外な展開に！